Record of
Another world the Hero

이계용자전

Fantasy Frontier Spirit

불쏘시개 판타지 장편 소설

이계용자전 1

불쏘시개 판타지 장편 소설

초판 1쇄 찍은 날 § 2006년 11월 11일
초판 1쇄 펴낸 날 § 2006년 11월 21일

지은이 § 불쏘시개
펴낸이 § 서경석

편집장 § 문혜영
편집책임 § 최하나
편집 § 문정흠

펴낸곳 § 도서출판 청어람
등록번호 § 제1081-1-89호
등록일자 § 1999. 5. 31
어람번호 § 제1-0761호

주소 § 경기도 부천시 원미구 심곡1동 350-1 남성B/D 3F (우) 420-011
전화 § 032-656-4452 팩스 § 032-656-4453
http://www.chungeoram.com
E-mail § eoram99@chollian.net

ISBN 89-251-0399-0 04810
ISBN 89-251-0398-2 (세트)

Record of
Another world the Hero

이계용자전

1

Victory Road

도서출판 청어람

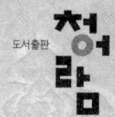

Record of
Another world the Hero

contents

운을 뭘로 떼야 하나 꽤 고민되었습니다.

프로필처럼 장난스럽게 갈까, 평소 하던 대로 개그 만발을 뿌릴까, 갑자기 태도를 뒤집고 엄숙하게 가야 하나. 어떤 걸 택해도 서문을 보고 덮어버리는 사람이 있지 않을까 겁나서 굉장히 많이 생각해 봤습니다.

하지만 고민해도 시간만 흘러갈 뿐 답은 나오지 않더군요. 뭘 하려고 해도 무지 겁이 나서 키보드가 안 눌러져요. 앗, 코드가 뽑혀 있었잖아? USB 연결할 때 건드렸나?

그런 의미에서 일단 서문부터 펼치신 분은 제가 진정할 동안 책날개의 프로필을 보고 오세요. 다음 필명 투표 받으니까 소중한 한 표를 주시면 감사하겠습니다.

이쯤에서 잡설은 그만두기로 하겠습니다.

대개 서문을 쓸 때 되게 소박하게 쓰거나 아니면 무척 겸

손하게 쓰더군요(그게 그 소리인가?). 그리고 맨 마지막에 붙는 ~에게 감사드립니다.

아니, 저라고 후안무치는 아니지만 왜 다들 마지막에 하는 걸까요? 실험 정신에 입각해서 처음에 하겠습니다.

이 글을 뽑아주신 알바트로스 공모전 심사위원 분들과 처음인 저 때문에 고생하신 최하나 담당자님, 그리고 편집부의 노고에 감사드립니다.

개인적으로 도움을 준 이병 공낭과 이병 경중은 훈련 열심히 받도록. 회사원 김씨는 힘내서 카드 다 막기를 기원합니다.

근데 처음에 겁난다고 왈왈거린 것치곤 너무 까부는 것 같네요. 거기다 작가 서문이 3페이지를 넘으면 곤란할 것 같아요. 큰일 났다, 쓰다 보니 본편보다 재미있는 것 같아. 어쩌지, 나 서문만 계속 쓰고 싶어졌어.

　정말 끊지 않으면 위험할 것 같아졌어요. 사실 더 하고 싶은 이야기가 많은데. 아, 제가 이런 자리가 처음이라서 너무 횡설수설하지만 예쁘게 봐주세요.

　서문 보고 웃는 것도 나쁘지 않잖아요? 본편보다 재미있는 서문 시리즈 연계. 음, 이거 좋은 생각인데? 평화주의님은 후기 시리즈를 쓰시던데 전 서문 시리즈를 쓰면 안 될까요? 안 되려나?

　이 이야기는 용자로 거듭나는 소년의 이야기입니다. 음, 너나 할 것 없이 고생하는 이야기잖아.

　정말 페이지 모자를 것 같으니 이쯤에서 자르고 할 말만 하겠습니다. 사 보시는 분은 대자대비한 보살님으로 집에 모셔 두겠습니다. 대여점에서 빌려 보실 때는 1, 2권을 동시에 빌려주시면 매우 감사하고요.

　첫 장편이라서 이런저런 미흡한 점이 있습니다만 기왕 잡고 보셨다면 3권까지만, 꼭 3권까지만 봐주세요.

　참고 3권까지 보시고도 기분이 퍽킹 테러블하시다면······ 죄송합니다[꾸벅].

　아, 그리고 온, 오프의 지인들에게 광고해 주시면 자손 만대가 감사드리겠습니다.

　'야, 필명이 되게 멋진 녀석이 있다! 근데 서문도 되게 웃긴다?' 정도로.

　(아니, 그래서 본문은 제쳐 두고 서문으로 뜨면 뭐 할 건데?)

Prologue

눈앞의 적을 본다. 지척에 이른 검은 강을
본다.

표표히 흐르는 강은 대지를 적시고 하늘을 물들인다. 본래
보여야 할 흙색의 대지, 드넓은 창천은 검은 강이라는 독에
물들어 그 형태와 빛을 잃은 지 옛날이다. 태양마저 자취를
감춘 지 백여 일.

천지가 암운에 휩싸였다는 것이 이러할까. 난세나 혼세는
인간이 일구어내는, 그 옛날 흙덩이로 빚어진 참람된 생물이
자중쟁란을 일으켜 스스로를 멸망케 하는 것이다. 자업자득
이니 논할 것도 없다.

이건 말세다. 세계의 종막이다. 연극으로 치면 막을 내릴 시간이지만,

"이건 다르잖아. 칫."

나는 피식 웃으며 앞으로 걸어갔다. 눈앞의 강에 발을 적시자 다리를 타고 내 심장을 향해 그것이 올라온다. 제아무리 나라도 심장에 이 독수(毒水)가 이른다면 죽으리라. 비록 내 일신에 품은 뜻이 웅대하여 세계, 그 자체를 갈음한다 해도 지금 그 세계가 먹혀들어 가고 있지 않은가.

숨을 한껏 들이쉰 후,

"집어치워라!"

웅장한 고함 소리에 강의 흐름이 절로 멎는다. 인간, 가축, 산천, 하늘과 땅을 모두 집어삼켜 자신의 색으로 물들이려는 검은 강. 유명한 유학자가 탐(貪)이라고 이름 붙였다는 괴(怪)는 내 음성에 반응해 그 움직임을 멈추었다.

그 순간 무릎까지 이르렀던 독수가 절로 빠져나가는 모습에 비죽이 웃음을 흘리며 나는 다시 앞으로 나아갔다. 세계를 먹어치우는 거대한 마(魔) 위에 선 것이다.

—누구인가?

강에서 기포가 이는가 싶더니 들려오는 물음. 인간이 성대의 울림을 통해 울리는 소리가 아닌 단조로운 톱니바퀴가 삐거덕거리는 듯한 소리였다.

"세계를 먹겠다는 그 배포는 훌륭하지만 지금의 태도는 불

손하기 짝이 없군! 무릇 상대를 알고자 하면 눈앞에 모습을 보이고 이름을 밝히는 것이 먼저 아닌가?'

강이 부글부글 끓는가 싶더니 물이 위로 솟구쳤다. 솟구친 물은 중력에 이끌려 떨어지는 대신 형상을 이루어 강 위에 섰다. 인간이면서도 인간이 아닌 모습으로, 다리에 배가 있고 팔에 손 대신 발이 달려 있고 머리가 가슴에 있다. 성별도 분간하기 어렵다.

─이름을 대라, 인간.

"너야말로 이름을 대거라. 세계를 집어삼키겠다는 배포를 가진 놈이 자신의 이름을 밝힐 의지조차도 없는가."

잠시 시간을 두고 놈이 이름을 밝혔다.

─위대하신 왕이 지음하신 나의 이름은 영휴. 세계의 순환 고리다.

"아, 그러셔?"

전형적인 주장에 빈정거린 나는 허리의 검을 뽑았다. 내 힘에 의해 검은 본래의 형태를 잃고 빛의 덩어리가 되었다. 그것에 눈앞에 세우자 눈부신 황금의 빛이 놈의 목 바로 앞에까지 이르렀다.

"나는 너 같은 놈을 조지는 놈이다."

─무, 무슨! 물러가라, 인간! 이제 너희들의 시간은 끝났다! 지금부터 인외마물의 시대가 열린다!

"아, 그건 너희들 착각이고."

비어 있는 왼손으로 귀를 후빈 나는 히죽 웃었다. 나의 모습에 당황했는지 두어 걸음 뒤로 물러서는 녀석. 세계를 먹어 치우려던 것이 내 살기에 두려움을 느끼는 것이리라.

"꺼져라. 너희들은 상실을 모른다. 그런 주제에 세계를 지배하겠다고 설치는 꼴이라니… 웃기지도 않는군. 세상을 시커멓게 물들여서 대체 뭘 남길래?"

─궤변 마라! 인간의 역사는 쟁란의 역사! 인간의 감정은 추악의 극치! 그런 주제에 세계의 중심에 서겠다는 것은 어불성설! 지금이야말로 잘못된 역사!

"그래서 어쩌라고? 아이고, 잘못했어요~ 거리면서 네놈들에게 지배당할까? 우리 모두 같이 마가 되어 강강술래라도 추자고? 웃기지 마! 내 말을 납득하지 못하겠다면 싸워! 싸워서 쟁취해! 못하면 뒈지는 거고."

극도의 짜증. 나는 검극으로 놈의 턱 끝을 툭툭 건드리며 웃었다. 그러자 놈의 뒤로 폭풍이 인다. 거세게 인 바람이 강을 흔들어 거친 파도를 만들어냈다. 옛날 하늘이 있던 자리에 이르는 높이의 파도가 나를 향해 달려온다.

─인간, 유언은 없는가!

"너야말로 유언을 대라. 네놈들의 시시콜콜한 이야기나 속사정 따위는 내 알 바 아냐. 그딴 거 전혀 관심없거든. 단지 네놈들이 잡아먹은, 잡아먹으려 드는 세계에 내가 소중히 여기는 사람들이 있다고."

황금의 빛이 눈을 태울 듯이 작렬한다.

"그러니까 나는 너를 박살 내야겠다! 집에 돌아가면 따뜻한 밥이 기다린다고!"

높이 인 파도가 나를 덮쳤다. 막대한 양의 검은 물이 벼락처럼 나를 내리찍고 내 몸에 스며들기 시작했다. 그 충격만으로도 충분히 즉사할 만한 데다가 입과 귀, 눈, 땀구멍으로 스며드는 독액이 번개처럼 몸에 번져 나갔다.

하지만 두 다리는 땅에 박은 채,

"질까 보냐아아아!"

황금의 검은 그 길이를 한도 없이 늘려 파도를 가르고 검은 강을 깨뜨려 푸르른 하늘에 닿아갔다. 그와 함께 광휘가 독을 녹이고 휘황이 물을 증발시켰다.

"꺼져어어엇!"

그 순간 머리 위까지 들어올린 검을 땅으로 내리찍자 땅을 덮은 강을 가르고 계속해서 파고든 광휘의 검이 어느 순간 인간이 딛던 대지에 닿았다. 인간이 일구던 흙에 검신이 닿자 눈부신 빛이 작렬하며 내달린다. 땅에서 시작되어 하늘까지 이를 듯한 거대한 빛이 사방으로 달려나가 검은 강을 깨끗이 태워 버렸다.

"아, 이거 끝나면 가서 밥 먹을까."

세계를 정화하는 빛의 길 앞에서 그렇게 중얼거렸다.

제 0 장
진입(進入)

진입 進入

　　　　　나는 편지가 싫다. 내 앉은키보다 높게 쌓인 저 편지 뭉치를 보라. 누구라도 기가 질릴 것이다.

"후우."

우리 집 거실은 넓은 편이다. 200X400이던가? 건축학적인 표현은 관두고, 400미터 계주 달리기를 해도 충분할 정도의 넓이다. 거실의 중앙에 ㅁ자 형으로 열 사람 정도는 충분히 앉을 수 있는 소파가 있고, 그 가운데에 테이블이 놓여 있다. 비싼 자단목으로 만든 이 탁자도 꽤 큰 편이라서 180㎝를 넘는 내가 누워도 남는 크기다.

그 테이블 가득히 편지 뭉치가 쌓여 있다.

"아, 읽기 싫어."

하루 일과의 시작이지만 정말 싫다. 내가 고개를 절레절레 흔들자 소파의 왼편에 드러누워 사과를 먹던 여동생이 높낮이 없는 목소리로 말을 받았다.

"왜 그래? 13남매의 유일한 남자이자 맏이로 이 집안의 기둥인 리워드 오라버니가 고작 이런 편지 뭉치에 한숨을 쉬는 거야?"

"그 설명조는 뭐냐?"

"15세의 나이에 제국 검술 대회 4위 입상을 하고, 각종 파티장에 아버지의 대리로 나서 차곡차곡 명성을 쌓고 있는 리워드 오라버니가 고작 그런 편지 낭독에 지쳐 보이니 이 비천한 소녀는 몸 둘 바를 모르겠사와요."

"알아도 될 것 같거든? 근데 왜 시비조야?"

여동생 No.2—12명이나 있는 관계로 숫자로 부르는 게 편하다—는 어지간히 기분이 안 좋아 보인다. 하지만 지금 난 저런 히스테리를 상대할 기력이 없다. 이제 막 집에 돌아와서 잠도 제대로 못 잔 상태라구!

"삼 일 비웠다고 이렇게 쌓이다니! 이건 너무하잖아……."

"그 삼 일 동안 언니랑 희희낙락했잖아. 천벌이지, 천벌."

"……."

왜 저렇게 까대는지 모르겠지만 무시하자. 중요한 건 이걸 읽는 거다, 읽는 거. 애써 고개를 돌려 외면한 후 가장 왼쪽의 위쪽부터 차례로 읽어내리기 시작했다. 각종 찬사와 경구를 제외하면 대개가 다 비슷한 내용들이었다. 초대나 도움 요청, 혼인 부탁, 각종 단체의 명예고문 요구. 각종 학회에서의 인터뷰 요청 등등.

이걸 다 내가 처리한다. 음, 아무도 칭찬해 주지 않지만 전부 혼자 처리하고 있다. 아, 진짜 울고 싶어지는군. 본래라면 잘나신 아버지가 처리해야겠지만 그분께서는 일이 워낙 바쁘셔서 천한 것들과 얼굴을 대할 시간이 없다고 하니 똑같이 천한 아들이 대신 처리해야죠. 니미럴.

그 순간까지 계속 들려오던 여동생의 사과를 씹어 먹던 소리가 끊겼다.

다 먹었나 보지.

이번엔 이 가는 소리가 들려왔다. 그래도 무시. 그러자 작은 목소리가 이어졌다.

"저기, 오빠. 내일이 무슨 날인지 기억해?"

"내일? 어디 보자. 확실히 모르겠지만 저녁에 베스 공작 파티에 참석해야 할걸?"

이 편지는 왜 글씨가 괴발개발이야? 해독 작업을 거치는데 여동생 No.2의 방해가 계속 이어졌다.

"그것…… 뿐이야?"

"그럼 뭐가 더 있냐?"

다음 편지로 넘어가려고 손을 뻗는데 기가 막힌 일이 일어났다. 누군가의 늘씬한 다리가 편지 뭉치를 맹렬히 가격, 덕분에 수천 장의 종이 뭉치들이 공중에서 댄스 타임을 갖게 되었다.

"하⋯⋯."

기가 막힌 내가 사고의 원인인 여동생 No.2를 노려보자 그 원인께서는 되레 중지를 올려 보이는 게 아닌가?

"죽어버려!"

이미 죽겠거든? 내가 답할 새도 없이 여동생은 발소리를 쾅쾅! 울리며 가버렸다. 에휴~ 머리와 몸으로 내려앉는 종이들을 털어내며 절로 한숨을 나왔다. 간신히 정렬해 놓은 건데⋯ 나름 중요도 순으로 정리된 건데⋯⋯.

혼자 울먹이며 소파 밑과 탁자 아래로 들어간 종이 뭉치들을 탁자 위로 올려놓는데 2층에서 누군가가 내려오는 소리가 들려왔다. 누군지는 몰라도 이것 좀 도와줬으면 하는데. 이런 나의 소망과는 달리 뾰족한 목소리가 귀를 찔렀다.

"오빠! 오빠가 언니 울렸지!"

"뭘 어쩌라고, No.4?"

"그렇게 부르지 마! 이름으로 부르란 말이야!"

거, 시끄럽군. 도와주지 않을 거면 가버려라. 녀석의 말을 무시한 채 편지 정렬에 힘쓰자 No.4는 옆에서 종알종알 떠들어댔다.

"정말 너무한 거 아냐! 내일이 언니 생일이란 말이야!"

"아, 됐어. 너희들끼리 알아서 해. 사람은 많으니 나 말고 축하해 줄 사람도 넘치잖아? 나는 내일도 집안 대표로 파티에 나가야 한다고."

"일! 일! 일! 오빠, 일에 미쳤어? 우리 이름은 멋대로 숫자로 부르면서 다른 여자들은 엄청 공손하게 부르고 아부하면서! 내일 같은 중요한 날에도 집을 비우겠다고? 아빠랑 뭐가 달라!"

넌 떠들어라. 나는 치울란다.

"아빠는 엄마 병 때문이라고 그렇다 쳐! 대체 오빠는 왜 그래?"

"그럼 아버지라도 대신 불러서 축하받든가."

적당히 답하자 아까의 공격에서 간신히 살아남았던 편지 뭉치가 공중에 치솟았다. 좀 전이 짜증났다면 이제는 어처구니가 없다. 과연 한배를 타고난 자매랄까? 어쩜 하는 짓이 이리 똑같냐.

"장난해? 언니가 누구한테 축하받고 싶은지 몰라서 하는 소리야?"

아무래도 이거 상대하지 않으면 오늘 아침은 편지 줍다가 끝나겠다. 결국 난 편지 줍기를 관두고 소파에 등을 기댔다.

"누구한테 축하받고 싶긴. 아버지한테 받고 싶지만 만만한 게 나라서 갈구는 거 아냐?"

"뭐? 지금 제정신으로 하는 소리야?"

"난 지금 이 상황을 만든 니가 제정신이냐고 묻고 싶다만. 일에 미쳤냐고? 나 말고 아무도 안 하잖아? 당사자인 아버지는 뉘 집 개냐는 기세고, 어머니들은 다들 직업이 있으시지. 너희들은 노는 데 바쁘고. 결국 남는 건 나잖아? 뭐, 장자니까 끗발도 나는 편이라서 다들 좋아하더라. 나만 참으면 편한 상황이잖아?"

　"시끄러워. 아무튼 내일 일 취소해."

　"그렇게는 못하겠는데."

　나는 다리를 꼬며 대답했다. 아아, 이 집안의 성비는 뭐 이리 불평등하단 말이냐? 어머니 여섯에 여동생 열둘. 남자라고는 아버지와 나뿐이니, 이게 여동생들의 간덩이를 엄청나게 부풀려 준 모양이다.

　"시끄러. 취소하라면 해. 언니가 울잖아!"

　"아…… 어쩌라고."

　진짜 짜증나게 군다. 내가 누굴 위해서 일하는데 이래라저래라야? 나라고 좋아서 아침부터 수천 장의 편지를 일일이 읽고 귀족들 사이에서 억지로 웃으며 생활하는 줄 아냐? 본래 아버지가 해야 할 일을 전부 내가 도맡아 하고 있는 데도 칭찬 한 번 해준 적 없으면서 왜 지랄이야?

　"취소하고! 내일 언니 생일 파티에 참석하라고!"

　"안 돼. 선약이 있다. 이쪽 일이 먼저야."

　내 말이 끝나는 순간 여동생 No.4는 탁자를 엎어버렸다.

마지막까지 버티던 편지 뭉치가 바닥으로 우수수 떨어졌다. 수천 장을 헤아리는 종이 뭉치들이 마룻바닥에 쏟아진 모습에 난 할 말을 잃어버렸다.

이때 이를 꽉 악문 여동생이 나를 노려보며 던진 말,

"정말 오빠는 최저야!"

제멋대로 행동하고 제멋대로 말하고는 가버린다. 계단을 부술 기세로 올라가는 여동생의 뒷모습을 보며 한숨을 내쉬었다. 고작 열여섯 먹어놓고 이렇게 한숨을 자주 쉬는 인생이라니……. 참 씁쓸하다.

"좀 봐줘라. 나도 진짜 한계다."

안락한 소파에 등을 기댄 나는 눈을 감았다. 막 돌아와 피로가 쌓여 있는데 내 사정도 안 봐주고 갈구니 확 돌아버리겠다. 여동생에게 화를 낼 수도 없고 화내도 무의미하지.

"아, 정말…… 돌겠네."

한숨을 연거푸 쉬어도 진정되지 않는다. 손가락으로 눈가를 문지르자 머리가 지끈지끈 아파온다.

어차피 저것들이 바라는 건 아버지다.

나를 원한다고? 웃기는 소리. 집 안이나 집 밖이나 별 다를 것 없다. 언제나 나는 아버지의 아들이라는 꼬리표를 붙이고 다닌다. 나를 환대하는 사람들, 나에게 잘 대해주는 사람들, 나에게 웃어주는 사람들 모두가 아버지의 아들이라는 단서 때문에 그러는 상황인데 뭘.

냉막하고 성격을 개밥에 말아먹은 아버지와 달리 부드럽다는 평가를 받는 내 쪽이 다루기 쉽다는 거겠지. 뭐, 나도 그 평가에 어느 정도 동의한다. 우리 아버지라는 놈은 어찌나 훌륭하신지, 사람 개 패듯 패는 데 소질이 넘치시는 분이다. 내가 증인이다.

잡상은 관두자. 지금은 오늘 과제가 먼저다.

"오빠."

눈을 뜨자 어느새 소파의 오른편에 No.1, 카렌이 앉아 있었다. 숫자에서 알 수 있듯 여동생 중에서 맏이로 그나마 믿음직한 존재다. 내 서포트로 일을 조금이나마 돕고 있는 편이니까. 이 편지도 이 녀석 손에서 한 번 걸러진 거고.

"왜."

"화났어요? 목소리가……."

"아, 시끄러워. 너도 잔소리할 거면 가버려."

나는 손을 휘휘 내저어 보이고 탁자를 원상태로 되돌렸다. 꽤 크기가 있어서 좀 무거웠지만 나름 근력이 있는 편이라 수월하게 움직일 수 있다. 내가 편지를 줍기 시작하자 카렌도 옆에서 쪼그리고 앉아 편지를 줍기 시작했다. 이런 걸 보면 그나마 도움 되는 동생인 건 확실하다.

"내일…… 생일 파티에 와주지 않으실래요? 그 애는 오빠가 와주길 바라고 있을 거예요."

"내일 일은?"

"다른 애를 보내면……."

"누굴? 너 혼자 가서 남자들의 수작질을 당해낼 수 있을 것 같아? 아니면 가겠다고 말해놓고 불참하라고?"

카렌이 돕던 손을 멈추고 고개를 숙였다. 거, 뭘 말해도 좋으니까 손은 움직여 줬으면 하는데. 장 수부터가 장난이 아니니 고양이 손이라도 아쉽다고.

"차라리 사정을 설명하고 불참하는 게……."

"됐어. 어차피 너희들이 와주길 바라는 건 아버지지 내가 아니잖아?"

퉁명스레 대꾸하자 카렌이 입을 닫았다. 으음, 두 번이나 이 꼴이 나서인지 내가 좀 신경질적이 된 모양이다. 여동생에게 짜증 내서 뭘 어쩌겠다고.

"너희들을 굉장히 아끼시는 아버지이니 생일은 잊지 않고 돌아오시겠지. 평소에도 그랬고. 나야 있든 말든 상관없잖아?"

하지만 아버지의 일을 이야기하면 절로 짜증이 난다. 젠장!

"왜 그런 식으로 말하세요?"

"사실이 그렇잖아. 계속 귀찮게 굴 거면 너도 가버려라. 도중에 돌아온 너완 달리 나는 밤새 시달리느라 한숨도 못 잤다고. 당장 쓰러질 것 같은데 여동생들의 투정이 연이어지니 성질이 안 나게 생겼어?"

그제야 카렌이 입을 다물었다. 카렌이 침묵을 지켜주자 좀 화가 진정됐다. 젠장, 내가 누구 때문에 한잠도 못 자고 이 고생을 하는 거지? 아버지의 명성에 먹칠하지 않으려는 내 눈물겨운 노력을 알아줄 사람 어디 없나?

속으로 투덜거리며 손을 한참 움직이자 간신히 편지를 원래 상태 비슷하게 정리할 수 있었다. 도중에 좀 뒤죽박죽으로 섞인 감이 있지만 그런 것까지는 어쩔 수 없지.

그런데 카렌이 올라가지 않고 다시 내 옆에 앉는 게 아닌가? 내 옆이라고 해도 소파가 넓은 관계로 사람 셋은 앉을 거리이지만.

나는 편지를 읽으며 입을 열었다. 아무래도 신경 쓰인다.

"피곤할 텐데 올라가 봐. 그리고 너한테 괜히 화낸 건 미안하다."

"아니에요. 단지……."

뭘 말하려는지 뜸을 들인다. 나는 편지들을 속독으로 훑으며 다음 말을 기다렸다. 카렌은 한참 뒤에야 말을 이었다.

"오빠는 아버지를 너무……."

똑똑.

현관문 두드리는 소리에 카렌은 하던 말을 멈추었다. 카렌이 자리에서 일어나 문 앞으로 가 누구냐고 묻자 익숙한 대답이 들려왔다.

"우편입니다!"

또 그건가. 나를 보는 카렌에게 열어 보이라고 손짓하자 현관문이 열리며 건장한 배달부들이 들어왔다. 그들은 현관에 정체가 뻔한 노란 자루 열 개를 내려놓고는 카렌에게 수령인 사인을 받은 후 가버렸다.

"후우."

나는 읽던 편지를 멈추고 자루로 다가갔다. 보나마나 아버지에게 아부하기 위해 누군가가 금은보화를 보낸 걸 거다. 하루 이틀 일이 아니라 매우 익숙하다.

내가 다가가려는 그 순간, 자루의 정체를 눈치 챈 여동생들이 각자의 방에서 튀어나와 자루로 달려들었다.

머리 좀 굵어진, 그래서 패물의 가치와 아름다움을 알고 있는 여동생들이 주어진 재물의 분배를 가지고 혈전을 벌일 기세였다. 방치하면 아수라장이 뭔지 구경할 수 있을 거다.

"잠깐, 다들 멈춰!"

내 외침에도 불구하고 다들 한 치의 양보도 할 기색이 없어 보였다. 탐욕에 불타는 소녀들의 팽팽한 기 싸움은 실로 무시무시했다. 누가 손가락만 움직여도 즉시 골육상쟁으로 이어질 상황을 보다 못한 내가 중재에 나섰다.

"이건 전부 아버지 거야."

다들 내 말은 무시하지만 아버지 이름은 무겁게 듣지. 과연 예상대로 다들 살기 어린 눈빛을 거두고 나에게 항의 태세를 갖췄다.

"말도 안 돼요! 오빠!"

"네놈, 시끄럽다! 이건 모두 나와 카렌 언니 거야!"

"우우, 독재 반대! 우리는 노획물의 자유로운 분배 권리가 있다!"

"……속물."

다른 건 다 넘어가도 왜 속물이 나오지? 나는 진중하게 손을 내저어 소란을 잠재우고 딱 잘라 선언했다.

"이건 죄다 아버지 손에 맡길 거다. 나를 장자로 인정할 거면 따라주시지?"

이 녀석들은 여동생들 중에서도 비교적 어린 축에 속하는지라 아버지와 장자 자리를 대면 대충 알아듣는다. 뭐, 채찍은 이만하면 됐고, 다음은 당근.

"물론 구경은 해도 좋아. 그리고 어머니들의 입회하에 장신구를 달아봐도 좋고. 단, 쓰고 난 후 반드시 원위치시킬 것. 그리고 소유하고 싶다면 직접 아버지의 허락을 받을 것. 이 정도면 됐지?"

내 제안에 모두 불만을 삭인 듯 고개를 끄덕였다. 사실 이건 미봉책이다. 서로 취향이 겹치는 것도 있을 테고, 좀 더 예쁜 걸 갖고 싶어 할 테니 분명 분란이 일겠지만 그건 아버지가 알아서 하라지? 그놈도 이런 고생을 좀 해봐야 돼.

여동생들이 소란스레 자루를 펼치고 장신구를 들여다보는 걸 뒤로한 나는 다시 소파로 돌아가 편지 읽기에 몰입했다.

좀 시끄럽지만 이것 역시 하루 이틀 일도 아니니 무난히 넘어갔다. 그런데 카렌이 아비규환에 참가하는 대신 다시 내 옆에 와서 앉는 게 아닌가? 제발 가라, 가!

"너도 저기 참가하지 그래? 장신구를 좋아하지 않나?"

"아니요. 지금은 좀……."

말끝을 흐린 카렌은 편지를 잡고 읽기 시작했다. 중요한 편지는 내게 넘겨주고 적당한 편지는 자기 선에서 답장을 써서 보낼 생각인 모양이다. 후, 고양이 손이라도 도와주니 엄청 고마운걸.

우리 둘 다 입을 꾹 다물고 편지 읽기에 몰입하는데 장신구 쪽에 있던 한 여동생이 나를 불렀다.

"오빠, 좀 이상한 게 있는데?"

"적당히 처리해."

"좀 봐야 할 것 같은데."

퉁명스레 덧붙이는 걸 보니 뭔가 괴상한 게 튀어나왔다는 거다. 나는 편지 한 뭉치를 잡아 들고 자루로 이동하면서 읽었다. 가면서 손에 든 편지를 대충 다 읽은 후 자루의 내용물을 확인했다. 매듭이 풀린 자루들은 휘황찬란한 내용물을 활짝 드러내 보이고 있었다. 패물, 수석, 조각, 원석, 약초, 금……

그리고 여자. 잠깐, 여자?

생물학으로 분류하면 인간 여자다. 화려한 복식을 갖춘

묘령의 여성이 자루 속이라는 악조건을 이겨내고 잘도 자고 있었다. 잠시 자루의 통기성을 의심해 보던 나는 머리를 절레절레 흔들었다. 보나마나 아버지에게 헌상된 여자겠지.

"갖다 버려."

"살아 있는데?"

"우, 여자를 집 밖에 내던지다니. 오빠, 실망이에요!"

"……바바리안."

이 집에 내 편은 정녕 없는 것이냐! 하지만 저게 깨어나면 귀찮아질 게 뻔하단 말이지! 뭐, 일단 놔두고 나중에 처리할까?

"알았어, 알았어. 아무 방에나 던져 놔. 깨어나면 이야기하지."

이름 모를 아가씨의 운명을 결정지은 나는 다시 소파로 돌아갔다. 시간이 갈수록 피로가 가중되는지라 발이 절로 끌린다. 앉아서 편지를 읽고 있던 카렌이 걱정스러운 얼굴을 해보였다.

"오빠, 괜찮아요? 피곤하면 눈 좀 붙이세요."

"낭비할 시간이 없잖아."

그렇게 말하고 앉았지만 역시 한계인 모양인지 눈앞이 흐려진다. 몇 번 눈을 비벼봐도 초점이 잘 안 맞는다. 나는 한숨을 쉬고 머릿속으로 주판알을 튕겼다. 합리적으로 판단하건

대 좀 자고 일어나서 보는 게 낫겠다.

"아, 카렌, 오늘 오후에 한얼 지방 순회 있지? 제길, 많이도 못 자겠네. 30분 뒤에 깨워줘."

"아, 예. 편지들 봐둘 테니 편히 주무세요."

너만 믿으마. 안락한 소파에 몸을 파묻은 채로 그대로 눈을 감았다.

아버지의 꿈을 꿨다.

누구나 나를 보면 아버지 이야기를 했고, 나는 적당히 맞장구쳐 줬다. 사람들은 신화를 만들어낸 아버지에게 환상을 가지고 있었고, 나는 그것을 부수지 않기 위해서 총력을 기울여야 했다. 다정하다느니, 사려가 깊다느니 등등을 재료로 거짓된 조각품을 만든다. 실제로 만나면 절대 그런 생각을 안 할 테지만 어차피 만날 일도 없을 테니 상관없다.

내가 다른 이들의 앞에서 아버지에게 바친 찬사 중 사실과 다르지 않은 것이 단 하나 있다면, 가정적이란 표현이었다. 환란을 물리친 아버지는 어머니의 병환을 다스리는 데에만 온 힘을 쏟았다. 거기엔 내가 상상도 못할 금액이 들어갔다.

아버지는 그것을 위해 오지를 떠돌며 직접 약초를 캐 왔고, 그렇게 해서 약이 끊긴 적이 한 번도 없다는 점에선 애처가라 할 수 있을 거다. 가정을 위해 헌신했다고 할 수도 있겠고. 어머니가 편찮으시면 내 동생들을 돌보며 안고 재우던 기억이 어렴풋이 난다.

　나에게 그래 준 적은 없지만.

　아버지는 날 싫어한다. 아주 어릴 때의 기억이지만 확실하게 머릿속에 각인되어 있다. 잘난 부모에게 태어난 나는 당연히 신성 마법에 재능이 있으리란 기대를 받았다. 물론 마법적 재능은 유전되지 않는다. 하지만 아버지와 어머니, 양친 모두 특이 케이스니까 그 유일한 자식에게 기대가 쏠리는 거야 당연하다.

　그리고 너무나 당연하게도 나에게 그런 재능은 없었다.

　애당초 나는 검을 쥐고 휘두르는 쪽에 흥미가 있었다. 주위의 기대를 무시할 수 없어서 억지로 신학을 배워봤지만 양친은 좋은 스승의 재목은 아니었다. 두 분 다 체계적으로 배우지 않고 그냥 자연스레 쓰고 계셨으니까. 그리고 제대로 된 스승에게 배워도 마찬가지였다.

　"너는 신을 믿지 않는구나."

　차가운 한마디가 나를 좌절시켰다. 그래, 나는 천성적으로 의심덩어리인 놈이고, 대상이 신이라고 해서 예외가 아니다. 굳이 분류하자면 불신자에게 가깝겠지.

　"마법을 쓰기 위해서 신을 믿는 건 가당치도 않아."

　스승은 따끔하게 일침을 놓았고, 나는 그에 수긍했다. 사실 이런 건 중요한 게 아니다.

　내가 신성 마법 사용을 포기하겠다고 하자 모두들 위로해

주었다. 괜찮다고. 그럴 수도 있다고. 너무 신경 쓰지 말라고. 검에 재능이 있으니까 상관이 없다고. 단 한 사람을 빼고 모두 위안을 주었다.

하지만 그 한 사람이야말로 내 포기를 상냥하게 받아들여주기를 소망한 인간이었기에 그의 말이 더욱 가슴을 아프게 했다.

"거기까지냐?"

명백한 냉소. 그것이 처음이자 마지막으로 내게 헌사한 아버지의 웃음이었다. 그때까지만 해도 위대한 아버지와 성녀로 불린 어머니를 존경하는 마음이 넘쳐흘렀다. 어렸으니까. 아버지가 차갑게 나를 쳐내도 괜찮았다. 내가 아버지를 좋아했으니까.

이야기 속에서 나온 아버지는 위대했고 자랑스러웠다. 하지만 현실은 달랐다. 대환란에서 세계를 구한 영웅 대신에 냉정한 돌덩이가 있었다.

"그 정도밖에 안 되는군."

그 말을 남기고 아버지는 등을 보이고 사라졌다. 그 말에 나는 심하게 울어버렸다. 결코 아버지에게 용서받지 못할 것이며, 내가 못나서 아버지를 실망시켰다고 생각했다. 그러니까 전부 내 잘못이라고, 모두 내가 무능한 덕분이라 생각하고 아버지를 미워하지 않으려 했다.

그러던 것이 대가리가 굵어지니까 조금 진실이 보였다.

나라고 좋아서 여섯 어머니 중에서 하필이면 지금의 어머니 배를 빌어 태어난 게 아니다. 어머니는 나를 낳으시고 건강이 급격하게 악화되셨다. 그러니 아내 사랑이 지극하신 아버지가 날 미워해도 별수없다. 하지만 그 주체는 아버지, 당신이 아닌가? 아니면 다들 말은 안 하고 있지만 나는 어머니의 배를 빌어 태어났으나 당신의 자식이 아니었나?

열 받지 않을 수가 없다.

반항심, 미움, 증오가 절로 생겨났다. 어린 시절엔 차갑게 대하는 아버지 때문에 많이 괴로웠고, 숨어서 운 적도 많았다. 나를 미워하는 아버지에게 다가가기 위해 갖은 노력을 기울였지만 언제나 돌아오는 것은 냉대뿐이었다. 커가면서 나는 언제나 아버지의 아들로 불렸고, 반감은 갈수록 커져만 갔다. 대단하신 아버지, 영웅이신 아버지, 망할 아버지, 빌어먹을 아버지, 엿 같은 아버지!

그리고 그 자식인 무능한 나.

나는 없다. 유능한 아버지에게 무능한 자식은 없다. 유능한 아버지와 유능한 아버지의 자식만이 존재했을 뿐이다. 다들 그렇게 본다.

그래, 이 세계에 있는 이상 나는 어디에도 없어.

어딜 가건 무엇을 하건 일생 동안 대영웅의 아들이라는 꼬리표가 붙어다니겠지.

"후우."

나는 천천히 눈을 뜨고 앞쪽을 살폈다. 산처럼 쌓여 있던 편지 뭉치들이 사라져 있었다. 게다가 나무 창밖으로 보이는 하늘은 이미 해가 져 어두컴컴했다. 그럼 저녁? 헉! 이게 어떻게 된 거지?

놀란 벌떡 일어나자 몸을 덮고 있던 이불보가 떨어졌다. 누가 덮어준 모양이다. 제길, 얼마나 잔 거야? 좌우를 둘러봐도 넓은 거실 안에는 사람 하나 안 보인다.

"으음."

나는 마른침을 삼키고 식당으로 향했다. 주방은 거실에서 왼쪽으로 나가면 있는데, 평소에 집안 식구들은 식당에서 식사를 한다. 유명한 화가들이 그린 그림들이 즐비하게 걸려 있는 복도를 걸어가자 여자 애들이 만들어내는 소음이 귀에 박혔다.

"후우."

다행히 습격이나 그런 건 아니었나 보군. 몇 년 주기로 멍청한 놈들이 시도하곤 했는데, 이번에는 아니었나 보다. 그 가능성을 배제하자 바로 다음 문제가 내 마음을 짓눌렀다.

"제길, 하루 종일 잤다면 오늘 스케줄이 다 날아간 거 아냐?"

대체 왜 안 깨운 거지? 나는 이를 갈며 나무 바닥을 세게 차면서 걸어가 식당의 문을 활짝 열었다. 지름이 몇 미터는 됨직한 원탁에는 큼지막한 바닷가재들이 담긴 냄비가 놓여 있고, 원탁의 곡선을 따라 놓여 있는 수십 개의 의자들은 여동생들에게 점령되어 있었다. 여자 애 숫자가 많으니 그 소리가 복도까지 울리는 게 당연하지.

그리고 내가 식당에 들어서자 거짓말처럼 모든 소리가 뚝 멈췄다. 여동생들은 한결같이 입을 다물고 나를 노려보고 있었다.

"아, 오빠. 앉으세요."

웃어 보이는 카렌을 무시하며 나는 여동생들을 훑어보았다. 뭐, 기세를 보아하니 아까 시끄럽게 굴던 둘이 연합해서 나에게 적대적인 분위기를 조장한 모양이다. 본래 나이 많은 쪽이 적은 쪽에게 힘을 행사할 수 있으니까.

근데 나는 숫자로 치면 0인데 왜 개털 취급이지? 잔뜩 화난 얼굴로 노려보는 4번째를 무시하고 카렌에게 나직이 물었다.

"너, 왜 나 안 깨웠어?"

"아, 그건······."

짜증난다. 정말 짜증난다. 아버지 꿈을 꾼 것도 돌아버릴 것 같은데 여동생이란 것들은 사람 속도 모르고 왜 이 지랄들이지? 절로 목소리가 거칠어진다.

"변명하지 말고 예, 아니오로만 말해. 일부러 안 깨운 거냐?"

카렌은 작게 고개를 끄덕여 보였다. 하, 돌겠군. 진짜 돌겠다. 그나마 믿을 만한 여동생이라고 생각했는데 이럴 때 비수를 꽂는구나. 내가 아버지 대리 짓에 얼마나 신경 쓰는지 잘 아는 녀석이 그랬단 말이지?

"오빠는 지금 너무 무리하고 있어요. 좀 쉬시는 편이……."

"누가 너한테 내 몸 걱정해 달래?"

전부 짜증 난다, 전부! 아버지 대리 노릇을 해야 하는 나나 옆에서 시끄럽게 구는 여동생들이나, 날 아버지의 아들로만 보는 세상 모두 다! 다 싸잡아서 싫어 죽겠다!

분위기 파악을 못하고 하나가 좋알댄다.

"언니가 생각해 주는데 말투가 그게 뭐야!"

"닥쳐."

"뭐야, 정말! 오빠는 갈수록 이상해! 예전에는 그렇게 신경질도 안 냈……."

순간 이성이 끊겼다.

정신을 차려보니 카렌의 뺨은 부어 있고 내 팔과 다리는 다른 여동생들이 붙들고 있었다. 그래 봤자 어린 여자 애들의 힘이다. 한 번 몸을 털면 쉽게 떨쳐 낼 수 있다. 지금 때린 타겟은 잘못되었다. 방해다. 저 시끄러운 입을 막지 않으면 분이 안 풀려.

내가 앞으로 한 발을 내딛자 다른 여동생 대신 맞은 카렌이 허리를 숙여 보였다.

"죄송합니다."

"⋯⋯."

정신이 번쩍 든다. 아, 지금 뭘 한 거지? 여동생의 도발에
넘어가서 손찌검을 한 건가? 내가 여동생에게?

카렌은 허리를 숙인 채 말이 없었다. 다른 것들도 분위기를
알아차렸는지 하나같이 입을 다물고 있다.

카렌의 머리를 내려다보던 나는 몸을 돌려 식당을 빠져나
왔다. 식당 문을 쾅! 닫자 정신이 더욱 또렷해졌다.

"아⋯⋯."

진짜 최악이네. 젠장! 전부 아버지 탓이다. 꿈에까지 등장
해서 날 괴롭히니까 이 꼴이 나는 거잖아!

"하아!"

나는 다시 복도를 거슬러 올라가 소파로 돌아왔다. 일
단⋯⋯ 내일 일도 있으니까 나가 있는 게 좋겠다. 카렌의 얼
굴 보기도 힘들고.

오빠가 나가자 카렌은 허리를 바로 세우고 자리에 앉았다.

"다들 먹어."

시끌벅적하던 아까와는 달리 쥐 죽은 듯이 고요하다. 식기
와 그릇 부딪치는 소리만 들릴 뿐이다. 비록 나이가 어리다
하여도 분위기가 심상치 않을 때 조용해야 한다는 것 정도는
눈치로 알고 있다.

'오빠가 언니를 때렸어…….'

다들 눈빛으로 그런 의견을 교환하고 있었다. 어느 순간 제일 용감한 여동생이 칼받이로 나섰다. 어린 나이에 이런 숨막히는 분위기를 오래 참기는 어렵다.

"언니, 괜찮아요?"

"응, 괜찮아."

카렌은 담담히 웃으며 고개를 끄덕여 보였다. 아프지 않다면 거짓말이지만……. 어쨌거나 여동생들에게 걱정을 끼칠수는 없었다. 카렌이 평소처럼 말하자 여자 애들의 입이 하나둘씩 열렸다.

"오빠, 나빴어. 언니를 때리고."

"정말 왜 저래? 날이 갈수록 이상하게 굴어."

"최저야. 인간 이하."

"……쓰레기."

이대로라면 리워드는 완전히 매장당하게 생겼다. 카렌은 짐짓 웃으며 고개를 흔들어 보였다.

"다들 오빠 험담은 하지 마. 이건 언니가 잘못한 거니까."

"하지만 때렸잖아요."

"때렸어, 오빠 나빠."

카렌의 만류에도 분위기가 호전될 것 같지는 않다. 확실히 그녀들의 오빠는 갈수록 이상해지고 있었다. 예전에는 여유있게 농담하면서 즐겁게 놀아주곤 했는데 사람 접대다, 아버지 대리다 하더니 어느 순간부터 사람이 변한 것이다. 그것도 나쁜 쪽으로.

"아빠에게 일러야지."

"맞아, 언니를 때리다니. 엄마가 여자를 때리는 남자는 죽여도 된대."

"아빠에게 혼내주라고 하자."

아버지가 연관되면 곤란하다. 수프를 떠 먹던 손을 멈춘 카렌은 진지하게 목소리를 깔았다.

"자자, 다들…… 오늘 여기 일은 없었던 거야."

다들 불만 섞인 얼굴이었지만 카렌이 엄하게 이르자 다들 마지못해 고개를 끄덕여 보였다. 그제야 얼굴을 푼 카렌은 바닷가재를 먹기 힘들어하는 어린 여동생들을 도와주기 시작했다. 그렇게 도와주기 바쁜지라 정작 자신은 잘 먹지 못해 마지막까지 식당에 남아버렸다.

"후우."

쌓여 있는 설거지거리를 본 카렌은 낮게 한숨을 쉬고는 설거지 당번 동생에게 말해야겠다고 결심하며 남은 가재를 잡았다. 이제야 자신의 식사 시간이다.

"아…….."

아직 오빠가 안 먹었지? 잠시 망설이던 카렌은 바닷가재와 스프를 덜어 담은 접시를 받침대에 놓고 식당을 나왔다.

"오빠는 방에 있겠지?"

정말 몸이 안 좋아 보여서 일부러 안 깨운 건데 단단히 화가 난 모양이다. 카렌은 자책하며 목조 계단을 올라 2층으로 향했다. 2층은 ㄷ자 구조로 되어 있었는데 마지막 끄트머리의 방이 리워드의 것이었다.

"하아."

요즘 오빠는 정말 힘들어 보인다. 아이들은 멋모르고 떠들지만 카렌은 리워드의 심사를 어렴풋이 알아차리고 있었다. 어째서인지 어머니들도 이야기하지 않는 부분이지만 아버지와 오빠 사이에는 어떤 골이 형성되어 있었다. 아마 리워드를 신경질적으로 변모시킨 것도 그것이 원인이리라.

"너무 무리하지 않는 게 좋을 텐데……."

자기 몸은 전혀 생각하지 않는 타입인지라 평소 잘 먹지도 자지도 않았기 때문인지 큰 키에 비해 마른 체형이다. 오빠의 건강을 염려하며 조심스레 걸음을 옮기던 발이 어느새 끝 방의 문 앞에 도달해 있었다.

"후우~"

심호흡을 한 카렌은 문을 똑똑 두드렸다. 한참을 기다려도 답이 들려오지 않자 카렌은 받침대를 문 앞에 놓아두고 뒤로 한 걸음 물러났다.

순간 어떤 불길한 예감이 들었다.

천천히 팔을 움직여 문의 손잡이를 살며시 쥔 카렌은 눈을 감고 깊게 호흡했다. 그리고 느린 동작으로 문고리를 돌렸다.

문은 잠겨 있지 않았다.

방 안에는 아무도 없었다.

"⋯⋯."

카렌은 순간 이성을 잃을 뻔했다.

로스터슬라프에서 16세는 성인으로 취급받는다. 즉, 16번째 생일은 성인식이기도 한 것이다. 그런 연유로 아이가 16세가 되면 있는 살림, 없는 살림을 모두 털어서 크게 잔치를 벌이는 게 이 세계의 풍습이다.

하물며 세계를 구한 영웅의 차녀가 성인이 되는 날이니 오죽하랴. 이른 아침부터 세계 각지에서 몰려온 축하장과 생일 선물이 과장없이 말해 몇백 수레였다. 내용물이 다양한 만큼 보낸 이도 다양했다. 값을 헤아리기 어려운 보물부터 아이들이 접은 천 마리의 학까지, 제국의 황제부터 무지렁이 농민까지 한마음으로 영웅의 딸이 성인이 된 것을 축하해 주고 있었다.

사실 리워드 때는 천 단위에 달했으니 이젠 놀랍지도 않지만 그래도 수백 대나 되니 행렬의 끝이 안 보일 지경이었다. 집 밖에 나와 생일 선물들을 받고 수령증을 써주던 카렌의 얼굴에 문득 그늘이 졌다. 선물이 너무 많아서 쌓아두는 것도 어렵다 같은 이유는 아니다. 이런 과대한 양의 선물을 보관할 장소는 이미 집에 마련되어 있었다.

그녀 혼자만 알고 있는 사실이지만 리워드의 소재가 어제 저녁부터 오리무중이었다. 다른 가족들이 물어보면 출장이라고 둘러대긴 했지만 조잡한 둘러대기로는 오래가지 못할 터. 심경을 짐작해 보니 그녀의 얼굴 보기가 마땅치 않아 나간 모양이다. 평소 오빠의 성격이라면 오늘 스케줄을 틀림없이 이행하기는 하겠지만…….

'이대로 집에 돌아오지 않는다면…….'

갑자기 든 예감에 카렌은 고개를 휘휘 저었다. 수령증을 기다리고 있던 배달부가 어리둥절한 표정을 지어 보이자 손을 흔들어 아무것도 아니라는 제스처를 취해 보인 카렌은 허리를 숙인 채로 열심히 펜을 놀렸다. 앞으로 몇백 장을 더 써야 하니 더 이상 다른 생각을 할 겨를이 없었다.

"후우……."

붉은 입술을 타고 작은 한숨이 흘러나왔다. 어쩐지 가슴이 두근대는 게… 여동생의 생일이라는 경사스러운 날임에도 불구하도 아주 좋지 않은 일이 일어날 것만 같다.

불행히도 카렌의 예상은 적중했다.

집안의 생일 행사는 몇 가지 제약이 있는데, 그 첫 번째가 외인은 참석시키지 않는 것이다. 덕분에 생일 파티 자체는 조촐하게 차려졌다. 계주 달리기를 해도 좋을 넓이의 거실에 선물꾸러미의 탑을 쌓고 갖가지 장식을 달아놓은 게 조촐한 편이라면 배 곯는 아이들이 혀 깨물고 죽을 소리이지만 이 집안의 기준으로는 분명 간소한 편이었다.

여자 애들은 좋아라 깍깍거리며 선물꾸러미에 소리를 내거나 화려한 빛을 내뿜는 장식들을 달고 있었다. 철이 아직 덜든 애들인지라 어제의 일 따위는 새까맣게 잊은 듯했다. 그걸 지켜보는 좀 나이 든 축들도 어머니들에게 재롱을 떠느라 여념이 없어서 결과는 별 다를 것이 없었다.

사고가 벌어질 요소는 전혀 없었다고 봐도 좋다. 아니, 정확히 말하면 세 가지 요소가 결합할 확률이 경미하다는 걸 맹신했달까.

첫 번째, 집안의 가장인 키워드는 가족의 생일만큼은 꼭 집에 있었다. 단, 아들의 생일은 빼고.

두 번째, 오늘의 주인공인 차녀께서 오라버니에게 대단히 화가 나 있었다. 그 망할 오라비라는 것은 어느 순간부터 성격이 뒤틀리는가 싶더니 이제는 여동생의 생일마저 관심없다는 태도였다. 용서가 되지 않았다.

세 번째가 가장 일어날 확률이 적었지만 그건 어제 발생되어 있었다. 리워드가 여동생에게 손찌검을 했다. 첫 번째 요소는 세 번째의 전후 사정에 대해 별 관심이 없다. 오로지 그 사실 자체만이 중요하지.

"이거, 좀 아픈데 그만 하면 안 될까?"

간만에 돌아온 아버지, 키워드는 거실의 소파에 앉아 여동생 하나를 안아 들고 놀아주고 있었다. 정확히 말하면 머리카

락을 뽑히고 있었다.

선물들의 수납을 마친 카렌이 집 안으로 들어오다 그 모습을 보고 가슴을 쓸어내렸다. 어제의 오빠와 아버지를 마주하게 했다가는 심상치 않은 결과가 나올 것 같았는데 다행인지 불행인지 오빠는 집에 없었다.

"첫째 딸, 오랜만이군."

오랜만에 본 아버지는 웃으며 손을 흔들어 보였다. 카렌은 공손히 허리를 숙이며 인사했다.

"다녀오셨어요, 아버지."

"아빠라고 하라고. 아, 그래. 이거 먹을래?"

끌어안고 있는 딸의 입에 테이블에 차려진 쿠키 한 조각을 물려 주려던 키워드의 손등을 누군가 철썩 쳤다. 그 무례한 행위의 주인공을 살펴보니 바로 오늘의 주인공이 아니신가?

"으음, 둘째야. 아빠의 손등을 치다니."

"걔, 말은 안 하지만 쿠키를 싫어해요."

아버지에게 쏘아붙인 둘째는 왼편에 앉았다. 키워드는 그 차가운 기세에 내심 움찔했지만 웃는 낯은 그대로였다. 딸들에게 웃어 보이지 않으면 마음이 편치 않다. 반대로 딸들이 기쁜 기색이 아니라면 걱정이 되는 것이 키워드의 마음이었다.

"생일인 데도 전혀 기쁘지 않은 얼굴인데…… 무슨 문제라도 있어?"

잠시 망설임이 있었다. 아버지가 오빠를 싫어하는 거야 어지간한 눈치면 잘 안다. 이 아버지는 나이가 서른을 넘겼지만 감정을 숨길 줄 몰라서 아내들을 대하는 태도와 딸들을 대하는 태도, 그리고 아들을 대하는 태도가 확연히 차이가 났다. 말한다면 곱게 끝나지 않으리라.

그렇지만 오빠는 정말 최저였다. 눈치도 없고, 자신 따위는 될 대로 되라는 태도에 언니까지 때리고! 아무리 양보해도 이번만큼은 용서가 되지 않았다.

"오빠가 절 울렸거든요. 생일인데 무시했어요."

키워드의 얼굴이 딱딱해졌다. 아이들을 도와 선물 탑 꼭대기에 반짝이는 별을 달던 카렌의 안색이 새파래졌다. 등을 돌리고 있었지만 아버지의 분위기가 순식간에 변했다는 게 생생하게 느껴졌다. 무시무시한 뭔가가 격렬하게 분노하는 기세, 마치 맹수가 등 뒤에서 이를 드러내고 있는 것이 이러할까.

"그리고……"

카렌은 천천히 고개를 돌렸다. 어떻게든 다음 말은 막지 않으면 안 된다. 하지만 행동보다 말이 더 빠른 법이다.

"오빠가 언니를 때렸어요."

"맞아요, 아빠! 오빠를 혼내줘요!"

"카렌 언니 엄청 아팠을 거야."

이구동성으로 외치는 동생들의 입을 틀어막아 봤자 이미

때는 늦었다. 두려움을 이기지 못한 카렌은 눈을 질끈 감았다가 떴다. 어떻게든 그녀의 선에서 막아야 한다. 맞은 당사자가 간곡하게 말리면 들어줄 거야. 불안감을 이기지 못하고 거칠게 뛰는 심장을 달랜 카렌은 뒤를 보았다.

아버지를 본 카렌은 아무 말도 할 수 없었다.

카렌은 그 순간 야차의 모습을 보았다.

자식이라도 서슴없이 잡아먹을 괴물이 맹렬히 분노하고 있었다.

천장을 올려다보기가 힘들 정도의 높이를 자랑하는 홀에 연미복과 화려한 드레스를 입은 무리 수십이 섞여 이야기를 나누고 있다. 벽에 기댄 악단이 그 사이로 아름다운 음악을 불어넣고, 요란한 웃음소리와 각종 이야기가 음악을 타고 흘러 귓가에 흐르고 있었다.

주최자는 크게 만족하고 있었다. 본래 이런 파티에 누가 참가하느냐는 가문의 세를 측량하는 가장 좋은 장소로, 비록 중요한 인사가 몇몇 빠졌지만 거물이 납셔주셨으니 문제될 것이 없었다. 오히려 이 하나의 참석자로 기대 이상의 성과를 보이고 있었다.

주최자는 홀의 중앙에서 귀족들에게 둘러싸여 이야기를 나누는 백발 청년을 흡족한 눈으로 바라보았다.

대영웅 키워드의 장자, 그 이름 하나로 오늘 파티는 성공이었다.

사람을 즐겁게 하는 화술이 꽤 능숙한지 그의 주변에서는 웃음이 끊이지 않았다. 뭐, 사실 안 즐거워도 웃어야겠지만. 상대는 영웅의 아들이며 먹음직스러운 먹잇감이다. 누가 저런 알짜배기의 신경을 거슬릴 미련한 짓을 하겠는가. 그런 멍청이에게는 초대장을 보내지도 않았다.

'흐음, 역시 탐나는데.'

주최자는 앞머리를 길러 살짝 눈을 가린 청년을 훔쳐보며 입맛을 다셨다. 은거한 키워드가 공식 석상에 나서지 않은 지 20년이 다 되간다. 이제는 그 아들의 시대다. 비록 그 아버지와는 달리 고작해야 또래들에게나 통할 검술 실력에 마법을 쓰지 못한다지만, 꿩 대신 닭이라는 격언도 있잖은가?

아니지, 이 경우는 닭을 노린 게 아니라 닭에 이어진 용을 노리고 있다고 해야지. 리워드와 딸을 혼인시키면 대영웅과 사돈 집안이 된다. 비록 은거를 선언했다고 하나 사돈 집안이 위기에 몰려도 손놓고 있을까? 어디 그뿐인가. 그 이름만으로도 강력한 힘이 된다. 대영웅의 사돈, 실로 좋은 어감이 아닌가?

왕가를 넘보는 것도, 아니, 인척 관계만 만든다면 당장 왕국을 세워도 탈이 없으리라. 세계를 구한, 대적할 자 없는 막강한 무력의 대명사는 활동을 접은 지 이십 년이 다 되도록 강력한 힘을 발휘하고 있었다.

실제로 영웅의 아내들의 집안은 제각기 성세를 구가하고 있었다. 한얼의 유가(家)는 일약 세계 2위의 상회로 올라섰고, 천대받던 이실피르 가문은 열후에 봉해졌다. 그뿐이랴, 대역 적으로 몰렸던 제국의 무신은 그 사위 덕분에 오명을 벗고 만 고의 충신으로 불리게 되었다.

이제 영웅은 더 이상 아내를 맞이할 뜻이 없어 보인다. 몇 몇 멍청한 이들은 아직도 들이대고 있지만 어리석은 짓. 시간 이 흐르면 세대가 교체되는 법이다.

그리고 지금 이 시대는 그 아들을 누가 손아귀에 넣느냐로 성패가 결정되는 때.

비록 그 아들이 이런저런 핑계를 대고 혼담을 거절하고 있 다지만 자신의 딸을 보면 그 미모에 그런 말을 못하리라.

게다가 리워드는 분명히 미남이다. 눈처럼 하얀 백발을 길 러 눈을 가렸지만 수려한 이목구비 전부를 감추지는 못한다. 리워드가 어릴 때 지 아비를 빼닮은 얼굴로 세간의 화제를 모 으지 않았던가? 그대로 성장했다면 대영웅, 키워드를 다시 보 는 것과 다를 것 없는 생김새일 터.

그 잘생긴 얼굴을 어째서 감추는지 모르겠지만, 아무튼 딸 에게도 못할 짓은 아니다. 아니, 설사 몇 년 사이에 얼굴이 바 뀌어 여드름 곰보가 되어 있다 해도 이 혼인은 성사시켜야만 한다.

"자, 그럼……."

야망을 위해 리워드에게 접근하려던 주최자는 순간 걸음을 멈췄다. 어디서 많이 본 얼굴의 사내가 걸어오고 있었다.

이 홀이 넓은 편이라고 해도 삼삼오오 모여 있는 관계로 좁은 곳은 좁다. 즉, 직진하기에는 간간이 걸림돌이 존재한다. 하지만 입구에서부터 걸어온 사내는 그런 지형지물에 전혀 개의치 않고 오로지 직진했다.

"어……."

망설이지 않는 사내의 행보에 어깨를 부딪친 귀족 남자가 상대를 올려다보며 삿대질을 하려다 순간 입을 다물었다.

갑자기 침묵이 내려앉았다. 악대는 연주를 잊었고, 손님들은 할 말을 잃었다. 그리고 주최자는 대처를 잊었다. 다들 회색머리칼, 회색 눈을 가진 남자의 정체를 반신반의하고 있었다. 그만큼 예상을 뛰어넘은 충격적인 등장이었다.

홀 안의 정적에 아랑곳하지 않은 사내는 묵묵히 전진했다. 상황이 어떻게 돌아가건 상관없다는 태도다. 그 발자국 소리를 들은 주최자가 화들짝 놀라 그 앞을 가로막았다.

"키, 키워드 공!"

대영웅은 통행에 방해물인 주최자를 후려쳤다. 세계를 구한 손에 얻어맞은 주최자는 순식간에 기절했다. 다음부터 자랑거리가 하나 늘 것이다. 대영웅의 손아귀에 얻어맞은 뺨이니까.

몸 바쳐 그 정체를 입증한 주최자로 인해 모두들 사내의 정체를 확신하게 되었다. 하지만 그 누구 하나 감히 입을 열지 못했다. 다들 찬사의 말을 바쳐야 했지만, 경의를 표하며 엎드려야 했지만 누구 하나 그럴 생각조차 못했다.

지금 세계를 구한 대영웅이 맹렬하게 화를 내고 있었다. 그 기세가 어찌나 무시무시한지 옆에서 보고 있는 것만으로도 겁이 났다. 그 시선의 끝이 자기에게 향하지 않기를 빌며 숨죽이는 수밖에.

모두의 자발적인 협력 덕분에 대영웅은 그 아들과 코앞에서 마주하는 데 성공했다. 리워드 곁에 몰려 있던 귀족들은 알아서 분위기를 보고 슬쩍슬쩍 피해 버린 후였다. 평소라면 키워드와 말 한번 나눠보는 게 소원인 자들이지만, 지금 말을 걸었다가는 맞아죽을 것 같으니 자리를 피할 수밖에.

"…아버지?"

리워드는 굉장히 놀랐다. 아버지가 자신을 찾아오다니? 이런 일은 한 번도 없었다. 아니, 앞으로도 있으리라고 생각되지 않는다. 전혀 생각지도 않은 전개라서 꿈이라고 생각될 정도다.

다행히 꿈이 아니었다. 아버지는 몸소 그 증거를 보여주었다.

갑자기 날아드는 키워드의 주먹이 리워드의 면상을 후려쳤다.

"이 개새끼가……."

눈앞이 아찔해진다 싶더니 이미 얻어맞은 후였다. 과연 세계를 구한 영웅, 그 손속의 빠르기가 번개 같다.

그때부터 아버지는 아들을 패기 시작했다. 침묵이 내려앉은 홀에 잔잔한 구타음이 울려 퍼졌다.

영웅의 아들 폭행이라는 전대미문의 광경에 모두들 멍청하게 서서 구경하기 시작했다. 30대 아비가 10대 아들을 구타하는데 뭐라고 말리랴. 무슨 일인지는 몰라도 애는 때리지 말라고? 그렇게 말리는 건 좋은데 과연 그럴 배짱이 누구한테 있을까? 저 기세라면 말리다가 휘말려서 같이 얻어맞고 말 게다.

말리는 이 하나 없이 속수무책으로 얻어맞던 리워드는 이를 악물었다. 이대로는 곤란하다. 어떻게든 수습하지 않으면 안 된다. 안면에 세 방, 어깨 탈골, 복부 및 다리에 심각한 사태가 일어났다고 한들 수습이 먼저다.

"잠깐! 아버지! 일단 이야기부터……."

"닥쳐!"

잘도 놀리는 입에 매서운 주먹을 날린 키워드는 이후 세 번의 회복 마법을 사용했다. 즉, 죽지 않을 정도로 팬 다음 치료, 그리고 구타를 반복한 것이다. 쉴 새 없이 얻어맞던 리워드는 세 번째 회복 마법을 받기 전에 정신을 놓아버렸다.

"후우, 후우."

널브러진 아들을 내려다보던 키워드는 숨을 몰아쉬었다.

지쳐서 그런 게 아니라 흥분을 삭이기 위해서다. 이 이상 패다가는 정말 참지 못하고 쳐 죽일 것만 같았다. 그건 안 되지.

"젠장."

키워드는 의식을 잃은 리워드의 멱살을 잡고 공간 이동의 주문을 외웠다.

"아……."

이 모든 것이 꿈이었다면 얼마나 좋을까, 가끔 생각할 때가 있다. 바로 지금이 16년 동안 살아오면서 가장 강렬하게 느끼는 때다.

하얀 천장을 올려다보던 나는 천천히 침대에서 일어났다. 그토록 얻어맞았는 데도 통증은 없었다. 머리를 흔들고 좌우를 살펴보았다.

가구라고는 옷장과 침대가 전부인 살풍경한 10평 남짓한 어머니의 취향을 따라 꽃무늬로 도배한 벽지가 인상적인 방에는 특별히 다를 것이 없었다. 지독한 악몽을 꿨다고 착각할 수 있다면 참 좋겠지만… 의자에서 졸고 있는 카렌을 보니 그도 아닌 것 같다.

"야."

내가 부르는 소리에 화들짝 깨어나 놀란 눈을 한 카렌에게 천천히 물었다.

"어떻게 된 거야?"

카렌은 당황하는 기색임에도 불구하고 간략하게 설명했다. No.2가 아버지에게 고자질한 것, 그걸 들은 아버지가 뛰쳐나가더니 한참 뒤에 정신을 잃은 나를 업어온 것. 덕분에 어머니들에게 대판 혼났다는 쓸데없는 이야기까지.

"…말리지 못해서 죄송해요."

정말 쓸데없는 걸 덧붙이는군. 나는 고개를 거칠게 흔들며 손을 내저었다. 지금은 혼자 있고 싶다.

"나가."

"오빠……."

"좀 혼자 놔둬. 제발."

내가 강하게 말하자 카렌은 입을 다물고 방을 나갔다. 베개에 등을 기댄 나는 문 닫히는 작은 소리를 들으며 눈을 감았다.

끝장이군.

전부 끝났다. 이걸로 대영웅의 아들, 리워드의 가치는 사라졌다. 귀족들 앞에서 그런 꼴을 적나라하게 보였으니 소문이 일파만파로 퍼져 나갈 게 뻔하지. 대영웅의 아들이라는 혈연은 힘을 잃게 될 거다. 그건 내가 바라는 상황이자 내가 바라는 상황이 아니다.

앞으로 뭘 하건 이 세계의 모든 이들은 '영웅이 미워하는 아들'이라는 수식어를 붙이고 나를 보겠지. 그게 당연하다. 본래 세간은 가쉽에 민감하고, 아버지는 모두의 흥밋거리니까.

"하하하……."

어째 기쁘지가 않네. 기껏 아버지의 아들이라는 굴레를 벗어났는데.

벗어나긴 뭘 벗어나. 오히려 더 기분 나쁜 형태로 꽁꽁 묶였다. 이걸로 절대 벗어날 수가 없다. 하다못해 석년의 아버지 같군요, 같은 소리도 노려볼 수 없게 되었다.

"노리긴 뭘 노려……."

헛된 소망이지. 나름대로 자신있게 출전한 검술대회에서는 꼴랑 4위. 뭐, 4위도 나름 잘난 거지만…… 그래 봤자 대환란에서 세계를 구해내고 봉인을 깨뜨린 아버지에 비하면 조족지혈이다. 우승을 해도 당연시 될 마당에 고작 4위를 했을 때 수근거리던 소리가 아직까지 잊혀지지 않는다.

"하아……."

이젠 모르겠다. 앞으로 아버지의 대리로 활동하는 것도 불가능하다. 생각해 보라, 아버지가 만인의 앞이라는 상황에도 개의치 않고 나를 패버렸다. 그런데 내 이름이 힘을 유지할까? 유지되면 오히려 이상하지.

그동안 쌓아올린 내 모든 것은…… 전부 아버지라는 이름의 토대에서 시작되었다. 그 기반을 아버지가 붕괴시켜 버린 이상 발버둥쳐 봤자 추락은 피할 수 없겠지.

"이 세계에서… 내가 이룰 수 있는 일은 아무것도 안 남은 거냐?"

집안에서 도망친다고? 무리다. 마법의 힘이란 매우 강대하고, 이 집안에는 그 스페셜 리스트들이 상시 대기 중이다. 어딜 가건 금방 포착되는 건 시간문제다.

마법으로 날 찾아내건 말건 그냥 무시하고 한적한 곳에 가서 정체를 숨기고 살까? 그래 봤자 내 면상은…… 아버지의 것과 너무 닮아 있다. 비록 머리칼로 눈을 가렸다 해도 다른 부분이 빼닮아 있어서 누구나 아버지를 연상하게 될 것이 분명하다.

"하하……."

뭐야, 씨발. 뭘 어떻게 해볼 건덕지가 전혀 없잖아? 너무 인생이 개 같네! 아버지로 시작해서 아버지로 끝나잖아!

"하……."

소리 내어 웃기도 힘들다. 억지로 입매를 끌어올려 웃으려 했지만 그것도 마찬가지로 힘들다. 사실 웃을 상황이 전혀 아니거든.

"잠이나 잘까……."

나는 다시 침대에 누워 눈을 감고 잠을 청했다.

내가 아버지의 이름에 누를 끼치지 않으려고 얼마나 노력했는데…… 기껏 보답이 이거냐.

황량한 땅이다.

물 한 방울, 습기 하나 없는 땅. 높낮이라고는 없는 지대가 내 눈앞에 펼쳐져 있었다. 쩍쩍 갈라진 땅에는 풀 한 포기 나 있지 않는 게, 생명이라고는 나 혼자밖에 없어 보인다. 있는 것이라고는 흙과 돌뿐. 삭막한 흙바람이 내 뺨을 할퀴고 지나 갔다.

"왜 이런 곳에……."

잠시 주위를 둘러보자 한 인영이 눈에 들어왔다. 분명히 방금 전까지는 나 혼자였는데 어느새 천연덕스럽게 나타나 있다. 뭐, 뭐지?

종교 종사자들이 즐겨 입는 흰색 토가를 걸친 여자였다. 수수한 갈색 머리칼은 목까지 짧게 길렀고, 손에는 죽장 하나를 짚고 서 있었다. 짐 하나 없는 것을 보면 여행자라 보기는 무리다. 아니, 그전에 이 상황은 아무래도 꿈인 것 같은데.

"처음 만나는군요."

말을 걸어오는 여자. 가까이서 여자의 얼굴을 본 순간 나는 강렬한 기시감에 습격당했다. 분명히 이 여자를 만난 적이 없지만 나는 이 여자를 알고 있다. 얼굴 생김새가 누구랑 닮았는데…….

"시간이 없는 관계로 설명은 자료 화면으로 대신하기로 하죠."

한숨을 쉰 여자는 죽장을 들어 허공에 갖다 대었다. 그러자 아무것도 없던 공중에서 확연한 파문이 일더니 변화가 일어났다. 분명히 허공이었는데 그녀가 지정하자 다른 곳을 비추어 보이기 시작한 것이다.

살아 움직이는 생물들이 소리 내며 움직이는 그림, 바로 내 앞에 존재하는 것 같은 환상이었다. 환상 마법인가? 그렇다고 보기엔 너무도 정교했고, 생생한 현실감이 느껴졌다.

그리고 보여진 광경은 잔혹하기 그지없었다.

이형의 괴물들이 인간들을 학살했다. 거인이 팔을 휘두르면 수십의 인간이 떡이 되는 과감한 변화에 몸을 맡겼다. 미미한 저항을 손쉽게 부순 아인종의 군대는 인간 마을을 섬멸시켰다.

남자는 죽이고 아이는 먹고 여자는 강간했다. 일방적인 학살이었다. 인간은 구원을 외치고 신을 부르며 절망하다 종래에는 저주를 퍼부었다. 힘없는 약자는 강자의 폭력에 무력했다. 이내 모두 죽고 폐허만이 남았다.

인간의 군대가 괴물들을 물리치기 위해서 힘을 모았지만 역부족인 상황. 일단 머릿수에서부터 밀렸고, 전쟁 수행 능력도 월등히 떨어졌다. 무기를 들고 잘 조련된 병사 셋이 마물한 마리를 상대할 수 있지만 마물은 인간보다 수가 세 배는 많았다. 말도 안 되는 수치 싸움에서 인간들은 물러서지 않았지만 결국 한 사람도 살아남지 못하고 다 살해당했다.

다시 인간의 도시는 마물의 손아귀에 들어갔고, 축제가 다시 벌어졌다. 마물들만의 축제! 남자는 고기고 여자는 여흥이며, 음식과 즐길 거리가 넘쳐 났다.

그야말로 지옥도라는 말이 잘 어울리는 광경이었다. 괴물의 군대가 지나간 곳엔 아무것도 살아남지 못했고, 대적할 방도도 없었다. 그렇게 학살은 계속 자행되었고, 전 세계의 인구는 급격하게 감소했다.

게다가 죽은 인간의 시체가 언데드로 일어나서 생전의 친인을 학살했다. 죽었던 어머니가 무덤에서 일어나 자식을 뜯어먹는 광경이, 예전에 죽었던 자식이 아비를 찔러 죽이는 배덕이 천지에 펼쳐졌다. 그걸 보고 있자니 구역질이 나면서 공포가 마음을 유린했다. 마음이 어지러워져서 손이 떨리고 입이 다물리지 않았다.

압도적인 폭력이 인세를 휩쓸고 생존자는 죽지 못해 간신히 숨을 쉬고 있었다. 언제라도 죽일 수 있지만 다 죽이면 지루하니까 가지고 노는 장난감의 신세. 순진한 아이들이 죄없는 잠자리의 날개를 하나씩 잡아 뜯으며 언제 죽을까 내기하고 있는 광경이 떠올랐다.

이건 사람 사는 세상이 아니다. 지켜보는 것만으로도 두 눈이 붉어지며 이가 악물렸다. 무서웠다. 아무리 세상이 막 돌아가도 이런 세계에선 사람이 살면 안 된다.

참혹과 잔혹, 공포와 분노에 지배당한 나에게 조용한 음성이 들려왔다. 그 정온한 소리를 듣는 순간 흔들리던 마음이

다잡아졌다.

"이 세계를 구해주세요."

뭐, 뭔 소리야? 당황한 나는 상대를 살폈다. 아무래도 꿈치고는 내용이 심상치가 않다. 여성은 내 놀란 기색에 아랑곳하지 않고 다시 말을 이었다.

"당신에겐 이 세계를 구할 운명이 있어요. 힘을 잃은 제가 할 수 있는 것이라고는 고작 당신을 저 세계로 보내는 정도겠지요."

"자, 잠깐만요. 누구시죠?"

"이름은 예전에 잃어버렸지만 당신의 세계에선 여신이라 불리고 있죠."

무, 무릎 꿇어야겠지? 하지만 그렇게 하기에는 상황이 좋지 못하다. 이게 꿈이 아니라 생시라면 정말 말도 안 되는 상황인데.

"자, 잠깐만요. 뭔가 착각하신 것 같은데, 세계를 구한 영웅은 제가 아니라 제 아버지라고요. 얼굴이 닮았다고 뭔가 오해를 하신 것 같아요."

신이라도 실수할 수 있는 거지. 그러나 여신은 가만히 고개를 저으며 대답했다.

"제가 정한 분은 당신입니다, 리워드."

내 이름을 알고 있잖아? 자, 잠깐. 그럼 정말 내가 저 세계를 구해야 하는 거야? 뭔가 다른 착오가 있는 게 아냐?

"죄송하지만 전 아버지와 달라요. 아버지는 믿기지 않는 능력으로 로스터슬라프를 구했지만 저에겐 그럴 능력이 없는 걸요."

그래, 나는 아버지에 비하면 한없이 무능하지. 만약 내가 아버지를 뛰어넘는 능력을 가지고 있다면 그딴 꼬리표에 시달릴 일은 없었겠지. 아니, 오히려 아버지가 내 꼬리표를 달고 다녔을걸?

하지만 현실은 냉혹하고, 나는 무능하다. 이건 변하지 않는 사실이다.

"저 세계의 상황을 타개할 운명을 지니고 있는 인간은 오직 당신뿐이에요, 리워드. 그래서 당신에게 부탁하는 겁니다."

"어째서 저죠? 아버지나 기타 등등 저보다 빼어난 자들이 수레로 차고도 넘칠 텐데?"

내가 묻자 여신은 알아들을 수 없는 대답을 했다.

"당신은 리(理)로 세계를 구하는 자니까요. 그것이 당신에게 예비된 운명."

음, 못 알아듣겠으니 선문답은 관두자고. 이게 기묘한 꿈이라 믿고는 싶지만 현실일 경우를 대비해서 확실히 생각해 둬야 한다.

나는 어쩌고 싶은 거지?

사실 이건 강렬한 유혹이었다. 이계로 가면 더 이상 나는 아버지의 아들이 아니며, 영웅의 장자가 아닌 리워드로서 존재할 수 있다. 너무나 매력적인 조건이다.

게다가 도움을 요청하는 사람이 있다는 게 지금 내 마음을 흔들고 있다.

무엇보다 저 세계는 정말 어떻게든 구하고 싶다. 저런 지옥에서 사람이 살면 안 돼. 내가 특출 난 게 아니라 인간의 마음을 가지고 있다면 누구나 저렇게 생각할 거다. 내가 가서 도움이 된다면 당연히 하겠지만 대체 내가 어떻게 도움이 된다는 거지? 나는 지독하게 무능한 16살짜리에 불과한데 말이야. 그 순간 갑자기 머리가 울렸다.

이게 내 운명이다.

알 수 없는 강렬한 울림이 정수리부터 시작해서 발끝까지 훑어내렸다. 여기에 의심은, 주저함은 필요없다. 이것이 내 운명이다. 근거 따위는 없다. 그런 것이 필요없기에 신언(神言)이라고 불리는 것이다.

내 본질을 관통하는 말을 한 여신의 청안에 이슬이 맺혔다. 그걸 깨닫자 모든 사고가 정지했다. 아무 생각도 나지 않는다. 오직 하늘이 있던 자리에 지옥이 들어차고 그 아래서 인류 말살의 폭력에 슬퍼하는, 그것을 도울 수 없기에 인간에게 부탁하는 여신만이 눈에 들어왔다.

"부탁해요, 리워드. 세계를 구해주세요."

넘친 이슬은 이내 강이 되어 도도히 흘렀다. 여신의 부탁.

이게 내 운명이다. 이계로 가 그토록 갈망하던 나 자신으로서 존재하자! 어차피 내가 없어도 집은, 세상은 잘 돌아갈 테니.

결정했다.

"저라도 좋으시다면 해보겠습니다."

"부탁해요, 리워드."

잠깐만! 누굴 닮았는지 깨달았다. 당신, 어머니를……

"뭐, 뭐야?"

내가 서서 자는 버릇이 생겼나? 왜 이러지? 고개를 흔들며 비틀거리는 와중에도 상황을 파악했다.

앗! 내 방이 아니잖아? 10평짜리인 내 방의 10배는 넘어 보이는 넓은 홀이었다. 원형의 홀의 벽들은 눈 내린 것처럼 새하얀 데다 타오르는 붉은 태양이 양각으로 조각되어 있었다. 하얀 벽과 대조적인 붉은색이라 확 눈에 들어온다.

"어, 어떻게 된 거지?"

하늘을 올려다보니 이색적인 광경이 눈에 들어왔다. 홀 중앙에 구멍이 뚫려 있는데 거길 통해 햇빛이 들어오는 것이다. 마침 내가 서 있는 자리가 중앙이라서 한 몸에 태양빛을 받게 되었다. 다른 곳이 비교적 어두운지라 남이 보면 꽤 폼 나는 구도일 거다.

생각해 보라. 어두운 홀에서 홀로 광휘에 감싸여 있는 백발의 신비한 미소년! 아, 이거 엄청 그림이 되겠는데?

음, 헛소리는 그만 하자. 대체 뭐가 어떻게 된 거야?

이거 진짜 다른 세계에 내가 온 건가?

나름 고민을 하고 있는데 발소리가 들려왔다. 누, 누구지? 놀란 눈을 하고 사방을 휘휘 둘러보았다. 지금 서 있는 홀은 너무 넓어서 소리가 울리는 데다가 동서남북으로 통로가 모두 뚫려 있어 어디 방향에서 나는 소리인지 도통 감을 못 잡겠다.

"아, 근데 세계가 다른데 말은 통하려나?"

쓸데없는 걱정을 하는 사이 북쪽의 통로에서 어떤 한 인영이 모습을 드러냈다. 사방이 비교적 어두운 편인 데다 그자가 램프를 들고 있어서 확 눈에 들어왔다.

중갑옷을 착용했는 데도 불구하고 발소리 외에 다른 소리가 나지 않았다. 갑옷이 좋거나 실력이 대단하거나 둘 중 하나리라.

점차 거리가 가까워져 상대의 윤곽을 알아볼 수 있게 되자 나는 멍하니 입을 벌렸다. 그럴 수밖에 없었다. 왜?

여자 애잖아!

내 나이 또래로 보이는 금발의 여자 아이는 어둠 속에서도 찬란한 빛을 뿌리고 있다. 맑은 벽안이 나를 본다. 제법 예쁜 얼굴인데?

"아……."

저쪽도 날 알아차렸는지 눈을 크게 떴다. 램프를 바닥에 내려놓은 소녀는 빠르게 달려와서는 내 앞에 한쪽 무릎을 꿇고는 고개를 숙여 보였다. 기사가 주군을 대할 때나 쓰는 예법이다.

"오셨네요."

살며시 떨려 나오는 목소리. 아, 말을 알아들을 수 있다. 그럼 내가 말하는 것도 통하려나?

"저기 제 이름은 리워드라 합니다. 제 말을 알아듣나요?"

"잘 와주셨어요, 리워드님."

내 질문에 여자 애는 몸을 일으키더니 나를 와락 끌어안으며 말했다. 뼈를 얼릴 정도로 차가운 금속의 감촉과 함께 얼음을 녹일 정도로 따뜻한 사람의 체온이 몸에 닿는다. 그리고 기쁨에 가득 찬 여자 애의 목소리에 난 너무나 놀랐다.

모두 나를 아버지의 대용품으로 보고 이용하려 했기에 언제나 가식적인 목소리, 거짓 미소를 보여줬지. 하지만 이 소녀는 달라. 정말 순수하게 기뻐하고 있어. 내가 무능하다고 해도 그 정도는 안다.

머뭇거리던 나는 소녀의 등에 팔을 둘렀다.

갑옷의 차가움이 손을 통해 전해져 온다. 이것이 꿈이 아닌 현실임을 고하는 촉감.

나는 이계로 왔다.

제 1 장
이계(異界)

이계
異 界

운명인 거예요

소파와 책장, 의자가 놓여 있는 응접실에 다
섯 명의 사람이 있었다. 나를 포함해서.

벽에 기댄 채 나를 쏘아보는 청년과 나무 의자에 앉아서 책
을 보는 로브의 남자, 그리고 소파에 몸을 파묻고 꾸벅꾸벅
졸고 있는 여사제와 나를 이곳으로 안내해 온 소녀기사까지.

한참이 지나도 입을 여는 이가 없었다. 목마른 사람이 우물
을 판다고, 답답한 내가 먼저 말하는 수밖에 없겠군.

"일단 제 소개부터 하겠습니다. 저는 리워드라 합니다."

"대거."

벽에 기대어 있던 청년이 쥐고 있던 대거를 쓰다듬으며 낮

게 말했다. 저건 딱 들어도 가명인데.

"디터 하인이라고 합니다. 그냥 디터라 부르세요."

책을 덮은 로브의 사내는 앞선 남자와 다르게 사람 좋게 웃으며 머리를 숙여 보였다. 뭐, 다들 나이는 안 밝히는 분위기니 편하군. 인간이란 대부분 나이에 편견을 가지기 마련이라서 밝히면 곤란해진다. 손아래면 얕잡아 보는 게 보통이라서.

나야 나이에 비해 체격이 큰지라 태도만 조심하면 보통 20대로 생각해 준다. 결코 나이 많아 보이는 얼굴이 아니라고 생각한다. 가끔 이 생각이 흔들릴 때도 있지만 어쨌든.

그때 나를 이곳으로 데려온 소녀기사, 자신을 류아라 밝힌 여자가가 졸고 있던 사제를 깨웠다. 어깨를 흔들어 잠을 깬 소녀는 손등으로 눈을 비비고 좌우를 둘러보다가 나와 눈이 맞았다.

"에티엔이에요. 엘 브레가님의 종이에요."

문장 내용으로 보면 엘 브레가는 아무래도 신의 이름이겠지? 목에 걸고 있는 초승달 목걸이가 성표인 모양이다.

으음⋯⋯. 애초에 이 상황 마음에 안 드는군. 왜 비합리적인 신경전을 벌여야 되는 거지? 내가 입을 열려던 차에 류아가 선수를 쳤다. 그녀는 내게 걸어와 막대기 하나를 건넸다.

"맡아두고 있던 신검(神劍), 키비타스 테레나예요."

일단 받긴 받았지만 어딜 봐서 이게 검이란 건지 모르겠다. 30㎝ 정도의 길쭉한 원통이다. 음, 칼자루로 봐줄 수는 있는

데 정작 검신은 어디 간 거야?

날 놀리나 해서 좌중을 둘러봤지만 하나같이 진지한 눈이다. 저 에티엔인가 하는 소녀 빼곤……. 또 졸고 있다.

아, 긴장감없어. 그 참혹한 영상의 세계가 맞긴 한 거야?

"저기… 이거, 어디가 검인 거죠?"

나의 질문으로 색다른 침묵이 흘렀다. 당혹한 기색이 분명하다. 제길, 사람이 처음부터 모든 걸 알 수 있을 리 없잖아! 여신님, 보내주실 때 이 세계의 지식 정도는 주고 보내셔야죠! 그냥 말만 통하게 하시면 다랍니까? 서비스 정신이 부족하잖아.

다들 당혹한 얼굴인 가운데 홀로 침착한 류아가 부드러운 음색으로 설명했다.

"그건 알 브레히토님의 사자이신 리워드님이 아실 거예요."

"……."

무책임한 설명인 데다가 모르는 이름이 나왔다. 우린 모르니까 니가 알아서 써먹어라, 이거군? 아무래도 알 브레히토는 신의 이름인 듯한 걸로 봐서 로스터슬라프와 달리 이 세계는 신이 하나가 아닌가 보군.

"…그게 누구시죠?"

내가 주저하며 묻자 디터는 난처한 웃음을, 대거는 나를 죽일 듯이 노려보았다. 사제는 여전히 자고 있다.

"으음, 하나씩 일단 설명해 드릴게요."

어색한 분위기 속에서 류아는 친절한 어조로 하나하나씩 설명했다.

"이 세계의 이름은 트라이림이에요. 이름을 알 수 없는 창세신의 사후, 음양과 사원소를 담당하는 육신이 세계를 돌보셨죠. 그분들은 각기 나라를 하나씩 맡으셨어요. 여섯 개의 국가와 여섯 신이죠."

"그래요? 흐음."

"그런데 16년 전 암흑의 정수가 세계에 나타났어요. 그 이름은 마황. 그는 강대한 마황군과 그 우두머리인 칠단장을 내세워 세계를 파멸로 몰아갔죠. 압도적인 암흑의 힘 앞에서 모두들 대항하지 못했고, 단숨에 멸망의 위기에 몰렸죠. 그 전횡을 더 이상 방관치 못하신 룬 슈테드의 국신이시자 양신(陽神)이신 알 브레히토님이 지상에 강림하시어 니메그를 죽이셨어요. 하지만 칠단장은 워낙 강대한 존재이기에 그분 또한 사멸을 피할 수 없으셨죠."

순간 소녀기사의 표정이 변했다. 그것은 밤하늘의 별을 보는 얼굴이요, 어둠 속에 피어난 꽃을 돌보는 손길이었다.

"사멸 직전에 알 브레히토님은 신검 키비타스 테레나를 남기고 16년 뒤에 이계에서 소환된 이 검의 주인이 세계를 구원하리란 예언을 남기셨어요. 그리고 지금 리워드님이 오신 거예요."

잠깐, 정보량이 너무 많아. 그리고 나는 여신의 말씀을 듣고 왔는데 왜 알 브레히토라는 신이 예언했지? 어딘가 어긋나 있다.

"그리고 이곳은 알 브레히토님을 섬기던 대신전이자 룬 슈테드의 영토예요."

"……."

한마디로 내가 이 트라이림의 사람들이 16년 동안 기다려 왔다는 세계 구원자? 아, 머리 아프다. 내가 왜 저런 성대한 역할을 수행해야 하지? 물론 내가 도울 수 있는 일이라면 얼마든지 하겠지만, 이건 아냐.

나름대로 마음을 잡고 왔지만 이런 상황일 줄은 몰랐다. 이계에서까지 누군가의 뒤를 이어야 한다는 기대를 받는 건 딱 질색이다.

무엇보다 예언의 용자라면서 뭔가 잘나진 것도 없잖아? 설마 말을 알아듣는 게 용자의 증표일리는 없을 테고.

누군가의 기대를 받는다거나 그에 부응한다거나 이런 건 정말 질색이란 말이야. 실망하는 얼굴들, 목소리는 지긋지긋 하다고.

"저기… 왜 말씀이 없으시죠?"

"멀미라도 난 모양이지. 근데 네놈이 정말 구세용자가 맞냐? 솔직히 별 볼일 없어 보인다. 게다가 이쪽의 사정을 모르는 것도 수상하고……."

류아의 질문에 대한 대답을 가로챈 대거가 나를 차갑게 노려보며 쏘아붙였다. 그러자 류아가 나섰다.

"대거님, 예언을 의심하시는 건가요?"

"아니, 그건 아니지만 이놈은 그다지 강단있어 보이진 않아서 말이야."

"아뇨. 저희가 기다리던 분은 리워드님이 맞아요. 용자의 여덟 검의 이름을 걸고 보증할 수 있어요."

확신에 찬 눈빛으로 나를 바라보며 말하는 류아의 말에 나조차도 나 자신에 대해 흔들리던 마음이 싹 사라졌다.

그녀는 전혀 흔들림이 없는 태도로 자신보다 몇 살이나 더 많은 청년을 밀어붙이고 있었다. 그 태도에는 한 점의 의심도, 터럭만큼의 불안감도 없었다.

나는 그녀를 위해서라도 용자가 되어주겠다고 생각했다. 그래, 어차피 나는 이 세계를 돕기로 결심하고 이 세계로 온 이상 조금의 번거로움은 감수해 주자. 다행히 나는 속내를 숨기고 거짓말을 하는 뛰어난 재능을 지니고 있었다.

"네, 제가 불려온 자가 맞습니다. 상황이 급박하게 돌아가서 이 세계에 관한 이야기는 전혀 듣지 못했어요. 하지만 제가 이 세계를 도우러 온 자임은 분명합니다."

아아, 이 말이 앞으로 나를 구속하게 되리라. 교묘한 말 속임수다. 내가 용자라고는 한마디도 안 했어. 이 와중에도 일이 틀어질 때를 대비해 발 뺄 구멍을 마련하려는 내가 정말 십대인지 의문이 드는군. 뭐, 불려온 자는 맞잖아.

내 말에 분위기는 호의적으로 흘러갔다. 그때까지 잠자코 있던 디터가 입을 열어 류아를 도왔다.

"비록 마도를 걷고 있지만 신도를 의심하는 것은 도리에 어긋나는 일이죠. 아직까지 신의 예언이 어그러지는 일은 보지 못했으니까요."

"홍, 이번에는 어그러졌을지도 모르지만."

그렇게 말한 대거는 팔짱을 끼고는 고개를 휙 돌렸다. 거참, 내가 마음에 안 든다고 대놓고 시위하는군. 뭐, 나라고 저놈을 마음에 들어 해줄 이유는 없지만…… 그래도 지금 이렇게 모여 있는 걸 보면 분명 중요한 인물들임이 분명하다. 혹시 나를 도울 사람들? 그게 아니라면 이렇게 한자리에 모아놓을 까닭이 없겠지.

생각을 정리한 나는 류아에게 손을 내밀어 악수를 청했다.

"앞으로 잘 부탁해요, 류아 씨."

"류아라고 편하게 불러주세요."

생긋 웃는다. 으음, 확실히 예쁘게 생겼다. 소녀와 처녀의 중간 단계랄까? 성숙함과 발랄함이 절반씩 배분되어 있는 게 굉장히 매력적으로 느껴진다. 특히 하늘빛 눈을 응시하고 있으면 기분이 편해진다. 다음은 디터,

"잘 부탁해요, 디터 씨."

"저야말로. 용자와 한 팀이 되어서 움직일 기회가 생겼으니 즐겁기 짝이 없군요."

예상대로 이들은 한 파티였다. 예언이 있었다면 그에 따른 대비는 해뒀을 거다. 신검이라 불리는 나무 막대기의 보관과 용자를 보조할 사람들의 존재. 그냥 무작정 기다리기보단 함께 마황을 물리칠 구성원 정도는 짜뒀겠지. 그게 바로 이들이겠고. 그렇다면 이 세계에서 뛰어난 실력을 자랑하는 이들일 것이다.

이젠 아까부터 졸고 있던 사제를 깨울 차례. 몸을 흔들어 깨우자 에티엔은 졸음이 잔뜩 섞인 눈을 비비더니 앞에 놓여진 내 손을 보았다.

"무슨 뜻이죠?"

"악수인데요."

아니, 사람이 손을 내민 걸 보고 의미를 묻다니. 이렇게 대놓고 무안을 주기도 힘든데.

에티엔은 뭔가 생각하는 듯하더니 눈에 이채를 띠고는 내 손을 잡았다. 차가운 철이 손바닥에 달라붙는 느낌, 마치 인간의 체온이 아닌 빙정을 만지는 듯하다.

"손이 따뜻하네요?"

"아, 예."

손을 떼자 얼얼한 느낌이 어깨까지 올라왔다. 으음, 꽤 특이한 아가씨군. 잘 때는 몰랐는데 검은 눈이 굉장히 투명해 속을 알 수는 묘한 분위기지만 미인인 건 확실하다. 류아가 소녀라면 이쪽은 처녀랄까? 게다가 이목구비와 피부색이 미묘하게 이국적인 느낌을 주는 게 아무래도 혼혈인 것 같다.

여하간 남은 건 꽥꽥거리는 오리 씨. 감평을 속으로 삼킨 나는 좀 더 목소리를 부드럽게 굴렸다.

"자, 그럼 잘 부탁합니다."

"뭐, 솔직히 의심한 건 미안하다. 하지만 불안해서 말이다. 류아가 널 보증한 이상 일단은 믿겠다만."

내 손을 잡은 대거는 의외로 솔직하게 사과를 했다. 성격이 나쁘긴 해도 바탕은 괜찮은 편인가 보군. 자, 이제 단결식도 끝났으니까 다음 행동을 할 차례 아닌가?

근데 이제 뭘 하지? 내가 용자라 입증받았으니 높으신 분들에게 차례로 소개되는 순서인가? 내가 악수를 마치자 모두들 류아를 쳐다보고 있었다.

"일단 리워드님의 적응 기간 동안은 제가 지휘할게요."

아무래도 류아라는 이 소녀기사는 배경이 있는 것 같다. 몸에 흐르는 기품이나 예절로 봐서는 일개 기사가 아닌 것 같고, 트라이림이 어떻게 기사를 뽑는지는 몰라도 여자가 기사가 되기 쉬운 곳은 아닐 테니 분명 뛰어난 실력이 있겠지.

게다가 가려 뽑은 게 분명한 다른 인간들이 모두 류아의 말에 반박을 안 하는 게 은연중에 그녀를 존중하는 분위기였다. 나이가 제일 어려 보이는 데도 이렇다는 건 뒤에 대단한 뭔가가 있다는 게 가장 쉬운 추측이지. 단지 이해할 수 없다는 게 문제지.

내가 생각하는 사이에 얘기가 끝났는지 각자 일어나 방을 나서려 하였다.

"잠깐만요."

어딜 가는 거야. 대체! 정보가 없으니 주체로 활동하기 힘들군. 나는 곤란하단 얼굴을 하고 모두를 돌아보며 말했다. 내가 좀 적극적으로 나서려고 해도 원체 아는 게 없으니까.

"당장 움직이기에는 제가 좀 피곤한데요. 한두 시간 뒤에 움직이면 안 될까요?"

일단 시간 좀 끌고 사태 파악을 해야겠다. 류아는 잠깐 생각하는 얼굴이더니 고개를 끄덕였다.

"그럼 한 시간 뒤에 웨건으로 모여주세요. 그때 출발하기로 하죠."

대거와 마법사, 성직자는 고개를 끄덕이곤 방을 나섰다. 류아는 생글 웃고는 내게 목례했다.

"시간이 되면 부르러 올 테니 편히 쉬세요."

"…저기, 잠깐만요."

당신까지 가면 어떻게 해! 애초에 이계에 온 지 30분도 안 된 인간을 마구잡이로 돌리는 건 좀 심하다고 생각하지 않아? 좀 정직하게 나가자.

"제가 이 세계에 대해서 정보가 굉장히 부족한데요. 이야기 좀 할 수 있을까요?"

내 요청에 소녀기사는 나가려던 걸음을 멈추고는 돌아와

의자에 앉았다. 그리고 등을 꼿꼿이 세우고 고개를 끄덕였다.

"아니, 그렇게 긴장하지는 말고."

내 말에 소녀는 의자에 몸을 기대고 편한 자세를 취하였다. 이에 나는 고개를 끄덕이고 가장 궁금한 걸 물었다.

"지금 어디로 가는 건데요?"

"줄루요. 그쪽의 오크 부족에게 중요 정보의 존재가 감지되었거든요. 그래서 제가 활용 가능한 병력을 이용한 양동 작전을 해보려고 해요."

"아니, 음……."

지금 막 날아온 사람을 다짜고짜 오크 부족으로 밀어 넣겠다는 소리입니까? 아무래도 이들은 내가 이 세계의 정보를 모두 알고 온 것이라 착각하는 모양이었다.

"류아 씨, 저기……."

"편하게 말 놓으세요."

"아, 그런 건 나중에 따지기로 하고, 제가 오는 건 정해져 있던 건가요?"

"날짜가 예언이 되어 있었으니까요."

대답하는 류아의 얼굴에는 진한 섭섭함이 묻어나 있었다. 평대하라는 걸 대충 넘겨서 그런가? 그냥 하는 말이 아니었군.

그나저나 이 소녀에게 병력 지휘권이 있나? 예언의 용자와 함께 세계를 구할 일행인데 그 정도의 권한은 있겠지.

"아, 그런데 아까 전에 여덟 검인가 하는 건 뭐죠?"

"아, 그건……."

류아의 볼이 살짝 붉어졌다. 홍조가 도는 하얀 얼굴이 너무 귀여웠다.

"전 용자의 첫 번째 검으로 태어났어요. 알 브레히토님이 용자를 도울 여덟 검을 남기겠다고 하시면서 제 출생을 예견하셨죠. 그래서 제가 여기에 있는 거예요. 다른 분들은 룬 슈테드 왕실이 리워드님을 돕기 위해서 모았고요."

신탁이란 거군. 아무래도 눈앞의 소녀는 용자의 도우미라도 되는 것 같다.

문제가 되는 건 내가 정말 알 브레히토의 부름을 받은 게 맞냐는 거다. 나는 여신의 명을 받았지 알 브레히토는 보지도 듣지도 못했다. 정황상 얼추 맞아떨어지지만 좀 불안하다. 뭐, 여신이 깜빡 잊고 말을 안 해줬다고 생각하면 간단하다만.

아, 아무리 그래도 지금 당장 뭘 어떻게 해야 할지 모르겠다. 난 검을 그럭저럭 다루는 10대 소년에 불과한데 대체 세계를 어떻게 구해야 되는 거지? 여신은 내게 운명이 있다는 식으로 얼버무렸지만 그것을 헛소리로 납득하기는 힘들다.

"후우……."

슥.

나도 모르게 한숨을 쉬자 내 손 위로 작은 손이 포개졌다. 금속 건틀렛에 감싸인 그 손에서 느껴질 리 없는 따스함이 전해져 온다. 생각을 접고 류아를 직시했다. 그녀는 고개를 살짝 숙이며 자그마한 목소리로 말했다.

"제가 리워드님을 만난 건 운명이에요."

확실히 마음을 편안하게 해주는 목소리다. 조금 불안이 가시기는 한다. 어색한 침묵이 감돌자 류아는 내 손을 놓았다.

"시간이 될 때까지 편히 쉬세요."

나는 그냥 고개만 끄덕였다. 류아가 나가자 눈을 감고 생각을 정리했다.

지금 상황에 적응이 잘 안 되지만 이곳은 이계고, 말은 통한다.

임무는 마황 격살.

현실감이 없었지만 혼자서 가만히 앉아 있으니 점차 확연하게 각인된다.

그래, 지금 이 상황은 현실이고 이곳은 아버지가 없는 이계다. 게다가 나는 이 사람들이 기다리고 있던 예언의 용자다. 긍정해 버렸으니 그만큼의 업적을 이루지 않으면 안 돼.

아버지는 무시무시한 힘으로 세계를 구하여 이름을 날렸는데 나는 세계를 구한다는 예언을 받고 시작하는구나. 대체 어떻게 일이 돌아갈지는 모르겠지만 신들도 생각이 있으니까 나를 부른 거겠지.

일단 눈앞의 일에 최선을 다하면 된다. 하나씩 하나씩 가다 보면 길이 보이겠지.

"그래, 하자!"

이곳이라면 내 뜻을 마음대로 펼쳐 보일 수 있어! 비록 아버지에 비해 턱없이 모자란 나지만…… 어차피 이미 주사위는 던져졌다.

나는 허공을 향해 히죽 웃어 보였다. 세계를 구하는 용자의 이름을 받아버렸으니 그에 걸맞게 행동해 줘야겠지?

난 큼지막한 바위에 걸터앉아 불침번을 서다가 밤하늘을 올려다보았다. 밤하늘의 화폭에는 깨알 같은 별들이 반짝이고, 이곳저곳에서 풀벌레 우는 소리가 귀에 박힌다.

고개를 돌려 왼쪽의 웨건을 보다가 오른쪽의 도로를 보았다. 웨건으로 하루 종일 달린 우리는 웨건을 옆에 세워두고 노숙을 하고 있었다. 그런데 구세용자라는 거창한 이름을 가져도 불침번은 서야 되는군.

도착지는 소규모라도 분명 전장이 될 텐데, 어쩐지 긴장이 안 된다. 비록 내 검술이 봐줄 만한 축이라고는 하나 손에 피를 묻혀본 적은 없다. 어째야 할까?

부스럭.

갑자기 들려온 소리에 흠칫 놀란 나는 조심스레 허리에 손을 가져갔다. 뭐지? 긴장을 늦추지 않고 사위를 살피자 범인이 모습을 드러냈다.

"안 자요?"

자고 있던 에티엔이 짐칸에서 나온 것이다. 대체 불침번을 서는 사람에게 안 자냐고 묻는 저의가 뭐지?

"에티엔 씨는 안 주무세요?"

성직자라면 내일 주문을 쓰기 위해서라도 숙면을 취해둬야 하는 것 아닌가? 에티엔은 아무 말 없이 나에게로 다가왔다. 그리고는 나를 빤히 본다.

"……."

그렇게 보면 무안하다고. 결국 내가 고개를 돌려 버렸다. 시선을 피하자 엉뚱한 소리가 들려왔다.

"엘 브레가님을 믿어볼 생각 없어요?"

"……."

이거 포교 활동? 정말 엉뚱한 아가씨군. 자다 일어나서 불침번을 서는 사람에게 포교 활동이라니.

하지만 다시 에티엔의 눈을 본 순간 이 생각을 접어야 했다. 그녀의 두 눈엔 한 치의 가벼움도 엿보이지 않았다. 진심이냐? 그래도 때와 장소를 가려줬으면 하는데.

"저기… 전 엘 브레가님이 어떤 신이신지도 모르는데요?"

일단 알아야 뭘 해먹지. 하루 좀 넘게 이 세계에 있으면서 느낀 건 정보가 없어도 너무 없다는 거다.

맞서야 할 마황군의 조직도나 수장들의 정보는커녕 나라 이름들도 제대로 모르고 있고, 이 룬 슈테드의 마황군 규모도 모른다. 이 상황에서 뭘 어쩌랴?

"엘 브레가님은 알 브레히토님의 여동생으로 음(陰)의 여신이세요. 라예생트의 수호신이시기도 하죠. 교리는 순리를 중점으로 두고 있어요. 가령 예를 들면……."

"저기, 잠깐만요."

일단 말을 끊었다. 놔두면 어디까지 나갈지 몰라. 근본적인 취지부터 알아보자.

"왜 저에게 믿음을 전하시려는 거예요?"

"생전의 알 브레히토님과 엘 브레가님은 사이가 좋지 않으셨어요. 원래라면 제가 당신과 악수를 하지도 않았겠죠. 하지만 당신이 알 브레히토님의 신자가 아니라면……."

"끌어들일 가치가 있다, 이거군요. 저에게도 꽤 솔깃한 이야기지만 지금 이 자리에서 논하기엔 좀 어려운 사안이 아닐까 하는데요. 차후에 기회가 있다면 엘 브레가님의 교리를 들어보고 싶군요."

뭐, 흔한 이야기구만. 로스터슬라프에서도 아버지의 이름 덕분에 여기저기서 손짓이 많았지. 다 받을 수도 없고, 어느 한쪽만 택할 수도 없는 노릇이라서 중립을 지키는 짓은 지겹게 해봤다.

내 말에 에티엔은 잠시 생각하는 얼굴이었다. 뭘 고민씩이나 해? 차후를 노리라고. 물론 그 기회라는 게 여간해서 안 오고, 온다 해도 빠져나갈 테지만.

"그렇군요. 그럼 다음에 이야기하기로 할게요. 안녕히 주무세요."

"네, 잘 자요."

짐짓 웃는 얼굴로 손까지 살짝 흔들어준 나지만 사실 속으로 불평을 해댔다. 망할, 여기까지 와서 이런 짓을 해야 하나?

뭐, 생각해 보니 안 할 수가 없구나. 모두가 기다려 온 전설의 용자, 그것도 마황을 물리쳐 세계를 구한다고 예언된 존재다. 환심을 사는 건 기본이고, 자기 세력으로 끌어들이려고 하는 놈들이 부지기수겠지.

난 왜 만날 이러냐? 누가 들을까 봐 속으로만 한탄한 나는 무릎을 끌어당겨 안은 후 고개를 박았다. 뭐, 유명한 이름에 파리가 달라붙는 거야 당연하지. 이 자리를 맡기로 한 이상 불평해도 소용없다.

근데 큰일 났군. 지금에서야 생각난 건대 올 때는 여신이 보내줬지만 돌아갈 때는 어떻게 가지? 설마, 설마… 이런! 대실수다. 아니야. 모든 일을 끝내고 나면 여신이 다시 되돌려 주겠지. 암, 그렇고말고.

일단 이 문제는 넘기자. 생각을 매듭지은 나는 벨트에 걸어 둔 나무 막대를 빼 들었다.

"휴."

절로 한숨이 나온다. 이건 대체 어디에 쓰이는 물건인고? 류아가 말하길, 신검 키비타스 테레나라고 했다. 사용법은 내가 안다고 했고. 근데 난 전혀 모르겠는데, 나만 모르는 건가?

나무 막대를 돌려 보고 눌러 보며 만져도 아무 반응이 없었다. 분명 아무 문양도 없는 단순한 나무 막대에 불과하다. 기대하면 안 될 것 같다.

나는 왼쪽 허리에 찬 카타나를 내려다보았다. 아까 신전에서 레더 아머와 같이 얻어온 거다. 트라이림에도 손에 익은 무기가 존재하니 그나마 다행이군. 음, 세계가 달라도 나오는 문화들은 거기서 거기라는 걸까.

뭐, 어쩔 수 없나? 합리를 기준으로 삼아 대처하는 수밖에.

그나저나 여기가 이계이긴 하구나. 내가 아는 것과 전혀 다른 별자리가 배치되어 있는 밤하늘을 멍하니 올려다보니 이제야 비로소 실감이 난다.

나란 내용물은 전혀 변하지 않았는데 순식간에 포장만 화려해진 셈이다. 아버지처럼 강력한 힘이 있다면 별 문제가 없겠지만, 그게 아니라 문제지.

일단 이 생각은 나중에 하자. 지금은 눈앞의 일을 처리하는 게 우선이다.

이틀이 지났다.

류아는 우리들과 헤어져서 부대 쪽으로 갔다. 류아가 지휘하는 부대가 앞에서 오크 마을을 치는 사이에 우리는 뒤에서 타깃을 제거한다. 작전의 목표는 오크의 소탕이 아니라 그들의 지도자적인 위치에 있는 오우거의 물품을 탈취하는 것이다. 그게 룬 슈테드의 마황군을 상대하는 데 필요한 물건이다, 라는 게 류아의 설명.

음, 이쪽 일을 일찍 끝내고 류아 쪽을 도우러 가는 게 낫겠지? 희생을 줄이기 위해선 그 편이 나을 터.

나무가 듬성듬성 자라고 있는 가파른 오르막에는 사람이 다니는 길이 없었다. 하긴 오크 마을이 지척인데 인간을 위한 등산로가 있을 리가 없지. 봄의 푸르름이 내려앉은 조용한 산속을 대거가 앞서 걷고 디터, 에티엔, 나 순으로 오르고 있었다.

"으음."

평소 체력 단련을 해둔 덕분에 그다지 지치지는 않았지만 말수는 자연스레 줄어들었다. 안 그래도 말이 없는 파티원들 사이에서 나까지 입을 다무니 정말 조용해졌다. 하긴 은밀한 행동에 말이 많으면 곤란하지만 한마디도 없다는 건 좀 심심하군.

앞서서 나뭇가지를 헤치며 걷던 대거가 갑자기 멈춰 섰다. 자세를 낮춘 그는 옆걸음질로 이동해서 바위 뒤에 숨었다. 우리 셋이 그 뒤를 따라 바위에 달라붙자 그는 손가락 세 개를 펼쳐 보였다. 세 마리라는 표시다. 나는 조심스레 바위 위로 머리를 들어 앞을 보았다.

거리는 대충 50, 아니, 70미터인가? 우리가 올라가려 한 언덕 위에 처음 보는 것들이 있었다. 나무등걸에 몸을 기대고 병기를 내려놓은 채 알아들을 수 없는 언어로 이야기를 나누고 있는 것들, 이들은 인간과 같은 이족 보행 생명체였다. 녹색 피부에 돼지 머리를 가진 괴물, 로스터슬라프에선 고신이 여신을 시샘하여 인간을 해하기 위해 그 근본을 비틀어서 만들어낸 생명체라고 했다. 트라이림에서의 활용 용도는 둘째 치고 그 창조 의도는 똑같다는 걸 느꼈다.

한마디로 저건 인간을 상대하기 위해 만들어진 종족이다. 체형만 봐도 그런 생각이 딱 들었다. 조잡한 갑옷으로 몸을 가린 그들은 각기 롱 스피어, 그레이트 엑스, 글레이브로 무장하고 있었다. 우리 쪽 인원은 넷. 두 명은 전사고 다른 둘은 주문 사용자.

바람의 방향 덕분에 아직 저쪽은 우리를 눈치 채지 못한 유리한 상황. 잠깐, 이거 죽여야 하는 상황인가? 갈등의 순간 대거가 손가락으로 나를 가리켰다.

나 둘, 너 하나.

그 손가락이 날 향하는 순간 망설이면 안 된다는 걸 깨달았다. 아무 생각도 하지 않고 달리는 게 편하다. 이를 악문 채 몸을 움직였다.

침착하자, 리워드. 내가 살기 위해서 하는 거야. 죄책감 따위를 느낄 필요 없이 익숙해지자. 차츰 살육을 하는 것에 익숙해질 거야. 검에 피를 묻혀본 적은 없지만 지금부턴 익숙해져야 해. 앞으론 계속 이런 일이 있을 테니까. 나는 이러기 위해서 이 세계로 온 거고, 그 책무를 다하지 않으면 안 돼.

사고가 몸에 다다르는 순간 거친 숨결이 느껴졌다. 뭐……? 나는 깜작 놀라 발을 멈췄다. 대체 이 거리를 언제 움직인 거지? 분명히 두세 걸음 앞으로 뛰쳐나갔다 싶었는데 어느새 언덕 위에 올라서 있었다.

내가 멍하니 서 있자 오크들도 멍청한 눈으로 나를 바라본다. 이, 이럴 때가 아냐!

처음엔 오른손으로 검을 뽑아 별 위력 없이 휘두르기만 하다가 반복 훈련을 익힌 몸이 저절로 따라가 제대로 된 움직임을 보이기 시작했다. 경악한 얼굴─인간의 입장에서 보면─을 하고 있던 오크의 목이 하늘로 치솟았다.

머리를 잃은 몸뚱이가 초록색 피를 분수처럼 뿜어냈다. 막대한 양의 출혈이 놈이 기대고 있던 갈색 나무를 녹색으로 물들여 버렸다.

동료의 죽음에 그제야 정신을 차린 오크 둘이 무기를 꼬나쥐는 순간, 그 둘의 목에는 단검이 박혔다. 대거의 솜씨가 대단한걸.

"아……."

옷에 피가 달라붙어 버렸다. 이래서야 곤란한데. 나는 퍼스트 킬링 쇼크에 괴로워하는 대신 이후의 일이 신경 쓰였다.

"괜찮냐?"

대거가 다가와 물었지만 나는 그저 고개만을 끄덕였다. 정신은 말짱한데 몸에 묻은 피가 문제다. 아무리 후방 기습이라 해도 냄새를 그대로 풍기고 다니면 곤란하다. 오크들은 후각이 좋은 편이다.

"괜찮긴 한데…… 이 냄새가 문제될 것 같은데요."

뭐, 어차피 인간이나 피나 냄새 나는 건 마찬가지겠지만 그래도 피 쪽이 더 자극적일 터. 내가 난색을 표하자 대거가 주머니에서 유리병을 꺼냈다. 그 안에는 끈적끈적해 보이는 녹액이 들어 있었다.

"이걸 몸에 바르면 될 거다."

끄응, 녹색 피 위에 동색의 액즙을 바르는 건 말 못할 기분일 것 같은데. 뭐, 이대로 갈 수는 없으니 피가 묻은 오른손과 어깨에 녹액을 바르기 시작했다. 내가 바르는 동안 언덕을 올라 도착한 디터가 놀란 얼굴로 물었다.

"그런데 아까 그 속도는 대단했어요. 과연 구세용자다웠습니다. 움직임을 잘 보지도 못했는데 어느새 오크가 죽어 있더군요."

확실히 아까 그 움직임은 기묘했다. 내가 해놓고도 어떻게 한 것인지 잘 모르겠다. 왜 이러지? 이 세계에 적응하는데 생긴 부작용인가? 다행히 도움은 됐지만 마음이 불편하다. 내가 예측 못하는 변수가 끼어 있다는 게 달갑지 않았다. 반대로 움직임이 느려질 수도 있잖아.

"뭐, 키레이카의 검무가들도 저런 움직임을 보인다고 하더군. 길게 이야기할 상황은 아니니까 어서 가지."

이놈은 꼭 한마디를 더 붙이는군. 미움받을 타입이야. 그와 별개로 내용 자체는 흥미로웠다. 그의 말인즉, 내 움직임은 그렇게까지 특출 난 게 아니었나 보군. 키레이카라는 나라에도 이런 말도 안 되는 움직임을 하는 인간이 있나 본데? 뭐, 한얼의 무투가와 비슷한 건가?

대거에게 유리병을 돌려준 나는 내밀어진 손의 주인을 돌아보았다. 고와 보이는 손에는 하얀 손수건이 들려 있었다.

"……"

에티엔은 말없이 나를 바라보았다. 지금 쓰라는 건 아닐 테고, 나중에 닦아내라는 거겠지. 마음은 고맙지만 손수건으로 해결할 수 있는 사태가 아닌걸. 그래도 일단 받아두었다가 나중에 돌려주자.

손수건을 받아 든 나는 살짝 고개를 숙이곤 일행의 뒤를 따랐다. 아, 근데 뭔가 억울한 느낌이다. 산을 넘어가더라도 결국 그 마을은 숲 속에 있을 텐데 왜 나 혼자만 이걸 발라야 돼? 모름지기 기습 작전이라면 주변 환경과 비슷한 분장을 해주는 게 예의 아닌가? 게다가 이게 냄새도 퍼지지 않게 해주잖아. 그럼 모두 다 발라야 하는 거 아닌가?

"후."

결코 사심이 있는 게 아니다. 어디까지나 작전의 효율성과

안전성을 고려한 거다. 하지만 지금 안내자는 대거다. 사람을 썼다면 신뢰해야 하고, 신뢰하지 못할 사람은 애초에 쓰지 말아야 한다. 이렇게 생각해도 어딘가 손해 보는 느낌은 남지만.

우리는 서로 아무 말도 하지 않고 산을 하나 더 넘었다. 해가 중천에 뜬 걸 보니 약조한 대로 류아 쪽이 전투를 벌이고 있을 터였다. 산의 정점에 선 우리는 아래를 내려다보았다. 전투가 벌어지고 있을 법한 곳은 울창한 숲의 나무에 가려 자세히 볼 수 없었지만 아래에 있는 오크 마을이 듬성듬성 그 모습을 보이고 있었다.

"내려간다. 조심해서 따라와라."

대거의 말에 따라 우리는 산을 내려가기 시작했다. 가파르게 올라왔던 만큼 내려가는 경사도 심했다. 오르막과는 달리 수풀이 울창해서 오크들이 매복하고 있기 좋아 보였다. 길잡이인 대거도 그걸 염두에 뒀는지 산을 올라올 때보다 더 신중하게 움직이고 있었다. 매복을 경계하는 데다가 경사가 경사다 보니 시간이 걸릴 수밖에 없었다.

새가 요란하게 지저귀는 가운데 모두 입을 꾹 다물고 산을 다 내려왔다. 다행히 복병은 없었다. 아까 셋이 전부였던 것 같다.

우리는 나무들 사이사이로 이동하여 오크들의 마을에 접근했다. 굵은 나무들 사이로 통나무로 지어진 움막이 여러 채 보이기 시작하자 대거의 움직임이 절로 신중해졌다.

한참 눈을 굴리던 대거는 곡선적인 움직임으로 마을의 가장 구석진 집으로 접근했다. 다른 집보다 두 배는 커 보이고, 위치상 마을의 가장 깊은 곳에 있는 걸 보아하니 권위자가 기거하는 모양이다.

집 뒤쪽에서 열 걸음 정도 떨어진 바위에 몸을 숨긴 우리는 조용히 때를 기다렸다. 살펴본 결과, 이 집 근처에는 입구의 보초 둘 이외에는 아무도 없었다. 아마 류아가 이끄는 군사들에 대항하기 위해 전부 보냈을 터. 이제 기습해야 되는 건가?

그때 마침 집에서 뭔가가 나왔다. 놀랍게도 그건 머리가 세 개 달리고 팔이 여섯인 오우거였다. 2미터 50은 되어 보이는 거구에 흉측하게 일그러져 있는 세 개의 머리, 그리고 각각의 팔에는 그레이트 클럽을 들고 있는 그 위세가 무시무시했다. 외양부터가 보는 자를 압도하는 강함이 흘러넘쳤다.

쿵, 쿵.

나와서 좌우를 둘러보던 놈이 코를 씰룩거렸다. 아무래도 낌새가 불안하다. 이런, 젠장! 어쩌지? 뛰쳐나갈까? 대거를 바라보자 그는 고개를 저어 보였다. 끄응, 이미 들통 난 것 같은데. 오크 둘에 삼두육비의 오우거라… 솔직히 좀 버겁다는 생각이 들지만, 애초에 목표가 저놈이었다는 건 이 파티가 저것들을 감당할 능력이 있단 거겠지? 좋은 쪽으로 생각하자. 그렇게 판단을 내린 나는 대거에게 눈짓을 하고는 바로 다리를 움직였다.

그 순간 나는 오우거의 앞에 있었다.

뭐, 뭐야? 왜 이렇게 몸이 빨라? 오우거와의 대면식, 나는 멍청하게 두 눈을 깜박였다. 상황 파악이 안 되는 건 놈도 마찬가지인지 갑자기 나타난 게 인간인지 식량인지 감을 못 잡는 얼굴이었다. 으윽, 일단 움직여야 한다! 이 말도 안 되는 속도는 나중에 따지자!

나는 허리의 검을 뽑아서 휘둘렀고, 오우거는 반사적으로 방어했다. 야수의 본능 덕분에 내 공격이 무위로 돌아갔⋯ 어? 오우거의 클럽과 맞붙은 순간 거대한 힘이 느껴졌다. 당연하다. 상대는 흉포한 식인귀 중에서도 머리가 셋 달린 변종이다. 간단히 계산해도 세 배의 힘을 가지고 있겠지. 그렇다면 내 쪽이 밀려야 정상이다.

하지만 난 힘으로 오우거를 밀어내고 있었다.

공격자와 수비자 양측이 당황하는 순간! 대체 내 몸이 어떻게 된 거지? 미친 거 아냐?

오우거는 바로 정신을 차리고 나머지 팔을 움직였다. 내 머리통을 목적지로 두 개의 그레이트 클럽이 날아들었다. 힘겨루기를 포기한 나는 뒤로 몸을 굴렀다. 데굴데굴 구르는 내 눈에 기괴한 광경이 들어왔다.

오우거의 그림자에서 사람이 솟아나고 있었다.

튀어나온 그것은 팔을 움직여 오우거의 목 뒤를 찔렀다. 자세를 바로잡은 나는 그 기묘한 광경에 눈을 고정시켰다. 경추를 당한 오우거는 괴성을 내지르며 뒤쪽으로 클럽을 휘둘렀다.

"큭, 저놈, 목살이 너무 두꺼운데?"

대거? 그림자가 투덜거리는 목소리는 대거의 것이었다. 저런 능력을 가지고 있었나? 놀라긴 했지만 상황이 급하다.

"핫!"

한 방에 보낼 생각으로 머리를 노렸다. 가볍게 뛰어올랐을 뿐인데 5미터는 넘게 하늘로 솟구쳐 올라 버렸다. 모, 몸이 왜 이러지? 놀란 와중에도 나는 검의 목표를 잡았다. 아래에서 허둥거리는 오우거의 머리를 향해 그대로 떨어졌다.

"으아아앗!!"

우오?

내 고함에 위를 올려다본 오우거가 두 개의 팔을 교차시켜 머리를 막고는 다른 팔로 나를 공격했다. 하지만 내 낙하 속도가 더 빠르다! 몸을 두들기는 공격은 스치고 지나 검로를 막는 클럽을 동강내 버렸다. 오우거의 가운데 머리가 바로 코앞이다!

"합!"

파육음이 길게 이어졌다. 고기를 다지는 소리와 비슷했지만 그것에선 찾아볼 수 없는 섬뜩함이 있었다. 머리부터 들어간 검이 사타구니로 빠져나왔다. 몸이 세로로 등분된 오우거는 잠시 그대로 서 있다가 반으로 쪼개졌다. 시야를 가득 메우는 붉은 피.

"후우, 후우."

검을 든 채로 멍하니 숨을 고르고 있자 디터와 에티엔이 나머지 오크 둘을 잠재우고 집 안으로 들어갔다. 그 둘의 움직임을 보며 나는 멍하니 손을 내려다보았다.

"뭐지……."

왜 이러지, 내 몸이? 왜 이렇게 이상해진 거지? 상식을 넘어선 속도와 힘이다. 육체 능력이 비약적으로 상승해 있다.

그것도 그거지만 긴장이 풀리니 허리가 아프다. 피했다고 생각했는데 한 대 얻어맞은 모양이다. 얼굴을 구기고 있는데 집 안으로 들어갔던 둘이 종이쪼가리를 가지고 나왔다. 저게 목적이었던가? 그걸 배낭에 쑤셔 넣은 디터가 내 쪽으로 다가왔다.

"목표는 완수했습니다. 근데 몸은 괜찮은 겁니까?"

"괜찮아요. 좀 당황한 것뿐이니까."

아까 오크 목을 떨궜던 것보다 이쪽이 더 강하게 실감이 났다. 나는 검에 피를 묻히게 된 것이다. 오크 때는 당황해서 얼결에 해버린 셈이지만 이번에는 명확히 목숨을 노리고 한 것이다. 에티엔이 내 몸에 손을 대더니 입을 움직였다.

"큐어 운즈."

손에서 따스한 기운이 전해지더니 마음이 편해지면서 상

처가 치유되는 게 느껴진다.

"아, 고마워요."

치료를 받고 있자 엉뚱한 생각이 들었다. 악수할 때의 손은 그렇게 차갑더니만 치유 주문을 쓸 때는 따뜻하구나. 윽, 대체 뭔 헛생각이야? 내가 해놓고도 스스로 얼굴이 붉어져 버렸다. 묘하게 두근거리는 가슴을 억누르고 있는데 디터가 눈을 반짝반짝 빛내며 부담스러운 눈길을 보내온다. 대체 왜 저래?

"가뭇은 칠단장인 니메그의 세 심복 중 하나인데 이리도 쉽게 처단하시다니. 과연 용자의 이름을 가진 분답군요."

그렇게 대단한 놈이었나? 하긴 이런 힘을 가진 놈이 여섯 개의 무기를 휘두르며 돌진하면 일반 병사야 뭘 해보지도 못하고 떡이 되겠지. 아니, 기사라고 해도 대책이 없다. 이렇게 무지막지한 괴물이라니.

나도 얼결에 물리친 거지, 두 번 싸우라면 자신없다. 애초에 원래의 나라면 이런 괴물에 맞서 한 수도 버티지 못했을 거다. 아까 힘 싸움에서 우위를 점하고, 말도 안 되는 속도로 움직이고 뛰어오른 건 절대 내 능력이 아니다. 내 본신의 능력으로 이긴 게 절대 아냐.

인정하자.

내 몸에 어떤 변화가 일어났다. 그것도 지금으로선 좋은 방향이라고 생각되는 쪽으로. 육체 능력이 말도 안 되게 상승해 있어.

호흡을 가다듬은 나는 근처의 아름드리나무 앞에 섰다. 모두가 이상한 시선을 날 쳐다보지만, 일단은 신경 쓰지 말자. 우선 마음을 바르게 하고 정확히 친다는 생각만 하자. 나무를 향해 힘껏 내지른 주먹이 기묘한 소리를 냈다.

쩡!

뭔 소리야, 이건? 생각했던 것과 다른 타격음에 당황한 내가 나무에서 주먹을 떼자 이변이 일어났다. 나무가 움찔거리는 듯싶더니 조각 나서 비산하는 게 아닌가! 내가 한 일이지만 기가 막히기 이를 데가 없다. 믿기지 않는 현실에 절로 입이 벌어졌다.

대, 대체 뭐야, 이 괴현상은?! 난 권법을 제대로 수련한 적도 없고, 아주 기초 중의 기초만 배웠을 뿐이야. 근데 왜 이런 게 되는 거지?! 놀라움은 거기서 그치지 않았다. 바람이 살랑 부는가 싶더니 내가 부순 나무 뒤편의 나무들이 요란한 소리를 내며 박살이 나버렸다.

"……!"

기가 막힌다. 대체 이게 뭐야? 옆의 디터도 황당하다는 얼굴을 하고 있다. 그런 눈으로 보지 마. 당사자도 설명이 불가능하단 말이지. 대체 뭐가 어떻게 된 거지? 여신의 축복일까? 이런 걸 주실 거라면 좀 언질을 주실 것이지~

이 힘은 마치 전설의 그것과 같다. 그래, 하늘이 내린 천력을 부여받아 어지러운 세상을 치세로 만드는 용자.

나는 정말로 선택된 용자가 되어버린 건가? 세계를 구한다고 예언된 자, 그에 걸맞는 힘이 지금 내 몸에 감돌고 있었다. 그렇게밖에 볼 수 없다.

"힘자랑 끝났으면 가자."

"잠깐만요."

팔짱을 낀 대거가 날 못마땅한 눈으로 노려봤지만 무시했다. 마음이 쿵쾅거린다. 강해졌다. 정말 엄청나게 강해졌다. 이 정도라면…… 정말 세계도 구할 수 있을 것 같다.

나에게 힘이 주어진 이상 망설일 것이 없다.

"아뇨, 돌아가지 않습니다."

"예?"

디터가 놀란 눈으로 반문했다. 뭐야, 이 사람들? 이 다음 일은 당연한 거 아냐? 왜 다들 모르겠다는 얼굴을 하는 거지?

"류아 쪽을 도우러 가죠."

"이봐, 우리 임무는 어디까지나 가뭇의 처단과 문서를 손에 넣는 거였다고. 거기에 저건 들어 있지 않아. 게다가 우리가 빠지지 않으면 류아 쪽도 빠질 수 없잖아?"

대거가 머리를 긁적이더니 떫은 목소리로 말했다.

맞는 말이긴 한데,

"저희가 임무를 완수했다는 걸 알릴 연락 수단은 가지고 계십니까? 류아가 줬어요? 설사 알아서 빠진다고 해도 퇴각이라는 게 쉬운 일이 아니니 희생이 클 게 눈에 보이잖아요. 저는 류아를 도우러 가겠습니다. 다른 분들은 어쩌실 거죠?"

난 대거에게 한 방 먹었다. 류아는 우리들을 위해서 오크들을 상대하고 있다. 그걸 그대로 놔두고 간다고? 여자 애 혼자서 싸우게 하고 임무 완수라고 외치란 말이냐?

그건 명백한 잘못이다.

슥.

에티엔이 조용히 손을 들었다. 발언권 요청인가? 그녀를 보고 고개를 끄덕였지만 팔을 내리더니 아무 말도 하지 않는다. 아아, 같이 가겠다는 표시였구나. 속내를 알기 힘들지만 괜찮은 사람인 것 같긴 하다.

디터는 기지개를 켜더니 양손을 뒤통수에 대고 쾌활한 목소리로 입장을 밝혔다.

"아직 주문 한 번 쓰지 않았으니 같이 가죠. 무엇보다 저는 구세용자의 일거수일투족을 지켜보고 싶거든요."

이유가 수상하지만 뭐, 같이 가준다니 고맙다. 이제 남은 건 불만스러운 얼굴을 한 대거뿐이군. 그는 여유가 넘치는 디터를 노려보다가 얼굴을 찡그렸다.

"추가 보수가 없는 일엔 끼어들 생각이 없다. 니들끼리 해."

"그래요? 그럼 저희들만 가죠."

그렇게 말하고 나는 숲 속으로 걸음을 옮겼다. 위치야 부락들을 돌파하면 자연스레 보이겠지. 대거를 설득하면 좋겠지만 이런 사안은 시간이 중요하단 말씀.

무엇보다 설득한다고 들어먹을 인간 같지도 않다. 보수 이야기를 하는 걸 보니 아무래도 파티원으로 있는 대신에 보수를 약속받았나 보군. 하긴, 이런 위험한 짓을 단순히 정의감으로 할 사람은 없다고 봐도 좋겠지. 그러니 대거의 태도는 탓할 게 못 된다.

그렇게 갑자기 대거가 성큼성큼 걸어오더니 앞질러 가는 게 아닌가? 걷던 그는 우리들을 돌아보고 볼멘소리를 내뱉었다.

"젠장, 나중에 추가 보수를 받아낼 줄 알아라."

대거는 이를 빠득빠득 갈아대면서 앞서 걷기 시작했다. 풋, 뭐야. 이러니저러니 해도 나쁜 놈은 아니구만.

마음을 맞춘 우리들이 서둘러 오크 마을을 가로질렀다. 도중에 오크의 머리 하나 보이지 않는 게 아무래도 류아 쪽으로 전원이 몰려나간 것 같았다. 오크들의 마을이 있는 이 숲은 산속의 분지였다. 분지의 절반이 숲이고, 나머지 절반은 평지라고 한다. 분명 평지에서 싸우고 있을 것이다.

나무들이 듬성듬성해지는 숲의 초입에 다다르자 예상대로 병장기 부딪치는 소리가 귓전을 때렸다. 찢어지는 비명과 요

란한 고함 소리, 오크들의 울음과 창검이 맞닿는 소리만으로
등줄기가 오싹해진다.

나는 앞서던 대거를 제치고 달음질해 단박에 숲을 빠져나
왔다. 그러자 전황이 한눈에 들어왔다. 몇십 미터 앞에 있는
오크들의 궁병대가 전열을 이루어 활을 쏘고 있고, 거기서 더
나아간 앞쪽에서 보병들의 혼전이 벌어지고 있었다. 전체적
으로 어느 쪽이 우월하다고 단언할 수 없는 상태였다. 이럴
때는 의외의 공격을 가해서 심리적인 동요를 일으키는 게 승
리의 지름길이다.

배후에서 우리들이 공격해 간다면 승기는 이쪽에 있다.

확실히 싸움과 전쟁터는 다르다. 이를 악물어도 두려운 게
가시지 않는다. 전쟁터는 어디서 화살이 날아오지 모르고, 등
뒤를 어떤 창이 찌를지 모른다. 불확실한 신체 능력만을 믿고
뛰어들기에는 너무 무모하다.

하지만 여자 애가 싸우고 있다.

내버려 둘 수는 없어. 뛰어들기 전에 심호흡을 하는데 심신
을 청량하게 만드는 기운이 몸 전체로 퍼졌다.

"블레스."

어느새 내가 있는 곳에 다다른 에티엔이 주문을 외운 것이
다. 거짓말처럼 두려움이 사라지고 용기가 솟아났다.

그래, 이 세계에 왔을 때부터 각오한 거였어. 이젠 도망치
지 않아!

에티엔은 주문을 몇 개 더 외우더니 허리에 매여 있던 모닝 스타를 뽑아 들었다. 나에게 효과가 안 느껴지는 걸로 봐선 지금 외운 주문들은 죄다 자기 강화류일 거다. 단숨에 생각을 정리한 나는 도착한 다른 일행들에게 작전을 설명했다.

"제가 돌격하고, 디터 씨와 에티엔 씨는…… 그래, 허세를 부려주세요. 큰 소리를 내는 마법이나 환영을 만들어내는 마법이 있으시죠? 그걸로 후방에서 공격하는 우리들의 수를 많은 것처럼 속이세요."

잘되려나 모르겠다. 나름대로 머리를 굴려 짜낸 계책에 디터와 에티엔이 고개를 끄덕여 보였다. 반면 대거의 얼굴은 한층 더 일그러진다. 아, 이놈에게도 지시해 줘야지.

"그리고 대거 씨는… 그 이동 능력으로 류아와 다른 병사들에게 저희의 도착을 알리세요. 그걸로 우리 군의 사기가 올라갈 겁니다."

대거가 콧방귀를 뀌면서 고개를 끄덕이는 걸 마지막으로 나는 눈을 감았다. 심장이 입으로 튀어나올 것 같다.

"셋, 하면 시작합니다. 하나, 둘, 셋!"

좋아, 일단 후방의 궁병부터 처리한다. 호흡을 가다듬은 나는 발을 뗐다. 눈앞이 빠르게 변화한다고 생각한 순간 오크들의 숨소리를 맡을 수 있었다. 역한 냄새가 코를 찌른다. 정연하게 대열을 맞추고 순차적으로 화살을 쏘아대고 있는 게 상당히 훈련을 받은 듯한 모습이다.

크으?

그때 내 앞쪽에 있던 오크가 고개를 갸웃거렸다. 나는 그대로 발검해 놈의 허리를 베었다. 마침 일렬로 늘어서 있는 게 딱 좋군. 그대로 달리면서 검에 힘을 주자 뭉텅뭉텅 허리가 잘려 나갔다. 그렇게 열의 끝까지 달린 내가 뒤를 돌아보자 지독한 장관이 연출되었다.

너무 빠르게 베어버린 탓인지 통증도, 자각도 없다가 산들바람이 지나가니 그대로 내장을 쏟아내며 상반신이 굴러 떨어진다. 십여 마리의 오크가 일제히 죽어버리는 광경은 현실감이 없어서 주체인 나도 믿기 어려웠다. …여기서의 나는 이토록 강한 건가? 어쩐지 마음이 들뜬다.

다시 몸을 움직여 내달렸다. 그러는 와중에 귓전으로 요란한 고함 소리와 오크들의 당황한 숨소리가 느껴졌다. 내 지시를 디터가 충실히 이행해 준 효과다. 나는 기세를 죽이지 않고 검을 휘두르며 달렸다.

일렬 분쇄. 그 다음도 역시 분쇄, 분쇄, 분쇄! 단시간 내에 너무 많은 오크를 도륙한 탓인지 내가 다니는 길에 작은 샘이 생겨서 도도히 흐르기 시작했다. 그러나 나는 그에 신경 쓰지 않고 몸을 돌려 다음 놈들을 잘라내었다.

곧 카타나가 부러져 버렸다. 무식하게 힘만으로 다루니 못 견딘 모양이다. 하지만 무기가 부러졌다고 해서 당황할 건 없다. 본능적으로 느낄 수 있었다, 무기가 없어도 난 충분히 강하다는 것을.

사열째는 주먹을 사용했다. 오크들은 뒤쪽 열들이 눈 깜짝할 사이에 죽어나가는 걸 돌아보고 경악한 기색이지만 너무 늦었다. 검을 휘두르는 대신 손을 뒤로 물렸다가 앞으로 내질렀다.

쩡!

얼음이 깨지는 소리가 전장에 울리고 오크의 몸이 조각났다. 그 뒤로 충격이 그치지 않고 전달되어 남김없이 죽어나갔다. 시야를 피와 살점들이 가린다. 폭발로 인해 공중으로 날아오른 피와 살이 진눈깨비처럼 쏟아져 내린다. 오물 투척을 온몸으로 받은 나는 손을 눈앞으로 가져왔다.

"하하하⋯⋯."

아아, 정말 피를 묻히는 건 익숙해지는구나. 무엇보다 이 힘에 도취되지 않을 도리가 없다. 정말 최고인데! 신체 능력의 비약적인 상승이 내 마음을 들뜨게 한다. 아버지를 상대하기엔 무리겠지만 그 외라면 누구에게도 지지 않을 자신이 붙었다. 그렇다면 답은 정해져 있다.

이 싸움, 더 이상 인간을 죽게 놔두지 않는다!

그렇게 생각하고 있자 간신히 살아남은 앞 열의 오크들이 활도 내던지고 도망가는 게 눈에 들어왔다. 보이지 않는 빠르기로 달리면서 그어버리는 대신 멈춰서 주먹을 사용했으니 공포감의 실체를 두 눈으로 확인한 게군. 이걸로 궁병대는 순식간에 몰살시켜 버렸다.

200이 넘는 오크를 힘들이지 않고 죽이다니……. 장난이 아니잖아?! 정말 강한데? 터져 나오는 웃음을 숨기지 않은 나는 곧장 앞으로 달렸다. 눈앞에서 보병들을 도륙하는 오크들의 등이 보였다.

나는 오크 하나의 등에 팔을 박아 넣었다. 꿈틀거리는 살과 떨림이 팔로 전해져 온다. 옆으로 팔을 잡아 빼어 잔명을 끊은 나는 맹수처럼 날뛰기 시작했다.

검이 부러졌지만 상관없어. 창칼이 덮쳐도 관계없어. 마음을 비운 채 주먹을 휘두르고 던지고 찰 뿐이다. 파동을 일으키면 주변까지 파장을 일으켜서 연살로 이어졌다.

오크들이 몰려 있는 곳에 한 방 갈겨주니 육편의 비가 내렸다. 몰리던 곳을 단번에 해결해 버리니 슬슬 전황이 역전되기 시작했다. 병사들과 대치 중인 오크들의 뒤통수를 때려주자 머리가 퍽퍽 터져 나간다. 아, 이거 정말 신난다!

그때 긴 금발이 눈에 들어왔다.

어라? 저긴 방금 내가 한 방 갈겼던 곳인데? 예상보다 오크들의 층이 두꺼웠나 보다. 근데…… 저런 긴 황금빛이라면 류아인가? 나는 오크의 대가리를 밟고 뛰었다. 물론 발에 힘을 주어서 머리를 터뜨리는 것은 잊지 않았다.

반발력으로 뛰어오르자 다급한 광경이 들어왔다. 백마였던 것의 시체를 뒤로하고 류아가 오크들의 글레이브를 힘겹게 받아내고 있었다. 갑옷을 걸쳤으니 제대로 타격을 주기 힘들겠지만 그녀를 받쳐줘야 할 병사들의 수가 많지 않았다. 이대로 놔두면 위험하다.

류아의 앞에 착지한 나는 오크의 글레이브 자루를 잡고 휘둘렀다. 갑작스레 몸이 휘둘린 오크는 글레이브를 꼭 붙들었다.

큐, 큐우!

이 자식, 공용어로 말하란 말야! 글레이브를 수직으로 치켜들었다가 파리 잡듯이 지상으로 내리쩍었다. 지상에 찍힌 오크는 몸이 터져 나갔고, 운 나쁘게 그 자리에 있던 오크 대여섯도 마찬가지 신세가 되었다. 일단 분위기를 반전시켰으니 여기서 더 밀어붙여야 한다.

"괜찮아요?"

"아, 네……."

계속 주먹을 휘두르는 상태에서 내가 묻자 류아의 대답이 들려왔다. 내가 하는 일에 너무 감명을 받은 건지, 아니면 두려움을 느낀 건지 류아는 멍한 눈으로 날 바라보고 있었다. 그러다 백마의 시체가 눈에 들어왔다.

그건 온전한 사체가 아니었다.

이 전장에 나 같은 놈이 하나 더 있을리는 없다. 그랬다면 이미 끝난 상황이겠지. 그렇다면 저렇게 몸 한복판이 터져 나간 사체를 만들어낸 건 나라는 이야기가 된다. 잿빛의 갈기와 하얀 살점, 새빨간 피가 어우러진 저 참상을 일구어내고 류아를 낙마시킨 게 나란 소리다. 심장이 내려앉는 기분이다. 조금만 더 힘을 가했다면 류아도 저 꼴이 되지 않았을까?

거기까지 생각하자 가슴이 떨려오며 움직임이 느려지더니 몸이 굳는다.

힘에 도취되어 전장을 날뛰던 나는 류아를 죽일 뻔했다.

더 이상 주먹을 휘두를 엄두가 나지 않았다.

"괜찮아요?"

롱 소드를 앞으로 겨눈 소녀기사가 내게 물음을 돌려주었다. 시선은 적을 향하고 있지만 목소리에는 걱정을 한껏 담고 있다. 저 빛나는 금발과 하얀 피부, 푸른 눈동자를 내가 터뜨려 죽일 뻔하다니. 전장의 한복판에서 이런 잡생각을 하고 있는 게 얼마나 미친 짓인지 알지만 어쩔 수가 없가 없다.

가슴이 두근거리는 게 진정이 되지 않아. 에티엔이 걸어준 주문의 효과가 풀려서일까? 두려움이 몰려와 내 몸을 덮쳐 버려서 꼼짝도 할 수가 없어. 아아, 겁이 나! 젠장, 내가 뭘 한 거지?

그때 따스한 온기가 전해졌다.

소녀가 검을 잡고 있던 두 손 중 하나를 나에게 건네주었다. 마주 잡은 손가락으로 전해지는 미세한 따스함이 가슴을 아릿하게 찌른다. 그 통증 때문에 간신히 몸을 움직일 수 있게 되었다. 물론 싸울 수 있는 상태는 아니다. 침착해. 싸우지 않으면 죽는다. 싸울 수 없다면 죽지 않게 노력해야지.

"후우."

숨을 고른 내가 앞을 둘러보자 반원의 포위망을 그렸던 오크들이 움찔거리며 물러났다. 시험 삼아 내가 앞으로 한 걸음을 내딛자 오크들은 뒤로 세 걸음을 물러난다. 방금 전 데몬스트레이션의 흉포함 때문에 잔뜩 겁을 먹은 모양이다.

두려움이 전장 이탈로 이어지지 않는 건 뒤에 삼두육비의 오우거가 존재하고 있다는 믿음일 터. 그런데 그건 내가 아까 죽였는걸. 그 사실을 어떻게 이용할까 잠깐 생각하고 있을 때 퉁명스런 목소리가 전장의 소음을 뚫고 귀로 파고들었다.

"뭐 하고 있냐?"

나와 류아가 대치하고 있는 오크들의 뒤에서 대거가 뛰어들었다. 정말 가명 하나는 기가 차게 잘 지었다. 양손에 대거 두 개를 잡고 휙휙 움직이는데, 그 솜씨가 예술이란 소리밖에 안 나온다. 힘이 아닌 빠른 속도를 무기로 하는 기술. 예전의 나라면 움직임을 쫓기도 힘든 공격들이 연이어지고, 그 사이로 오크들의 고함과 비명 소리가 울린다.

나완 달리 꽤 고생했는지 그는 온몸에 피를 뒤집어쓰고 있었다. 하지만 그것보다 그의 발놀림에 시선을 빼앗겼다. 그는 어떤 때든 셋 이상을 상대하지 않는다. 셋이 된 순간 자리를 이탈하고, 둘이라면 하나를 죽이고 남은 하나를 상대한다. 귀신같은 몸놀림이다.

모범적인 살육을 선보여 오크들의 시선을 자기에게 모은 그는 허리에 매고 있던 보자기를 땅바닥에 던졌다.

꾸엑?

꾸에엑!!

매듭이 풀리면서 서로 붙어 있는 세 개, 아니, 쪼개져서 이젠 네 개인 오우거 머리가 나타나자 오크들이 괴성을 질러댔다. 경우에 따라선 복수하겠다고 덤비겠는걸? 하지만 내 우려는 과민한 것이었다.

아무래도 그의 죽음에 대한 복수심보다는 믿음이 배반당한 데에 대한 공포가 더 큰 모양인지 오크들은 도주하기 시작했다. 그리고 그 뒤를 향해 병사들이 창을 꽂았다. 여기저기서 짐승의 비명을 지르며 죽어나갔다. 근방에 적이 없는 걸 확인한 나는 무릎을 꿇었다. 더 이상 서 있기가 힘들다.

"후우, 후우……."

진정이 안 돼. 위험했다. 아까 전에 몸이 굳은 건 감명 깊은 미친 짓이었어. 손을 들어 이마를 훔치자 흥건한 땀이 묻어나왔다.

이 힘은 위험하다.

갓 얻은 힘에 취해서 류아를 죽일 뻔했어. 사용 안 하는 건 바보짓이지만 반드시 제어할 수 있어야 돼. 어린애가 자신이 가진 무기가 얼마나 대단한지 모르고 휘두르다가 사람을 불구로 만들었다면 이런 기분일 거다.

"다친 곳은 없어요?"

류아가 걱정스러운 눈을 하고 있다. 맑디맑은 파란 눈동자가 나를 직시한다. 벗어날 수 없는 주박이라는 게 이런 걸 말하는 걸까. 나는 멍한 정신 속에서 손을 들어올렸다.

"아……?"

오른손으로 류아의 볼을 감싸자 체온이 전해져 온다. 피범벅이 된 손으로 만지자 하얀 얼굴이 붉게 칠해진다. 새하얀 종이에 붉은 물감을 잔뜩 뿌린 것 같은 강렬한 색의 대비가 시야를 가득 메운다. …하지만 죽지 않았어. 살아 있잖아. 다음부터 조심하면 돼. 이런 일이 일어나지 않게 주의하면 돼.

류아는 눈을 감고 내 손등 위에 손을 올렸다.

뺨이 더러워지는 것을 아랑곳하지 않고, 내 행동의 이유도 묻지 않고 단지 손을 따스하게 잡아왔다. 그 답변이 공포로 굳어진 마음에 따스한 감정을 안겨주었다.

그게 너무 편안해서…… 절로 눈이 감겼다.

제 2 장
휴식(休息)

휴식休息

맘했지요?
제가 리워드님을 만난 건 운명이라고
제가 기다린 건 당신이에요

대거는 구세용자를 보았다.

전장의 상황이 종료되는 것은 그리 오래 걸리지 않았다. 승리한 병사들은 숲에 불을 질렀고, 봄바람을 받은 불은 순식간에 번져 오크 마을을 전소시켰다. 류아는 그런 병사들을 치하하며 뒤처리를 부관에게 맡기고 파티로 돌아왔다.

웨건의 마부는 디터가 맡았다. 사람 좋은 웃음을 지어 보인 마법사는 피곤한 기색임에도 불구하고 마부석을 고집했다. 에티엔은 자고 있었고, 류아는 매우 피곤했다. 구세용자는 기절했고, 대거는 디터를 배려할 이유가 없었다. 덕분에 디터는 마부석을 비교적 쉽게 차지했다.

짐칸의 모서리 부분을 차지하고 앉은 대거는 구세용자를 노려보았다. 그도 구세용자의 강림을 간절한 마음으로 기다렸지만 작금의 상황이 매우 마음에 들지 않았다.

사내놈 주제에 백발인 거나, 일이 어떻게 돌아가건 실실 웃는 꼴 등 마음에 드는 구석이라곤 한 군데도 없었다.

저 애새끼는 들키지 않았다 생각하고 있겠지만 대거 자신은 저런 치들을 상대하는 데 익숙했다. 그보다 어린 나이치고는 자기 제어가 훌륭하지만 대거의 눈을 벗어날 수는 없었다.

어느 정도로 마음에 들지 않느냐면, 다 집어치우고 싶을 정도로! 그가 구세용자를 기다려 온 마음가짐에 비추어 볼 때 혐오감이 어느 정도인지 알 수 있다.

"후우."

낮게 한숨을 내쉰 대거는 눈을 돌렸다. 구세용자의 알맹이는 사실 중요치 않다. 구세용자라는 이름은 그 자체로 무궁무진한 쓰임새를 가지고 있으니까.

인류가 마에 대항할 수 있는 결전 병기, 희망의 발현, 멸망을 피하는 유일한 구원, 반격의 열쇠.

이에 매달리지 않을 수 있는 인간이 몇이나 있을까. 그게 구제불능의 파락호라고 해도 매달려야 할 판이다. 하지만 저놈은 일단은 예의바른 데다가 판단력도 좋아 보이고, 무예도 인간이 범접키 어려운 수준이다. 동화에서 나오는 용사님이 현실에 나타난다면 저런 낯짝일까 싶을 정도로.

"흥!"

코웃음을 친 대거는 무릎 사이에 고개를 파묻고 눈을 감았다. 저 둘이 착 달라붙어 있는 꼴은 보고 싶지 않았다. 구세용자는 강림했고, 그는 원하는 것만 얻어내면 그만이다.

덜컥덜컥.

귓전을 울리는 요란한 소리. 해가 지는 불타는 노을. 무언가에 실려 이동되고 있다. 주변을 보니 익숙한 짐 꾸러미와 사람들이 눈에 들어왔다. 타고 온 웨건의 짐칸이다.

대거는 구석에 기대에 자고 있었는데 무릎에 고개를 묻은 게 그다지 편해 보이진 않는다. 에티엔은 마차의 뒤편으로 멀어지는 하늘을 보고 있었다. 황혼을 보고 있는 것일까. 아까 전투에서 어디 다친 곳은 없나 보다. 다행이네.

시간이 꽤 흘러 버린 모양이다. 나는 마른 입술을 혀로 축이며 눈을 몇 번 깜빡였다.

그제야 내 위치가 조금 이상하단 걸 깨달았다.

베개가 있었나? 아니, 없었다. 그럼 대체 내 머리는 어디에 파묻힌 거야? 정체 모를 불길함을 무시하고 시선을 움직였다.

순간 류아가 꾸벅꾸벅 졸고 있는 게 시야 가득히 들어왔다. 잠깐, 이런 각도가 나온다는 건 내가 류아의 무릎을 베고 있다는 소린데. …일어나면 깰 것 같다. 딱딱하게 굳어버린 그

자세 그대로 눈만 굴렸다.

갑옷을 벗고 담갈색 맨틀을 입고 있는 게 하얀 피부색과 부드럽게 조화를 이루고 있었다. 뭐랄까. 피부와 얼굴이 소녀적인 매력을 강조한다면 옷이 성숙미를 은연중에 나타내고 있는, 아니, 이런 분석을 하고 있을 때가 아니잖아.

어떻게 대책을 세우지 않으면 안 돼. 깨우지 않고 어떻게 움직일 수 있을까 고민하던 나는 곧 포기했다. 내 머리 위에 류아의 손이 올려져 있으니 미동 이상의 것을 해버리면 틀림없이 깨버릴 것이다. 이렇게 곤하게 자고 있는데 놔두는 게 좋지 않을까? 뭐, 나도 나쁜 기분은 아니고 말이지. 이런 건 아주 어렸을 때 이외엔 해본 적이 없는데… 거참, 기묘한 기분이 든다.

이런 애를 죽일 뻔하다니…….

오른손을 눈앞으로 가져가 들여다보았다. 말라붙은 피라는 흉측한 도색이 피부 원래의 색을 지우고 있다. 이 손으로 오늘 나는 많은 오크를 죽였다. 마음 한구석에서 죄의식이 고개를 든다. 물론…… 감상론이 그다지 도움이 안 되는 건 안다. 인간의 적인 마물을 상대하면서 마음이 흔들리다니.

하지만 미숙하니까 어쩔 수가 없다고.

이를 악물었다. 나는 이 세계의 인간을 돕기로 결심한 이상별 도리가 없다. 그렇다면 앞으로 이런 일을 계속해 나가야 될 테니 익숙해져야 해. 그러지 않으면 오늘 같은 일이 벌어지지 말란 법이 없으니…… 전쟁과 살육에 익숙해지고, 내 힘을 능숙하게 다룰 수 있어야 한다.

그런데 이 힘의 근원은 대체 뭘까? 정황상 여신이 서비스로 주셨다고 생각하는 게 가장 가능성이 높겠지. 중요한 건 주어진 힘 하나 주체 못하면 피를 보게 된다는 사실이지만, 어떻게든 수를 내야지.

"깼어요?"

으악! 깜짝 놀라 류아를 보았지만 그녀는 여전히 눈을 감고 있었다. 그럼 누가 말을 건 거지? 눈을 굴리자 에티엔이 몸을 돌려 이쪽을 보고 있었다. 푸른색의 법의가 석양을 받아 붉게 물든다. 불타는 태양이 에티엔의 벽발과 검은 눈동자, 황색의 피부를 남김없이 태운다. 그 모습은 마치 석양의 사자 같아서 어딘가 슬프고 쓸쓸함이 담겨 있었다.

곧 세상을 등지고 사라질 사람처럼.

"안 깼어요?"

하지만 그런 것치곤 목소리는 평온했다. 내 착각이었나 보다. 맑은 목소리가 은은히 울려 퍼지는 게 기분 좋은 느낌을 전해줬다.

"아뇨, 깨어 있어요."

"눈이 안 보여서 자는지 안 자는지 구분이 안 가네요."

머리를 기른 의도는 그게 아닌데, 부가 효과라는 거군. 그런데 왜 부른 거지? 에티엔은 잠시 생각하는 얼굴이더니 말문을 열었다.

"힘을 제어하기 힘들죠?"

"……"

어떻게 아는 거지? 이런 힘을 갖고 옵니다, 라고 자세히 예언이라도 되어 있었나? 예언 내용을 물어볼 걸 그랬나?

가만히 입을 다물고 있자 침묵을 긍정의 의미로 생각했는지 에티엔은 용건을 풀어놓았다.

"그 힘을 제어시킬 사람을 곧 만나게 될 거예요."

"예?"

뜬금없이 뭔 소리다냐? 엘 브레가의 사제는 점쟁이도 겸업하나? 하지만 사제가 하는 말이기에 허투루 들을 수는 없다. 내가 좀 더 알려달란 얼굴을 했지만 에티엔은 아무래도 그 주제로 이야기를 길게 하고 싶진 않은 모양인지 곧 입을 다물었다. 뭐, 억지로 입을 열게 하는 건 힘들 것 같군.

누군가의 도움을 받아서 이 힘을 제어하고 싶진 않다. 일종의 오기다. 힘이 없는 것도 아니고, 있는 힘조차도 제어하는데 남의 도움을 받다니……. 그게 용자냐? 그냥 민폐 제조기지.

"깼어요?"

으음, 두 번째 듣는 소리로군. 이번엔 류아의 목소리다. 나는 몸을 일으켰다. 아쉽지만 류아가 깬 이상 더 누워 있으면 실례지.

류아는 잠을 쫓는 듯 눈을 깜빡거리다니 기지개를 켰다. 그 모습은 나른한 오후의 햇볕에 졸다가 일어난 고양이를 연상시켰다. 뭐, 고양이보단 유순해 보이지만. 잠을 완전히 쫓은 류아는 나를 향해 살포시 웃어 보였다.

"감사해요, 리워드님."

"뭘요?"

난데없는 사의에 나는 내심 당황했다. 이 여자는 언행 하나하나에 진심이 녹아들어 있어서 가볍게 받아넘길 수가 없다. 류아는 정말로 감사한단 얼굴로 말했다.

"저…… 사실은 조금 불안했거든요. 용자의 첫 번째 검으로 역할을 잘 수행할 수 있을까."

용자의 여덟 검이라는 게 보좌 역할이라면, 류아에게 뭔가 부족함이 있다는 생각은 전혀 들지 않는다. 오히려 책임 소재를 찾자면 나한테 있는 거지.

"하지만 안심했어요. 리워드님이라면 확실히 괜찮아요."

"……."

듣는 쪽에선 수긍할 수 없는 소리인걸? 게다가 과정이 없잖아. 서론과 결론만 나오고 본론이 없으니 그녀의 진지한 눈동자가 이상한 해석의 가능성을 던졌다. 무슨 사랑 고백도 아니고 말이지. 그리고 저 결론도 틀렸어. 나는 괜찮지 않다고.

"아니, 나는……."

류아의 눈을 응시하자 입이 붙어버렸다. 뭐라고 말해야 돼? 이 소녀에게? 죽일 뻔한 게 미안하다고? 나는 그렇게 대단한 인간이 아니라고? 정말 이 소녀기사에게 그런 말을 할 수 있냐? 딱 잘라 말해서 하면 안 된다는 느낌이 든다.

그래, 저 사파이어를 연상하게 하는 푸른 눈에 담겨 있는 건 오로지 신뢰뿐, 그에 보답하지는 못할망정 그것을 무너뜨려서는 안 된다. 나는 저 맹목적인 신뢰에 보답해 용자임을 긍정했어. 여기서 부족하단 소리를 하면 안 돼.

대화의 흐름이 끊어지자 류아가 화제를 전환했다.

"일단 신전에 돌아가면 문서를 분석하게 될 거예요."

"그런데 그 문서가 어떤 내용을 담고 있죠?"

생각해 보니 전혀 모르고 있었군. 내 질문에 류아의 얼굴이 어두워졌다. 조금 시간이 지나자 류아는 고개를 살짝 숙이며 내용을 말했다.

"자세한 건 해독해 봐야 알겠지만… 칠단장 니메그의 부활과 관계가 있어요."

신성 마법은 갖은 기적을 일으킨다. 양친이 그쪽의 주문 사용자인만큼 피부로 익힌 사실이다. 그 기적 중에 이름 높은 것 중 하나가 리절렉션이다. 저번에 류아가 설명하길, 칠단장 니메그와 양신 알 브레히토는 양패구상을 했다 한다.

정수까지 파괴된 알 브레히토와 달리 니메그는 본질이 무사한 상태라 하고, 그 부활을 획책하기 위해서 니메그의 세심복이 움직이고 있다. 그래서 지금 우리는 그것을 막으려는 거고.

기승을 떨치던 아인단이 16년간 잠잠했던 건 어디까지나 니메그의 부재 때문이다. 만약 아인단장 니메그가 부활하게 된다면 아인단과 룬 슈테드의 총력전이 펼쳐질 테고, 그 싸움에서 승산은 높지 않다고 한다. 한마디로, 무조건 막아야 한다는 소리지.

"일단 하나는 처치했고……."

남은 건 둘이군. 신전에 돌아오자마자 배정된 방의 침대에 누운 나는 멍하니 머릿속을 정리했다. 정보가 필요해. 일단 류아에게 계속 물어댄 것을 정리해 보자.

육국과 각각의 나라를 수호하는 육신, 그리고 마황과 마황 칠단. 육 대 칠인데 한 단은 오리무중에 싸여 있고, 마황군은 지금 육단만 모습을 드러냈다고 한다. 그리고 각 단장이 나라 하나씩을 맡아서 침략해 오고 있고. 룬 슈테드에 아인단이 쳐들어왔는데, 그 참혹함을 보다 못한 알 브레히토가 강림해 니메그와 싸워 양패구상.

부하들만이라면 그다지 겁날 것이 없지만 니메그란 놈은 정면으로 상대하고 싶지 않다. 게다가 피조물에 불과한 칠단장이 신과 동귀어진했다면 창조자인 마황은 대체 얼마나 경천동지할 능력을 가지고 있단 말인가? 거기까지 생각이 미치자 마음이 무거워졌다.

"일단 그건 나중에 생각하고."

지금 생각해 봐야 두려움만 밀려올 뿐이다. 그냥 생각을 하지 말아야지. 한 나라에 한 단이라니 니메그의 부활을 저지하면 당분간은 칠단장과 마주칠 일이 없을 테고, 그동안 꾸준히 내 육체에 능숙해질 연습을 해야 한다.

상반신을 일으킨 나는 정신을 집중했다. 이 방은 집에 있던 내 방의 두세 배는 되는지라 몸을 움직이기에 충분했다. 호흡을 가다듬자 근육이 꿈틀거리며 이완되는 게 느껴진다.

마음을 평온하게 가라앉힌 나는 허공을 향해 주먹을 날렸다. 그 행위는 미리 방 중앙의 테이블에 일렬로 세워둔 나무토막 세 개를 박살 내고도 모자라 뒤쪽의 벽에 구멍까지 만들어냈다.

"......!"

크, 큰일 났다! 신전 파손 죄인가? 아무리 사멸한 신이라지만 이거 중죄가 아닌가? 뚫린 벽을 통해 시원한 봄바람이 솔솔 불어오는구나.

아니, 도피할 때가 아냐. 이거 어떻게 막지? 고민하던 나는 옆에 있던 책장을 번쩍 들어 벽에 구멍을 막으니 감쪽같다.

"좋아, 해결!"

손을 탁탁 털던 나는 문득 깨달았다. 이 책장은 내가 양팔을 벌려도 좀 부족한 넓이에다가 5단이다. 평소의 나라면 이런 크기에다가 책이 가득 꽂힌 책장을 들어서 옮긴다는 실행 이전에 선택지에 넣지도 않았을 터. 조절은 안 되더라도 힘이 세졌다는 상황에 사고가 익숙해지고 있는 건가?

"뭐가 해결이에요?"

헉! 갑자기 들려온 맑은 목소리가 심장을 두들겼다. 깜짝 놀라 뒤돌아보니 어느새 나타난 에티엔이 문가에 서서 나를 물끄러미 바라보고 있었다. 투명한 검은 눈이 마치 지금 행동을 추궁하는 것 같아서 나도 모르게 고해성사를 해버렸다.

"그… 그, 그러니까 일부러 그런 건 아니에요."

"뭐가요?"

별반 표정이 변하지 않은 에티엔이 되물었다. 설마 나에게 자기 행동을 그대로 말하게 하는 치욕 플레이라도 즐기는 건가? 그렇게 성미가 고약해 보이진 않았는데. 아무래도 못 봤나 보다.

휘유~ 가슴을 쓸어내린 나는 그제야 에티엔의 복장을 볼 수 있었다. 푸른 법의 대신에 파란 블리오를 걸친 그녀는 목에 건 초승달의 성표를 제한다면 사제임을 알아차리지 못할 모습이었다. 거리에서 만나면 뒤돌아볼 것 같다. 그리고 말을 걸고 꼬셔…… 아니, 내가 지금 무슨 생각을 하는 거지? 그나 저나 야밤에 왜 남자의 방에 쳐들어오는 거야?

"노크하고 들어오시지 그러셨어요."

"방문이 열려 있길래요. 들어오면 안 되는 거였나요?"

응? 난 분명히 닫았는데. 벽에 구멍을 낸 파동의 부수 효과로 열렸나 보군. 그런데 어쩐지 이 사람은 나에게 의문문을 자주 이용하는 느낌인걸. 특성인가?

"아뇨, 그런 건 아니지만. 무슨 용건이세요?"

그녀에게 테이블 옆의 의자를 권한 나는 방문 목적을 물었다. 침대에 앉아 있는 건 실례지만 의자가 하나밖에 없으니 어쩔 수 없잖아. 그녀가 차분하게 목을 가다듬자 이내 방 안에 청량한 목소리가 울렸다.

"엘 브레가님의 교리에 대해서 설명하려고요."

음, 끈질긴 아가씨구만. 요즘 종교들은 다 이런가? 생각해보니 우리 집안에서 유일하게 신전과 관계 있던 사키엔 어머니도 사이비였지. 나야 신자 명부에 이름을 올려놨지만 꽤 헐렁한 편이었고. 아무튼 이 사람은 왜 자꾸 밤에만 권하는 건지 원.

"저기, 밤이 늦었는데요. 나중에 밝은 태양 아래서 듣고 싶네요."

축객을 위해 별 생각 없이 한 말에 그녀의 눈썹이 역팔자를 그렸다. 어라, 심하게 반발하네? 아, 맞다. 알 브레히토와 사이가 안 좋다고 했지? 아무래도 내가 태양을 언급한 게 매우 싫은가 보다. 그래서 나는 난처한 웃음을 꾸미며 부연했다.

"게다가 몸도 좀 피곤하네요."

뭐, 웨건을 타고 왔으니 딱히 힘든 일을 한 건 아니지만 그래도 여행이라는 것에 익숙하지 않은 몸이다 보니 며칠 웨건에 앉아 있던 것만으로도 피로하긴 하다. 내 말에 에티엔은 눈썹을 내리고 고개를 끄덕이며 일어났다.

"그렇다면 나중에 이야기할게요. 아득한 달의 꿈을 꾸시길."

"아, 예."

그렇게 막 나가려고 문턱을 밟은 에티엔이 고개를 뒤로 돌렸다. 맑은 검은 눈동자에 떠오른 것은 호기심이었다. 그걸 직시하자 어딘가 마음 한구석이 뜨끔했다. 어쩐지 다음에 나올 말은 안 듣는 게 나을 것 같다.

하지만 내 소망에 아랑곳하지 않고 에티엔의 붉은 입술은 문장을 만들어냈다.

"근데 뭐가 해결된 거예요?"

"······."

이럴 줄 알았어. 내가 입을 다물자 에티엔은 몸을 돌려 아까 그 상황을 재현했다. 문가에 서서 이쪽을 보고 있는 위치. 맑기에 읽을 수 없는 눈이 눈부시다. ···감상은 접어두고 현 상황에 대한 적극적인 타개책을 모색해 보자.

빤히.

기세를 보아하니 듣기 전엔 안 나갈 것 같은데? 머리를 굴렸지만 그럴수록 백지 공간이 늘어나는 것을 느낄 뿐이었다. 이런, 젠장. 그래, 설마 벽 좀 부쉈다고 뭐라 그러겠어? 될 대로 되라지.

"실은… 이렇게 해버려서요."

결국 체념한 나는 책장을 치워서 에티엔에게 구멍 난 벽을 보여줬다. 에티엔은 그 구멍을 보고 생각에 잠긴 얼굴이 되어 자신의 턱을 만지작거렸다. 음, 손가락이 참 하얗고 길다. 난 뭘 감상하고 있는 거야. 하지만 흰 손가락이 미묘하게 끌리는 느낌을 준다는 걸 부인할 수는 없다. 밤하늘 속에 떠오른 달빛이랄까.

"이거 리워드가 한 거예요?"

"뭐, 그렇게 됐네요."

이젠 포기. 될 대로 되라. 그렇게 다짐하자 에티엔이 까치발을 딛더니 내 머리를 쓱쓱 쓰다듬었다. 이 여자, 뭐 하는 거야? 손을 치워야 하나 말아야 하나 생각하는 사이에 행위는 끝나 버렸다. 즉각적인 반응을 못한 걸 반성하며 항의했다.

"뭐 하는 거예요?"

"쓰다듬어진 적 없어요?"

아니, 꽤 있긴 한데. 사키엔 어머니가 자주 그랬지. 그다지 유쾌한 기분은 아니었지만. 애 취급 받는데 기분이 좋을 리가 없잖아. 근데 이 여자가 비겁하게 말을 돌리네?

"그걸 물은 게 아니잖아요."

이 여자는 정말로 모르는 건지, 아니면 일부러 모르는 척하는진 몰라도 논점을 잘못 잡았다. 은근히 성질이 나는군. 경우에 따라 다르지만 대화는 합리, 신속이 모토인 나로선 별로 마음에 들지 않는다.

"칭찬한 거예요."

"…칭찬?"

괴이한 설명에 되물을 수밖에 없었다. 아니, 신전 벽을 부쉈는데 칭찬해 줘? 하지만 그 다음 말을 듣고 입을 다물었다.

"알 브레히토님의 신전이니까요."

"……."

사이가 안 좋다는 게 가벼운 소리가 아니었구나. 아니, 아무리 그래도 신전을 부쉈는데 잘했다는 소리를 하냐? 에티엔의 얼굴은 진심이었고, 무언가 잘못되었는지 되묻고 있었다. 내가 뭐라고 반문하랴?

알 브레히토와 엘 브레가의 골은 내 상상보다 훨씬 더 깊은 것 같다. 따지기를 포기한 나는 책장을 원래대로 돌려놓고 에티엔에게 다짐을 받아냈다.

"아무튼 이건 다른 사람들에게 이야기하지 말아줘요."

"흐음, 이유는 잘 모르겠지만 그럴게요."

그렇게 말한 그녀는 고개를 숙여 보이곤 총총걸음으로 가버렸다. 후우, 진땀 뺐네. 상대할수록 피곤한 여자다. 그렇다고 해서 무시할 수도 없고.

종교 종사자와 이야기를 많이 나눠본 편이지만 에티엔처럼 특이한 사람은 처음이다. 아무리 사이가 안 좋다지만 남의 신전의 파괴를 기뻐하다니. 원, 상상을 초월하는구만. 덕분에 잘 생각이 싹 사라졌다.

"바람이나 쐬고 올까."

가만히 있는 것보다야 낫겠지.

투덜대며 신전 뒤편으로 나가자 널찍한 원형 풀밭이 나왔다. 이 신전은 산 중턱에 세워져 있는 관계로 정원이 아니라 야생 풀밭이다. 돌보지 않은 천연의 정원에는 온갖 잡초가 길게 자라 있고 곳곳에서 이름 모를 벌레들이 밤의 음악을 연주하고 있었다.

듣기 좋은 하모니에 취한 나는 털썩 주저앉아서 이름 없는 풀들을 내려다보았다. 한참 이것저것 살펴보다 질린다 싶자 고개를 들어 하늘을 올려다보았다. 이계라 해서 특별할 것은 없었다. 밤하늘은 검었고 별은 빛나고 달은 아름다웠다.

"보름달인가."

아아, 어쩐지 궁상맞은 기분이 되어버렸다. 이런, 젠장. 그야 남자 혼자서 밤하늘이나 올려다보고 있으니까 당연하잖아. 계절이 봄이라서 다행이지 딴 거였다면 울적해졌을 거야.

하지만 감상에 젖을 겨를이 없었다.

"리워드님?"

허리까지 찰랑이는 금발이 인상적인 소녀가 내 쪽으로 다가오며 나의 이름을 불렀다. 갑옷을 벗은 류아의 모습은 묘한 매력을 자아내고 있는 게 옛 고사에 나오는 달의 요정 같았다. 그 모습에 압도되어 순간 할 말을 잃고 멍하니 류아만을 바라보았다.

찰랑이는 금발은 달빛에 비견할 만하고 고요한 파란 눈에 비하면 별의 광채가 무의미하다. 하얀 피부는 갓 내린 눈 같아 눈을 어디에 두어야 할지 모르겠다. 덕분에 내 시간을 방해받았다는 불평이 촛불 꺼지듯 순식간에 사라졌다.

"여기서 뭐 하세요?"

"그러는 류아… 는 여기서 뭐 하고 있었어요?"

요즘 의문문을 하도 많이 접하다 보니 요령이 생겼다. 그대로 돌려주면 된다. 그나저나 은근슬쩍 씨를 안 붙여봤는데 상당히 신경 쓰이네. 동생처럼 여겨진다면 쉽겠지만 생김새가 내 또래니까.

하지만 그녀는 내 호칭 변경을 알아차리지 못한 건지, 아니면 애초에 신경을 안 쓰는 건지 변함없는 얼굴이었다.

"잠이 안 와서요."

"저도 그래서요."

어느 신의 성직자 분 때문에 잠잘 기분도 안 나고. 서로의 이유를 밝힌 뒤에 조용해졌다. 으음, 이런 침묵은 마음에 안 드는데. 여자 애랑 있으면서 침묵하는 건 무능의 증거다. 뭐 유능한 편이라곤 내세우진 못해도 가만히 있는 건 남자 자격 미달이지. 그런데 뭘 말해야 될까?

"류아, 나이가 어떻게 되죠?"

캭! 사서 불속에 뛰어들었다. 내가 미쳤지. 나이 이야기를 왜 먼저 꺼내? 하지만 엎지른 물은 주워 담을 수가 없는 법, 어떻게든 차분하게 수습해야 된다.

"갑자기 궁금해져서요."

이게 수습이냐? 못 박기지. 속으로 절규한 나는 마음을 비웠다. 어쩔 수가 없지. 저질렀으면 그 결과를 겸허하게 수용할 줄 알아야 한다. 그렇게 마음을 다스리고 있자 류아가 선선히 대답했다.

"16살이에요."

윽, 이젠 내가 나이를 밝혀야 하나? 곤란한데. 에라, 몰라. 사실 류아가 나이를 이리저리 말하고 다닐 것 같지도 않고, 그냥 입 다물게 당부해 놓으면 되겠지. 그런데 내가 입을 열려고 하자 류아가 가로채 버렸다.

"리워드님은 저와 동갑이시죠?"

"……."

저 한마디가 날 지옥으로 밀어 넣었다. 어쩌지? 부정해야 되나? 내가 어딜 봐서 동갑으로 보이냐고 화를 내야 되나? 아니면 일단 이 자리를 도망쳐야 하나? 아, 근데 나는 왜 이렇게 나이에 대한 콤플렉스가 있는 거지?

지금 기억났다. 생각해 보니 나이를 밝히니까 시비를 거는 것들이 사교장에 썩어 넘쳤지. 뭐, 아버지의 후광으로 인기가 있는 게 눈꼴 시린데 나이까지 어리니까 그걸 가지고 싸움을 걸었지. 수없이 되풀이되는데 질려서 앞으론 나이를 가급적 밝히지 않아야 하겠다고 생각했었다. 음, 류아는 그럴 것 같지는 않은데…… 내 감을 믿어야 하나?

"뭐, 그건 그런데, 어떻게 안 거죠?"

윽, 뭐냐? 내 입, 왜 멋대로 움직이지? 통제를 벗어난 느낌마저 든다. 분명히 마음은 망설이고 있었는데 이놈의 주둥아리가 제멋대로 놀아났다. 이런 젠장! 류아는 밤하늘로 시선을 옮기며 평온한 음색으로 설명했다.

"감이에요."

"…훌륭하군요."

비꼴 의도는 아니었지만 그렇게 들려도 할 수 없군. 남은 숨기고 싶어 하는 걸 감이라는 이름하에 때려맞추다니. 뭐, 다 들켜 버린 거 입이나 막아두자.

"다른 사람에겐 비밀로 해줄래요?"

"네, 알았어요."

기다림의 시간없이 답이 왔다. 보통 왜라고 묻지 않나? 나야 귀찮게 설명하지 않아도 되니 좋긴 하지만. 입이 싸 보이지 않으니 이걸로 안심이다. 그렇게 마음을 놓고 류아의 옆얼굴을 훔쳐보는데 갑자기 가슴이 두근거렸다. 뭐야, 이거. 왜 이래?

분명히 류아는 예쁘지만…… 어차피 귀족의 소녀들을 많이 접해본 나로서는 이렇게 두근댈 필요까지는 없었다. 여기 사라는 드문 신분 때문일까? 하지만 그녀의 외모를 보면 기사의 무력보다는 가련한 소녀에 대한 보호 본능 쪽이 강하게 느껴진다.

"인간 중에서 알 브레히토님의 성직자는 저 하나예요."

류아가 하는 이야기들은 대체적으로 나에게 쓸모가 있었다. 트라이림의 정보가 절대적으로 부족한 나로서는 무엇이든 간에 알아둘 필요가 있는데 알 브레히토 같은 중요 인사라면 당연히 새겨둬야지. 확실히 기억할 준비를 하며 기다리자 류아의 설명이 이어졌다.

"니메그를 쓰러뜨리는 전쟁에서 싸울 수 있는 교단인은 남김없이 투입됐고, 모두 전멸했어요. 게다가 알 브레히토님도 돌아가셨죠. 교단은 당연히 기울었고, 그분의 마지막 사제로 신전에서 자란 저는 주문을 쓸 수 없었어요. 응답하실 분이 아니 계시니까요. 하지만 주문을 쓰지 못하는 사제라면 보통 사람과 다를 게 없다고 다들 생각하죠. 국신의 부재에 나라는 혼란에 휩싸였어요."

아, 마치 내 이야기 같아서 마음이 흔들렸다. 내 처지와 비슷하구나. 미묘하게 동질감이 느껴졌다. 주위의 기대를 한 몸에 받았지만 마법을 포기한 나와 죽어버린 신의 마지막 사제인 그녀. 주변에서 요구하는 것은 똑같았겠지. 단지 그녀와 나의 차이라면 나는 내가 무능해서 못 쓴 거고, 그녀는 불가능한 스타트 라인에 섰단 거다.

저런 상황에 처했다면 화내도 좋을 텐데. 나라면 엄청나게 화를 냈을 거다. 하지만 그녀는 전혀 화를 내는 기색이 없었다. 저건 그녀 자신의 잘못이 아니라 요구하는 측이 잘못된 거다. 내가 신학에 밝은 편은 아니지만 저건 확실히 잘못된 생각이다. 사제의 자질을 입증하는 건 믿음과 자세의 차이지 주문 사용의 여부가 아니다.

하지만 우매한 대중은 눈으로 보이는 것만을 추구한다. 군중은 깊은 뜻보다는 지금 당장 손쉽게 알 수 있는 것을 원하니까.

"그래서 지금은 아인단을 물리친다고 해도 미래가 보이지 않아요. 신이 사라진 나라. 언제나 함께하며 나라를 돌보던 분이 돌아가셨으니 당연하지요. 사람들은 혼란스러워하고 있어요. 내란의 움직임도 결국 그 혼란의 일부고요. 무엇보다 가장 힘든 건 알 브레히토님이 사멸하셨다는 점이에요."

내가 너무 가볍게 생각했나 본데? 마황군만 물리치면 만사 해결이 아니었나 보다. 아무래도 나라를 신이 보살폈단 소리를 하는 걸로 봐선 이들에게 신은 굉장히 친근하고 의지되는 대상이었음이 분명하다. 그런 존재가 죽어버렸으니 공황에 빠지지 않은 게 더 이상하다.

아니, 16년간이나 유지된 게 놀라울 지경이다. 야심있고 대가리 좀 굴러가는 새끼라면 이 모든 사태가 국왕이 부덕한 탓이라고 여론을 조종하고 반란을 도모해 볼 텐데. 내란 이야기가 나온 걸로 봐선 그런 인간이 없는 것도 아니고.

잠시 말을 멈춘 류아가 얼굴을 돌려 나를 바라보고 있었다. 그 눈빛은 평소와 달리 읽기가 힘들다. 어떤 생각인지 잘 알 수가 없다. 하늘빛의 눈동자가 시리도록 푸르다.

"그럼에도 불구하고 지금까지 나라가 유지될 수 있었던 이유는…… 당신 때문이에요, 리워드님."

"나 때문에?"

당황스러운 이야기다. 이거 갈수록 문제가 커지고 있다. 여신님, 이렇게 스케일이 끝내준다는 소린 한 적이 없는데요. 확실히 세계를 돕는다, 차원이면 사이즈가 커지긴 하겠지만 이렇게 공개적인 건 싫다고요! 내면의 절규에 아랑곳하지 않고 류아는 계속 말을 이었다.

"네. 알 브레히토님이 불러오신다고 약속하신 이계의 용자. 마황을 물리치고 새 시대를 이끌 구세용자, 리워드님의 존재가 있었기에 아직 이 룬 슈테드가 유지될 수 있었던 거예요. 확실한 희망이 있으면 사람들은 포기하지 않아요."

"……."

짜증 날 정도로 스케일이 커졌군. 대체 내 어딜 봐서 그런 예언을 한 거야? 물론 여신이 축복해 준 이 육체의 능력은 굉장히 좋다. 지금으로선 어지간한 마물에게 진다는 생각이 들지 않으니까. 하지만 그것도 한계가 있다.

신과 동수를 이룬 칠단장이나 그들을 창조한 마황 같은 걸 물리친다고 단정 지을 수는 없다. 아니, 오히려 불가능하다고 생각하는 게 옳다. 인간에겐 한계가 존재하는 법이다. 제아무리 인간이 강해진다고 한들 정명자인 이상 신에겐 대적하지 못한다.

그런데 그런 신과 동등한 수준의 생명체를 만들어낸 마황을 대체 어떻게 상대해야 할지 감도 안 온다. 나는 속으로 한숨을 쉬고 류아를 바라보았다. 그녀는 매우 진지한 얼굴을 하고 있다.

"…그래서 기다린 거야?"

불쑥 물어버리고 말았다. 아니, 사람들이 기다리건 말건 그런 건 이젠 상관없다. 나는 이 세계의 인간들을 돕기로 결정했고, 어떠한 난관이 있다 해도 이 마음은 변하지 않을 거다. 그렇지만 용자의 여덟 검이라는 이 소녀는 어떤 마음으로 나를 기다린 걸까? 내가 무슨 대단한 놈이라고 생각한 걸까? 짠하고 나타나서 한칼에 마황군을 부수리라고 기대했을까?

"아니요."

엥? 기다리지 않았다고? 꽤 황당한 대답에 나도 모르게 입이 살짝 벌어졌다. 류아는 시선을 올려 달을 보았다. 따스함이 담겨 있는 목소리가 밤공기를 가른다.

"보통 사람은 밤에 달이 뜨길 기다릴까요? 별이 나타나길 기다릴까요?"

아니, 보통이라면 기다리지 않지. 그것은 매우 일상적인 일이니까. 류아의 입매가 부드러운 웃음을 그려냈다.

"리워드님은 저에겐 그런 거예요."

"……."

그 웃음을 보고 있자니 할 말을 잃을 수밖에 없었다. 뭐라고 말하랴? 하지만 이야기는 끝난 게 아니었다.

"저는 알 브레히토님의 마지막 사제이자 그분이 예언하신 구세용자의 검. 철이 들면서부터 리워드님의 존재를 주위에서 듣게 되었어요. 그래서 계속 상상했어요. 어떤 분일까, 어떤 모습을 하고 계실까……"

별보다 반짝이는 파란 눈을 똑바로 쳐다보기 힘들다. 그녀의 시선을 피해 고개를 숙였지만 귀로는 류아의 말을 계속 경청했다.

"기다림의 시간은 저에게 더없는 즐거움이었어요. 그리고 그 기다림이 충족된 지금, 저는 행복해요."

내가 이런 소리를 들을 자격이 있을까? 순백의 소녀에게 이런 존재가 될 수 있는 놈이었나? 로스터슬라프에서 나는 정말 쓸모없는 존재였다. 잘해봤자 아버지의 대역, 보통은 무능한 놈. 분에 넘치는 칭찬은 심장을 아프게 만든다.

그래서 나도 모르게 부정의 소리가 나와 버렸다.

"그게 아니야. 나는 그렇게…… 대단한 놈이 아니야."

최악이구만. 보여주지 말아야 할 부분이 튀어나왔다. 어떻게든 수습하려면 최소한 여기서 끝맺어야 하는데…… 라는 생각과는 달리 입은 멈추지 않고 계속 어두운 소리를 토해낸다. 내 앞에 있는 소녀의 희망을 부수려 하고 있다.

이 소녀는 십 년이 넘는 시간 동안 나를 기다렸다. 그런 그녀의 순수를 부술 자격이 네게 있냐, 리워드? 당연히 없는데…… 대체 난 뭘 어쩌고 싶은 걸까. 이 이상 가면 돌이킬 수 없어. 그만둬야 돼.

"…나는 네가 기다린 그런 잘난 용자가 아냐."

류아는 여전히 차분한 얼굴로 나를 응시하고 있다. 그녀의 희망을 꺾어버린 나에 대한 분노나 실망, 슬픔 같은 감정이 담겨 있지 않다. 오로지 내 말을 경청하고 있다. 오히려 그 태도가 나를 자극했다. 대체 뭘 그렇게 기다리는 거야? 어디까지 토해내야 내 말을 믿을 거냐고. 맹목적인 신뢰라니…….

처음에는 속일 생각이었고, 믿어줬으니까 보답하려고 했어.

하지만 나는 무능한 놈이라고!

"오크와 싸울 때 너를 낙마시킨 건 나야. 난 내 힘 하나도 추스르지 못하는 놈이야."

결국 이 말까지 내뱉고야 말았다. 이 정도면 해결 불가다.

미움받을 각오 정도야 해두자.

이제 어쩔 거지, 용자의 검이신 소녀 분? 당신이 기다려 왔던 존재는 이런 나약한 놈이야. 욱하는 성질에 속 알맹이를 토해낸…….

그런데 류아는 웃었다.

그 웃음은 냉소도, 허탈함도 아니었다. 보고 있으면 마음이 편해지는 온화한 미소였다.

"……안 믿는 거야?"

"믿어요."

생글생글 웃는 얼굴에서 지체없이 대답이 나왔다. 믿는데 왜 저런 얼굴을 할 수 있지? 표정은 저렇지만 사실 화난 거 아냐? 네가 계속 기다려 온 용자라는 놈은 이런 철딱서니 없는 어린애인데 어떻게 그런 식으로 웃을 수 있는 거야? 스르르 눈을 감은 류아는 자신의 왼쪽 가슴에 손을 올렸다.

"진심을 말해주신 게 기뻐요."

"……"

"전 말이에요. 사실 할 일이 그다지 없었거든요. 신전 청소는 다른 사람들이 못하게 했으니 독서와 검술, 지휘 연습 정도가 제 일과였어요. 그래서 항상 시간이 넉넉했어요. 그 시간에 생각해 봤어요. 용자님은 어떤 분이실까. 여러 가지를 생각해 봤지만 정답은 없었어요. 성별조차 몰랐는걸요. 대단한 능력을 가지고 있을 거야라고 사람들은 막연히 믿었지만 저는 그런 기분이 들지 않았어요. 계속 생각해 왔지만 정답은 잘 모르겠다였어요."

"……."

답안지를 백지로 냈단 소리군. 나로서는 할 수 없는 행동이다. 그래서 지적할 엄두도 나지 않았다. 바보인 건가, 아니면 위대한 건가?

"제가 기쁜 건 리워드님이 지금 저를 신뢰해 주셨기 때문이에요. 저를 믿어주시지 않았다면 그런 이야기를 안 해주셨겠죠."

"그게 아냐. 난 단지……."

"리워드님."

류아가 차분하게 내 이름을 불렀다. 뒤에 붙은 님이란 호칭은 자주 들었었다. 파티에 나가면 귀족의 자녀들이 그렇게 불렀으니까. 아버지는 위대한 업적을 이뤄냈지만 국가에서 준 훈장과 작위를 거부했기에 그 아들인 나도 이름으로 불릴 수밖에 없었다.

하지만 그렇기에 거부감이 잔뜩 들었던 칭호다. 내게 붙이는 경칭 또한 아버지로 인한 거니까. 평민인 내가 매우 잘나신 아버지의 아들이 아니었다면 덜 잘나신 귀족 나으리들 앞에서 고개를 들지 못했을 테니까.

똑같은 단어인데……. 로스터슬라프에서 느꼈던 목에 걸리는 깔깔함이 느껴지지 않는다. 오히려 기분이 정온하게 가라앉았다. 정말 이런 기분은 몇 년 만인가. 집에서는 결코 느껴보지 못한 감각이 척추를 훑고 지나갔다.

"누구나 처음부터 잘할 수는 없는 법이에요. 미숙함은 성장의 발판이지요. 부족함을 알고 있다면 그건 나아갈 수 있다는 소리예요."

"……."

"그렇게 자신을 몰아붙이실 필요는 없어요. 저는 지금 여기에 있는 리워드님을 보고 있으니까요. 어떤 사람이라도 괜찮아요. 불안해해도 괜찮아요. 믿지 못한다거나 괴로우시다면 저에게 숨김없이 말해주세요."

말이 나오지 않는다. 가슴이 답답해지는 게 괴로워서 눈을 감았다. 부드러운 것이 내 몸에 닿으며 따스한 목소리가 들려왔다.

"말했지요? 제가 리워드님을 만난 건 운명이라고. 제가 기다린 건 당신이에요."

그 목소리가 너무 따스해서, 몸에 닿아 있는 것이 따뜻해서…… 눈물이 나올 것 같다. 입술을 깨물어서 간신히 눈물을 참은 나는 눈을 떴다. 류아는 내 볼에 손을 올린 채 마주 바라보며 생긋 웃고 있었다. 그 미소를 보고 있자니 내 불안이라는 게 무지 하찮은 것으로 생각되었다.

결심했잖아. 나조차도 나를 믿지 않는데 이 소녀는 굳게 믿고 있다. 분명히 맹목적인 신뢰다. 그녀는 아직 나를 잘 모른다. 하지만 그렇기에 무엇보다 순수한 감정이다.

그걸 생각하니 마음이 편안해졌다. 평소에 가지는 묵직한 부담감이 느껴지지 않는다. 그래, 나는 이걸 바랐던 걸까.

"으음, 들어가서 잘게요."

부끄러워진 나는 짧게 말하고는 몸을 돌렸다.

다음날 아침, 내가 처음 왔을 때 일행들을 봤던 거실에 모두가 모였다. 대거는 처음 봤을 때처럼 벽에 기대어 있고, 디터는 의자에 앉아 책을 무릎에 올려놓고 있었다. 나는 디터의 옆에 섰고, 에티엔은 소파에 몸을 묻은 채 자고 있었다.

"예상대로 이들은 단장인 니메그의 부활을 꾀하고 있었어요. 가뭇이 지닌 문서에는 그에 따른 행동이 적혀 있었죠. 니메그의 남은 심복인 카르낙과 아고라가 각각 군사를 이끌고 집결하기로 했어요. 그럼 여기서 부활 마법의 필요조건에 대해서 설명을 요청할게요. 에티엔님?"

류아의 지목에도 불구하고 에티엔은 여전히 졸고 있었다. 법의를 입고 있음에도 불구하고 전혀 성직자라는 생각이 안 들게 하는 것도 재주로 쳐야 하려나? 디터가 옆구리를 찌르자 눈을 비비며 일어난 그녀는 어리둥절한 눈으로 주위를 둘러보았다.

"부활 마법의 필요조건에 대해서 설명해 주시겠어요? 제 앎이 미진한지라 에티엔님에게 듣는 게 더 확실할 것 같네요."

화를 내도 될 법한 상황인 데도 류아는 개의치 않고 재차 요청했다. 설마 아침에 조는 게 저 종단의 관습일까? 아니라고 믿고 싶은데. 류아의 성격이 좋은 거라고 생각하는 게 낫겠지.

"…신에게 파괴당한 이상 아무리 궁극의 신성 마법이라고 해도 불가능할 거라 생각해요."

이런, 딴생각을 하다가 놓쳐 버렸다. 앞부분이 꽤 길었는데. 뭐, 내가 들어도 모를 소리였겠지만. 아무튼 부활은 불가능하단 결론이다. 디터도 에티엔의 말에 고개를 끄덕여 수긍했다.

"저도 동의합니다. 다른 것도 아닌 신에게 격살당한 존재를 일반적인 방법으로 부활시킬 수야 없겠지요. 적어도 저의 지식으론 그런 것은 불가능합니다."

"하지만 그들이 받드는 자는 마황이에요. 어떤 사악한 술수가 있을지 모르죠."

그야 그렇지. 중요한 건 우리가 그걸 모른다는 거지. 알려면 간단한 방법밖에 없지. 상황을 정리한 나는 입을 열었다.

"그럼 카르낙과 아고라의 위치를 파악해서 서로 만나지 못하게 군을 움직여서 각개격파를 하면 되겠네요. 방법은 몰라도 최소한 그들이 모이려 한다는 건 집결을 막으면 부활도 막을 수 있단 소리니까."

하지만 내가 한 말에 류아의 안색이 어두워졌다. 응? 뭔가 잘못되었나?

"리워드님, 그럴 수는 없어요. 군대를 움직일 수가 없어요."

뭐? 그게 무슨 소리야? 순간 귀의 작동성에 대해 의심했지만 류아의 표정을 보고 그런 생각이 싹 가셨다. 침울한 얼굴을 한 그녀는 힘없는 목소리로 설명했다.

"지금 룬 슈테드의 국왕이신 란헬 3세 전하께서 몸이 편찮으세요. 그래서 귀족회의의 대표이신 로멜 공작님이 군권을 맡고 계신데…… 함부로 군사를 움직이려 하실 분이 아니에요."

"그게 말이 돼요? 니메그가 부활하는 건 최우선적으로 막아야 할 사안일 텐데?"

황당하다. 다른 나라 일도 아니고 바로 자기 나라 일인데 수수방관하겠단 소리인가? 뭐 하는 쓰레기지? 류아는 내가 어이없어 하자 조심스러운 기색으로 부연했다.

"성격이 신중하신 분이고……. 국왕 전하의 재가를 받지 않고서 군대를 움직일 수는 없다는 분이시니까요."

"그리고 내란을 일으킬 확률이 지극히 높은 놈이고."

대거가 차갑게 덧붙인 한마디로 간단명료하게 이해가 됐다. 한마디로 니메그가 부활해서 사람들이 죽건 말건 상관없단 건가? 적당히 혼란을 틈타서 왕위를 꿀꺽하면 그만이라 이

거지? 어지간히 멍청한 놈이군.

국가 대 국가의 싸움이라면 그런 게 가능하다. 하지만 마황군은 다르다. 그들은 자비를 모르고 살육을 즐기는 군대다. 내가 영상으로 본 것은 더할 나위 없이 훌륭한 지옥도였다. 그런 멍청한 놈이 왜 귀족회의의 수장이지? 이거 하나로 나라 사정이 파악되어 버리네. 하아, 되는 게 없군.

"류아, 지금 동원 가능한 병력이 얼마죠?"

"천 명이요."

혹시나 해서 류아에게 확인해 봤지만 실망만 남았다. 16세 소녀에게 주어진 것치곤 상당히 많은 머릿수이지만 그 정도 가지곤 역부족이다. 그런데 가뭇의 정보는 어디서 얻은 거야? 모르는 사항이 너무 많다. 이번 기회에 다 알아둬야지. 나는 류아에게 하나씩 질문했다.

"아인단의 총병력은 얼마나 되죠?"

"최근을 기준으로 어림잡아 4만쯤?"

"룬 슈테드의 병력은요?"

"국가 기밀이라서 잘은 몰라요. 대략 예상하자면 3만 정도예요."

나쁘진 않구만. 예상보다 아인단 병력이 적은데? 아인단은 이름 그대로 아인종으로 이루어졌다고 들었는데 아인종들은 인간보다 발육이 훨씬 빠르다. 수년이면 성년이 되는데 수가 저 정도밖에 안 된다니. 연유야 어쨌든 그나마 다행이다.

"가뭇의 위치는 어떻게 알아낸 거죠?"

"으음, 꼭 대답해야 되요? 비밀인데⋯⋯."

류아는 고민하는 눈치였다. 뭐, 굳이 캐낼 필요는 없겠지.

"개인적인 루트가 있다고 생각해도 되는 거죠?"

"아, 예. 제공자는 비밀이지만요."

"그럼 됐고⋯⋯ 지금 가뭇이 가지고 있던 문서는 보내려던 거였어요, 아니면 받은 건가요?"

"받은 거예요. 가뭇도 오크들을 모아서 합류하려고 한 사이에 저희가 친 거고요."

상황을 정리해 볼까? 하나씩 해야지 원. 일을 하나씩 떼어 놓고 머리를 굴린 나는 결론을 내렸다.

"일단 그 개인적인 루트로 정보를 더 받을 수 있는 거죠?"

"네, 좀 시간이 걸리겠지만 가능해요."

"그럼 카르낙과 아고라의 위치와 행군 경로를 알아봐 주세요. 그리고 로멜 공작님과의 만남도 주선이 가능하겠죠?"

알맹이야 어찌 됐든 명색이 구세용자다. 공작이라고 해도 호기심이 없는 건 아닐 테고, 아무리 멍청해도 한 번쯤은 만나려고 하겠지. 이야기의 진행이 빨라지자 헷갈리는 얼굴이었지만 류아는 고개를 끄덕였다.

"그럼 나눠서 움직이죠. 제 쪽은 공작님을 만나고, 류아 쪽은 정보를 모으고. 공작님은 지금 어디 계시죠, 류아?"

아무래도 이런 식의 일처리가 편하다. 뭐, 합리적으로 처리하면 일은 간단해지기 마련이니까. 복잡해 보이는 일은 이래 저래 치장이 많은 것뿐, 거죽을 걷어내고 생각하면 어디부터 건드려야 할지 감이 온다.

"왕도 디즈레일리예요. 제공자도 그쪽에 있으니까 같이 가는 게 나을 거예요."

"그럼 그렇게 하죠. 수도까지 얼마나 걸리죠?"

"말을 타면 일주일 정도 걸릴 거예요."

"그럼 지금 당장 출발하죠. 혹시 이의가 있으시거나 이번 일에서 빠지고 싶으신 분?"

그렇게 말하고 모두를 둘러보자 다들 고개를 끄덕였다. 으음, 대체 저들은 이번 일에 참가하는 대가로 무엇을 약속받았을까? 류아의 말대로라면 알 브레히토의 교단은 망한 거나 다름없다. 대가는 보수라고 했는데, 그럼 그 돈은 어디서 나오는 거지? 설마 류아가 내는 건가?

하핫, 그럴 리가. 이들은 왕실에서 모집했다고 하니까 그쪽에서 주겠지. 병력은 안 준다 쳐도 일개 칼잡이의 목숨 값도 안 줄 정도는 아니겠지. 그렇게 생각하는데 에티엔이 조용히 손을 들었다.

"뭐죠?"

"말을 탈 줄 몰라요."

그렇게 당당하게 이야기해도 돼? 디터도 에티엔의 이야기를 듣고는 깜짝 놀란 기색이더니 멋쩍은 얼굴을 했다. 설마 당신도?

"저도 사실 타본 적이 없군요."

근데 왜 그렇게 반응이 느려? 아차, 그러고 보니 나도 타본 적이 없잖아? 이동은 마차나 마법으로 했으니까. 나도 조용히 손을 들어올리고 고백했다.

"생각해 보니 저도 타본 적이 없군요."

대거가 눈을 번뜩여 우리 셋을 쏘아보았다. 할 말이 없어진 나와 디터는 바닥과 천장을 바라보았다. 에티엔이야 대거가 노려봐도 전혀 아랑곳하지 않는 마이페이스고.

그런 눈으로 보지 말라고. 사람이 날 때부터 말을 탈 수 있는 건 아니잖아? 그나저나 어쩌지?

"류아와 대거 씨는 탈 줄 알죠?"

"네, 그럭저럭."

류아가 대답하자 대거는 고개를 끄덕였다. 음, 어떻게 편성하는 게 좋을까. 말 하나에 둘이 타도 괜찮겠지? 세 명이나 승마를 배우다간 시간을 너무 끌 것 같다.

"그럼 말 세 마리로 대거 씨와 디터 씨가 같이 타고 류아와 에티엔 씨가 같이, 그리고 제가 단시간 내에 승마를 배워보죠."

내 말에 류아의 얼굴이 확 붉어졌다. 곧 힙겹게 입을 연 류아의 입에서 상상을 초월하는 내용이 흘러나왔다.

"저기… 말이 두 마리밖에 없어요."

"……."

이걸 뭐라고 해야 되나. 잘나가던 신전이 망하면 10년을 넘기지 못한다고 해야 되나? 알 브레히토의 마지막 신자라는 게 한 치의 틀림도 없는 진실이었군. 생각해 보니 이렇게 큰 신전에 사람이라곤 우리들밖에 없을 때 알아차렸어야 했지만.

"…돈 문제예요?"

"어떻게 살 수는 있지만……."

그녀는 곤궁한 기색을 떠올린 얼굴 앞에 손가락을 올려 비비 꼬았다. …아무래도 무리인 것 같다. 나라고 해서 주머니에 돈이 들어 있을 리가 없지.

아, 근데 왜 하필 두 마리야? 웨건에 두 마리, 류아가 타고 있던 백…… 내가 죽였군. 세상에, 이게 뭔 황당한 상황이냐? 한시가 급한 상황에 돈이 없어서 기동력이 떨어지다니.

"…말 하나에 셋이 타는 건 무리겠죠?"

"제가 마운트 주문을 외워서 말을 소환하기로 하죠."

오오, 희소식이다. 류아와 내가 환한 얼굴이 되어 소리가 나온 쪽을 보자 디터가 머쓱하니 웃고 있었다.

"오늘 불러오지 않은 관계로 내일 출발할 수밖에 없지만요."

"그게 어디예요. 그럼 오늘은 준비를 다해놓고 내일 아침에 바로 떠나기로 하죠."

"그럼 너는 날 따라와라."

대거가 날카로운 목소리로 날 지명했다. 으음, 뭔 일이지? 잘은 모르겠지만 생각이 있으니까 부르는 거겠지. 나는 그를 따라 신전 밖으로 나갔다. 입을 꾹 다문 대거는 언덕을 걸어 앞서 내려가기 시작했다. 내려가면 마을이 있으려나?

마을은 이 신전이 위치한 언덕 아래에 존재하는 전형적인 구조였다. 경사가 가파른 편은 아니었지만 은근히 거리가 있어서 30분 정도 걸어야 했다. 길가에 우거져 있는 나무들이 눈을 즐겁게 해줬지만, 귀가 심심하군. 왜? 대거가 한마디도 하지 않았으니까.

독한 놈. 내가 딱히 말이 많은 건 아니지만 사람을 데려가면 뭐 하러 간다라고 최소한의 설명은 해줘야 되는 것 아닌가? 결국 내가 묻는 수밖에.

"그런데 뭘 준비하러 가는 거죠?"

"약초, 생필품, 모포, 양동이, 냄비, 치즈 기타 등등."

무뚝뚝한 어조와 달리 내용물은 세심했다. 저거 살림시키면 잘하겠는데? 착실한 새신랑감이잖아? 내가 해도 황당한 몽상을 꿔버렸다.

저 남자가 앞치마를 두르고 아내를 위해 요리하는 모습이라……. 푸핫, 도저히 상상이 안 가. 자유로운 망상의 나래를 펼치다 보니 어느 순간 현실이 나를 자극했다. 사유를 끊고 시선을 돌리자 대거는 마을 입구에서 멈춰 선 채 나를 노려보고 있었다. 왜 저래?

"뭐가 웃겨서 실실 쪼개?"

으음, 속으로 생각한 게 드러났나? 나도 참 어리숙해졌군. 뭐, 이번 망념은 정말 웃겼지만. 근데 이놈은 뭐가 잘났다고 계속 나에게 반말을 써대지? 분명 실제 나이는 나보다 많겠지만 생겨먹은 건 비슷한 것들끼리. 어쨌거나 신경질 부리기 전에 막아둘까?

"생각보다 세심하신 것 같아서요."

"무슨 일이 일어날지 몰라. 준비는 기본이다."

마을은 그리 큰 편이 아니었다. 길도 제대로 정비되어 있지 않고, 집들이 듬성듬성 떨어져 있는 촌마을이다. 사람 하나 보이지 않는 적막한 마을을 둘러보며 문답을 주고받았다.

"여행을 많이 하셨나 봐요?"

"어느 정도는 해봤다. 먹고살기 바쁜지라."

"왜 이 일에 끼어드셨죠?"

"개인적인 사정이 있어서."

호오, 술술 대답해 주네? 눈에 힘주고 다니는 것치고는 성격이 선선한 편이다. 대거는 이 마을에 익숙한지 주저하지 않고 상점에 들어가서 물건과 수량을 말한 후 흥정없이 냉큼 물건을 사서 등에 메고 있는 배낭에 주저없이 집어넣었다. 성격대로 행동하는군.

이 집 저 집을 바쁘게 움직이는 그를 졸졸 따라다니던 나는 속으로 생각했던 화제를 던졌다. 과연 어떻게 대답할까?

"이번 일의 승산을 어느 정도로 점치시죠?"

뭐 하는 곳인지는 몰라도 살 물건이 있을 게 분명한 집의 문고리를 잡으려던 대거의 손이 멈췄다. 그리고는 고개를 돌려 나를 보았다. 쏘아보는 시선. 어차피 저런 눈에 주눅 들 나도 아니라서 당당하게 마주 보았다. 다갈색의 눈동자가 스산한 빛을 띠었다.

"이기지 못하면 죽겠지. 하지만 넌 그걸 묻는 건 아니겠고, 솔직히 말하면 미친 짓이라고 생각한다."

"그럼 왜 안 빠지시죠?"

내 말에 대거의 안색이 기묘하게 바뀌었다. 흥분? 아니, 불안? 잘 읽을 수가 없다. 날카로운 인상이 미묘하게 구겨지는 건 뜻을 쉽게 읽어내기 힘들군. 그는 잠시 말을 고르는 것 같더니 조용히 말했다. 평소와는 달리 이번의 성음에는 차가움이 없었다.

"너 때문이다."

"예?"

갑자기 뭔 소리지? 다른 어떤 대답도 수용할 준비가 되어 있었지만 이건 무리다. 갑자기 뭔 소리래? 대거의 목소리가 다시 날카로워졌다. 마치 잘 벼린 칼을 토해내는 것 같다.

"너는 변수다. 원래 우리들은 가뭇을 힘겹게 상대해야 했다. 저번 임무도 승산이 절반 정도였다. 멍청한 짓이었지만 선택의 여지가 없었지. 하지만 너라는 변수가 가뭇을 일격에 죽여 버렸다."

청찬하는 건가? 그런데 왜 목소리를 저렇게 갈고 있어? 음성만 들으면 사람 하나 잡으려는 기색이다. 대거의 고개가 살짝 숙여졌다. 이번 표정은 읽기가 쉬웠다. 그는 분명 고민하고 있다.

"원래 난 가뭇을 쓰러뜨리고 이 일에서 손을 떼기로 마음먹었다. 하지만 그러지 않고 있다. 내가 멍청한 짓을 하고 있다는 생각이 들긴 하는데 딱히 잘못되었다는 감이 느껴지지 않는 게 문제다."

뭐라고 답해야 하지? 아냐, 이럴 땐 그냥 듣고만 있는 게 최선이란 느낌이 든다. 지금 상황에선 어떠한 말도 그를 자극시킬 우려가 있으니.

"애초에 우리가 승리할 확률은 극히 낮았다. 하지만 너라는 놈이 대체 어디까지 뭘 어떻게 할지 모르겠다. 난 너를 모르겠다."

그렇게 말한 그는 고개를 돌렸고, 문고리를 쥔 그의 손이 돌아갔다. 안 돼. 이대로 놔두면 언젠가 획 사라져도 이상하지 않아. 뭐라도 말하지 않으면 안 된다는 강박관념이 내 입을 열었다.

"약속하죠."

"무엇을?"

"마황을 물리치겠어요. 그때까지 제 곁에서 도와주세요."

아무렇게나 내뱉은 말에 대거는 문을 열던 손의 움직임을 멈췄다. 나는 정신을 집중하고 그의 등을 바라보았다. 그러면 그의 표정이 보일 것처럼. 약간의 시간이 지나고 대거의 손이 다시 움직였다. 그의 모습이 안으로 사라지면서 바람에 실려 온 차가운 목소리가 고막을 울렸다.

"어처구니없는 놈이군. 뭐, 일단 아인단부터 물리쳐 봐라."

반은 성공이군. 근데 지금 내가 뭔 소리를 한 거지? 마황 참살을 약속한 건가? 뭐, 하지 않으면 안 되는 일이긴 한데 현시점에선 무리다. 그런데 잘도 약속해 버렸군. 이러다 못 지키면 어쩌려고.

그건 나중 문제고, 일단 급한 불부터 껐다. 소중한 전력이 도주하면 곤란하니까 해둔 조치야, 라고 스스로를 납득시킨 나는 안으로 들어가려다가 밖으로 나오는 대거와 마주쳤다. 되게 빨리 나오네.

"대충 이 정도면 되겠지."

약초를 배낭에 쑤셔 넣은 그는 목을 꺾더니 배낭을 벗어서 나에게 건넸다. 에? 이걸 왜 날 줘? 얼결에 받아 들었는데 느껴지는 무게가 상당했다.

"메고 와라."

내가 짐꾼이었냐? 하긴, 그렇지 않았다면 데려올 일도 없었겠지만, 이라고 납득해 주기엔 기분 나쁜데. 대거는 자신의 행동을 변호하는 양 덧붙였다.

"그 배낭이 불량품이라서 좀 무겁거든. 저번에 보니 힘이 좋던데 니가 드는 게 낫지."

분명 논리적인 하자는 없다. 증강된 육체적 능력은 인간을 넘어서 그 어떤 괴물과도 맞설 수 있다는 자신감을 심어줄 지경이다. 보통 인간에겐 꽤 무거운 편인 배낭이라도 정말 아무런 과장 없이 깃털 무게로밖에 안 느껴졌다.

그런데 기분이 미묘하게 나쁘네. 좋게 생각하자, 대거가 내 능력을 인정했다고. 속으로 투덜거리며 대거의 뒤를 따라 마을을 빠져나와 산길을 올라갔다.

"질문 하나 해도 될까?"

어조야 여전했지만 내용은 기묘했다. 이런 면에선 예의가 바르군. 틱틱대는 성격을 봐선 무조건 묻고, 대답 안 하면 죽이던가 말던가 할 것처럼 보였는데. 예상보다 성격이 좋은 편에다가 예절도 기본적인 부분은 갖추고 있는 것 같다. 역시 사람은 첫인상만으로 판단하면 안 된단 말이지.

"물어보세요."

"넌 뭘 하다 여기로 온 거지?"

으음, 곤란한 걸 묻는군. 그러고 보니 결정해 둬야 할 문제다. 내 정보를 어디까지 공개할 것인가? 이런 건 의외의 부분에서 문제가 될 수 있기 때문에 잘 생각해서 결정해야 한다. 아무렇지 않게 전부 밝힐 수는 없고…… 평범하게 갈까?

"말하기 싫으면 안 해도 된다."

정말 예상외인데. 나는 보는 눈을 달리 하고 대거를 보았다. 그래 봤자 등밖에 안 보이지만. 이 남자, 처음 봤을 때는 시비나 걸고 생겨먹은 게 날카롭게 벼린 검 같기에 그냥 딱딱대는 시어머니 정도로 치부하고 적당히 상대할 생각이었다. 그런데 보수 이야기로 투덜거리면서도 일행과 행동을 같이한 것하며, 이런 부분의 배려에 있어선 상당히 괜찮잖아? 성격이 나쁜 건지 좋은 건지 알 수 없는 놈이다. 조금 마음에 드는걸.

"신관의 아들로 자랐어요. 그리고 신의 사자를 뵙고 이곳에 오게 되었지요."

뭐, 그것과 이것과는 별개지만 아주 거짓말은 아니다. 분명히 아버지는 신관이 아니지만 신성 주문은 쓴다. 그리고 신의 사자가 아니라 여신을 배알했지. 적당히 둘러대자 대거는 낮은 신음소리를 냈다.

"혹시… 아니다, 관두지. 내가 관여할 게 아니군."

그걸 끝으로 그는 신전에 도착할 때까지 입을 다물었다.

신전에 도착한 나는 짐을 챙겼다. 짐이라고 해봤자 별거 없지만. 여행 물품에서 가장 중요한 식량이 없길래 류아에게 물어보니 에티엔이 주문으로 만든다고 했다. 호오? 이 세계 신관들은 그런 것도 할 수 있나? 그런데 왜 아버지나 어머니가 쓰는 걸 못 봤지? 궁금증은 묻어두고 오후에 신전의 뒤편에서 류아에게 말 타는 법을 배웠다.

류아가 말하길, 내일 디터가 소환할 말은 온순하고 탑승자의 말을 전혀 어기지 않는다니 기본적인 움직임만 쉽게 배워두면 된다고 한다. 다행히 내가 교육용으로 탄 웨건의 말은 성격이 순한지라 처음 보는 놈이 등에 오르려 한다고 발광하지 않았다.

등자에 발을 올리는 게 낯설었고, 높이 차이에 적응하는 데 좀 시간이 걸렸지 뛰거나 세우는 것 같은 건 매우 쉬웠다.

"빨리 배우시네요. 이 정도면 충분해요."

교관의 칭찬에 나는 말 아래로 내려섰다. 내려오면서 본 류아의 발치에 이름 모를 꽃들이 피어 있는 게 확실히 봄은 봄이었다. 물론 앞으로 닥칠 일은 계절에 어울리지 않는 종류였지만. 아니, 정정한다. 전쟁과 살육이 어울리는 계절 같은 건 없다. 그런 건 있어서도 안 되고.

진지한 생각도 잠시, 배가 고파졌다. 고상함을 자랑하는 것도 배가 불러야 가능한 일이지. 예상외로 시간을 소비해서 점심때를 놓쳐 버린 것이다.

"음, 그런데 식사 시간에 걸려 버렸네요."

"아, 그게⋯⋯."

류아는 얼굴을 붉히더니 손을 뒤로 모으고 머뭇거렸다. 뭔데 저러지? 내가 고개를 갸웃거리자 류아는 목덜미까지 새빨개지더니 앞으로 손을 내밀었다. 빨간 끈으로 묶여져 있는 갈색 바구니의 용도는 한눈에 알 수 있었다.

"내일 쓰려고 신전에 남아 있는 재료로 싸본 건데 이거라도 드실래요?"

"잘 먹을게요."

도시락을 받아 든 내가 근처의 나무 그늘로 자리를 옮기자 류아는 얼굴을 푹 수그린 채 나를 따라왔다. 음, 맛이 그렇게 걱정되나? 어쩐지 불안해지는걸. 일레나 어머니보다 더 괴악한 음식을 만들 수 있는 사람이 존재할 리 없다 생각했는데. 하긴 세계를 넘어왔으니 있을 수도 있겠지. 심호흡을 한 나는 끈을 풀고 바구니를 열었다.

"……."

이게 뭐지? 생전 처음 보는 음식들이 가지런히 놓여 있었다. 자른 빵이 있고, 그 사이에 야채, 치즈, 구운 고기가 조금 들어가 있네? 어라, 나이프나 포크가 없는데 이걸 어떻게 먹지?

류아는 조마조마한 표정으로 나를 응시하고 있었다. 어떻게 먹느냐고 물어보는 게 미안해질 정도로 진지하다. 으, 침착해라, 리워드. 타개하지 못하는 난국에 부딪치면 일단 냉정하게 상황을 분석하고 어디가 문제인가부터 파악해야 한다.

그야 세계가 다르니까 식문화가 다를 수도 있지.

…도움이 안 되잖아! 이 음식의 정체는 둘째 치고, 당면한 문제는 이것을 먹는 방식이다. 일단 도구는 사용하지 않는 것 같고. 아무래도 그냥 손으로 집어 먹는 건가? 나는 내용물이 떨어지지 않게 빵의 중앙을 잡아 올렸다. 으, 어떻게 먹지? 위부터 빵 먹고, 고기 먹고 하는 건가? 아니, 그럴 거라면 원형으로 늘어놓았을 테니…… 한번에 먹는 거겠지? 마음을 굳힌 나는 한입 가득 베어 물었다.

우적우적.

음, 음. 로스터슬라프에선 느낄 수 없는 기묘한 맛이군. 고기와 야채, 그리고 빵이 한꺼번에 입속에서 구른다. 잘 구운 돼지고기와 파릇파릇한 야채, 부드러운 빵이 서로 섞여서 새로운 맛을 창출해 내었다. 으, 대단한데! 굉장한 맛이야. 이 정도면 요리사가 되어도 손색이 없겠어. 나는 새삼 놀란 눈으로 류아를 보았다.

"어, 어때요?"

이런 대단한 실력을 가지고 있으면서 뭘 그렇게 불안해하는 거지? 나는 씨익, 웃으면서 입을 열었다.

"위장이 작은 편인 게 아쉬운 날은 처음인데요. 굉장히 맛있어요."

빈말이 아니다. 여기저기 불려 다니면서 산해진미란 것은 다 먹어봤지만 이런 맛은 처음이다. 무엇보다 이런 식으로 음식을 만든 발상의 전환이 신선하다. 류아는 다행이라는 듯이 가슴을 쓸어내렸다.

"입맛에 맞으시다니 다행이네요."

"아뇨, 빈말이 아니라 정말 맛있는걸요. 안 드세요?"

내가 권하자 류아는 안심한 듯 빵을 손에 쥐었다. 조신하게 빵을 씹는 모습을 보고 있자니…… 우리 너무 여유있는 거 아냐? 디터가 주문을 못 쓴다는 이유 하나만으로 말이지. 사실 지금 당장 출발해서 갈 수 있는 곳까지 가서 아침에 말로 갈아타는 게 낫지 않다 싶은데. 사안도 꽤 급한 편이고.

하지만 우리는 어제 저녁에 신전에 도착했고, 아직 제대로 쉬지도 못했다. 마음이 급하다고 무작정 달려갈 수는 없는 법. 나 혼자라면 상관없지만 사람들과 함께이니 지금은 그냥 쉿다가 내일 출발하는 게 낫겠지. 머릿속의 생각을 지우며 가벼운 농을 던졌다.

"음, 류아랑 결혼하면 남편이 즐겁겠네요."

"예? 예?! 나, 남편이라뇨."

류아의 얼굴이 화악 달아올랐다. 음? 왜 저러지? 뭐, 이곳의 결혼 풍습도 모르는 게 문제군. 아, 진짜 도서관이라도 처박히던가 해야지. 모르는 게 워낙 많아서 행동 하나 잘못했다가 칼 맞아도 항의 한번 못하겠군.

일단 그건 나중에 하고, 사태 수습이 더 먼저다. 그러나 내가 먼저 말하기도 전에 류아가 작게 중얼거렸다.

"결혼 같은 거…… 생각 안 해봤는걸요."

이상한데. 내가 짐작하기론 류아는 귀족의 자제다. 그것도 휘하 사병이 천 명이나 되는. 사병 수가 좀 과하게 많지만 용자의 검이라는 특수성을 감안하면 납득된다. 일행이 류아의 말에 순순히 수긍하는 걸 봐도 그녀의 뒤에 큰 배경이 있다는 것도 쉽게 짐작이 가고.

그런 귀족의 자제가 16살이나 되었는데 들어온 혼담이 없다는 게 더 이상한데? 나도 지긋지긋하게 당했고.

"그럼, 결혼 안 할 거예요?"

"그건 아니지만……."

류아는 입을 다물었다. 음, 이 이상 놀리는 건 그만두자. 농 한번 잘못 던져서 수습 불가능한 상황이 되게 생겼군. 이런 쪽으론 굉장히 순진하네.

"음, 말하다 보니 다시 배가 고파졌어요."

나는 화제를 돌리며 다시 빵을 집어 들었다. 아, 이거 굉장히 맛있는걸. 집에 가져가면 대인기겠다. 카렌에게 부탁하면 만들어줄 테고.

"으음."

돌아갈 수는 있는 걸까. 아니, 돌아가야 하는 걸까. 나는 이 세계를 구한 뒤에 돌아가려고 할까? 그야 어머니를 돌봐드리고 싶은 마음은 있지만…….

냉정하게 말해서 내가 집에 없다고 한들 뭔가 문제가 생길 거라 보이진 않는걸. 그렇다면 돌아가지 않아도 상관없는 거아냐? 어차피 아버지가 건재한 이상 집안에 사단이 날래야 날수가 없겠지. 대해일이 일어나건 화산이 폭발하건 다 해결할테니까.

하아, 이런 생각은 그만두자. 지금은 눈앞에 닥친 일에만집중하자.

생각을 접은 나는 다시 빵을 베어 물었다.

식사를 끝마친 나는 에티엔의 교리 설파를 근본부터 분쇄하고 걸음을 옮겼다. 저 아가씨는 정말 열성이군. 예의상이라도 헛말이 안 나가게 조심해야겠다. 끝까지 물고 늘어지겠는데.

시간이 남은 나는 신전을 탐색하기로 하고 이곳저곳을 다녀보았다. 중앙 홀에서 어두운 복도 끝까지 걸어가 보니 이신전이 만(卍) 자 형을 취하고 있다는 걸 알 수 있었다. 숙소는 동쪽에 있고, 식당을 위시한 각종 다용도 실은 서쪽에. 남쪽이 들어오는 길이고, 북쪽이 나가는 길이다.

숙소의 크기와 방 수를 계산해 보니 예전에는 수백 명의 사람들이 기거했을 대신전이라는 걸 짐작할 수 있었다. 하긴 알브레히토는 룬 슈테드의 국교니 그런 신의 대신전이 작을 리야 없지.

서쪽의 다용도실 중 강당으로 보이는 곳으로 들어간 내가 벽을 매만져 보니 직사각형을 취하고 있는 이 강당은 청소가 오랫동안 되지 않았는지 곳곳에 먼지가 쌓여 있었다. 앞쪽에는 높은 사람이 올라가서 강의했을 단상이 있었고, 그 아래 돌바닥 여기저기에 허름한 방석이 굴러다녔다.

금이 간 하얀 벽에선 차가운 냄새가 났다. 속세에선 맡기 힘든 공기가 콧속으로 밀려들어 오고 이질적인 풍미가 폐부에 들어찼다.

한때 영락을 구가하던 신전은 주인을 잃고 쓸쓸한 폐허로 변질되어 있었다. 그 옛날 북적대던 인걸들은 간데없고 황량함만이 주인인 양 행세하고 있다. 거기까지 생각하니 인생무상이라는 말이 떠올랐다.

강당의 공기를 흠뻑 마시고 있는데 구석에 앉아서 책을 들여다보는 로브의 사내가 눈에 들어왔다.

콰직.

돌조각을 밟아버렸군. 방해됐나? 로브의 청년, 디터를 보았지만 그는 책에서 눈을 떼지 않고 있었다. 그런데 뭘 저렇게 열심히 보고 있는 거지?

"뭘 그렇게 보고 있어요?"

"아, 구세용자시군요."

디터는 고개를 들더니 안경을 고쳐 쓰며 내 쪽을 보았다. 그를 향해 걸어가던 걸음이 잠시 꼬인 건 내 잘못이 아니다. …나보다 나이가 많을 게 분명한 저 청년에게 라이브로 들으니까 미칠 것 같구만. 놔두면 계속 부를 태세라서 진심을 담아 그에게 청원했다.

"이름으로 불러줄래요? 아무래도 그 호칭은 좀……."

"용자에게 불손하게 대하기는 싫지만, 부탁이시라면 응당 들어드려야죠."

매우 고맙지만 용자라는 소리를 좀 빼주면 더 고맙겠습니다. 디터의 앞까지 걸어가서 멈춘 나는 그가 읽던 책을 살짝 내려다보았다. 내 시선을 알아차린 그는 멋쩍게 웃었다.

"그거 마법 책인가요?"

"아뇨, 플로우 차트입니다."

"그게 뭐죠?"

본능적으로 설명을 듣지 않는 게 낫겠다는 직감이 쇄도했지만 기왕 지른 거 끝까지 파고들기로 했다. 인상 좋은 얼굴에 미소까지 띤 디터는 그 내용을 설명했다. 웃는 얼굴이라고 내용물이 바뀌는 건 아니지만.

"휀던릴의 의회에서 선정한 10대 플로우 차트 중 하나죠. 아, 플로우 차트가 뭐냐고요? 그러니까 앞으로 세상이 어떻게 흘러갈 것인가 예측해 본 겁니다. 이래저래 변수가 많아서 그걸 일일이 계산하다 보니 가짓수가 무한히 많지만요. 그래도 마법의 힘을 빌다 보니 비교적 가지 치는 것을 적게 줄일 수 있었습니다. 지금 제가 읽는 책이 그중에서 가장 인기 있는 책이에요."

"예언서군요?"

줄여 말하면 그거겠지. 근데 마법이 아무리 뛰어나다고 해도 그게 되나? 게다가 엄청 비효율적인 짓 같은데. 내 말에 디터가 난처하게 웃었다.

"굉장히 효율이 떨어지지만요. 애초에 누가 이 의견을 의회에 상정했는지 모르지만, 다들 거기에 불타올라서 의원 대부분이 국정 현안을 놔두고 플로우 차트 작성에 몰두해 있으니까요. 나라가 어떻게든 굴러가는 게 신기합니다."

내가 더 질문을 하기도 전에 디터가 이어서 설명했다.

"원래는 강대한 마황군을 어떻게 퇴치할 수 있을까 고민을 하다 보니 미래를 예측하면 수가 나지 않겠냐는 결론이 나왔죠. 시작은 그랬는데, 다들 처음의 취지를 잊어버리고 플로우 차트 작성에만 몰두해 버려서 말이죠. 원래 마법사라는 것은 종종 그러지요."

"으음, 그렇군요."

겉으로는 그렇게 말했지만 사실 전혀 납득이 안 간다. 끄응. 마법사를 이해하려는 게 바보짓이지. 마법을 기예(技藝)로 다루는 소서러는 그나마 낫다지만 학문으로 대하는 위저드와는 아예 대화하지 마라는 소리도 있잖은가? 다행히 디터는 평범해 보이지만 말이다. 아니지, 저 플로우 차트라는 걸 열심히 읽는 것부터가 이미 평범은 아닌가?

"그리고 여기서도 니메그의 부활은 예고되어 있군요."

귀가 번쩍 뜨이는 소리였다. 비효율이라고 무시할 게 아니잖아? 상당히 쓸 만한 정보다. 내가 반색하자 디터는 웃으면서 페이지를 넘겼다.

"어디 보자. 아인단장 니메그의 부활을 막지 못하면 아인단과 룬 슈테드의 전면전이 벌어지게 될 것이고, 그 전쟁의 승자는 아인단이 될 것이다. 용자라는 변수가 있지만 우리가 상상할 수 있는 이상을 해내지 않는다면 전황을 바꾸기는 무리일 것이다. 그러니 가능하다면 부활을 막는 것이 좋을 거라고 되어 있군요."

그다지 도움이 되진 않는군. 디터는 어깨를 으쓱이고는 페이지를 팔락팔락 넘겼다. 그렇게 재미있나? 난 저런 불확실한 미래 예상도에 흥미가 가는 쪽이 아니다. 현재 주어진 정보를 토대로 미래를 향해 움직이는 게 더 성미에 맞지.

"호오, 이건 꽤 재미있는 이야기군요. 용자는 우리의 지식으로 잴 수 없는 존재이기에 아인단을 절멸시킬 수도 있다. 그 다음은 라에생트에서 두 번째 검과 조우하게 될 것이다. 흐음, 성녀라……."

"성녀요?"

두 번째 검이라니? 확실히 류아는 용자의 여덟 검이라고 했고, 지금 일행에선 그녀만이 용자의 검이라고 했다. 다른 일곱에 관한 설명은 들은 적이 없는데 디터의 입을 통해 듣게 될 줄이야.

"네. 엘 브레가님의 성녀 라렌시아 씨를 이야기하는 거겠죠. 류아 씨와 함께 알 브레히토님이 그 탄생을 예언한 분이십니다. 그 당시 엘 브레가님의 신자들 사이에선 난리도 아니었죠. 알 브레히토님의 말을 믿느냐 마느냐, 믿는다 해도 받아들여야 하느냐 마느냐로 지치지도 않고 회의를 했었죠. 뭐, 라렌시아 씨가 그만한 능력을 보여줬으니 조용해진 편이지만 아직도 간간이 잡음이 있다고 해요. 알 브레히토님과 엘 브레가님의 골 깊은 반목은 유명하니까요."

"능력이라뇨? 좀 더 자세히 말해주실 수 있으신가요?"

꽤 흥미로운 이야기이다. 류아에게도 남다른 능력이 있을까? 디터는 잠시 생각하는 얼굴을 하더니 희미한 기억을 애써 긁어모은 투로 말했다.

"이 세계에서 유일한 기적[Miracle]을 일으키는 분이지요."

기적이라면 궁극 마법이라 불리는 그거 말인가? 아버지가 하도 잘만 써서 인식을 못했지만 대단한 주문이긴 하다. 그걸 쓴다면 성녀라 불리는 게 당연하긴 하다만. 디터는 자신이 들은 이야기를 계속 늘어놓았다.

"기적으로 해일을 일으킨다거나, 라예생트 전체의 기후를 조절한다거나 혹은 결계를 친다거나. 그런 신성 마법은 엘 브레가의 신도에게 허락되지 않은 것임에도 잘만 쓰고, 규모도 상상을 초월한다는군요. 뭐, 저도 직접 본 게 아닌 들은 거라 확신할 수 없지만요."

기가 막힌데. 저 정도는 옛날에 어머니도 했지만 그렇다고 아무나 하는 건 아니다. 그 증거로 어머니는 여신의 기적이란 소리까지 들었다. 아무래도 성녀라는 소리가 농담이 아닌 것 같은데? 라렌시아라는 이름을 머릿속에 새겨두는데 디터가 류아에 대해서 말했다.

"그래서 엘 브레가님의 종단은 결국 라렌시아 씨를 성녀로 인정하고 받들기로 했다 합니다. 엘 브레가님은 그 결정에 대한 어떤 말도 하지 않았고요. 그들에겐 라렌시아 씨가 류아 씨보다 뛰어난 점이 마음에 들었나 봅니다. 류아 씨는 그런 능력이 없는 평범한 분이시니까요."

끄응, 대충 그림이 그려졌다. 알 브레히토를 위시한 육신은 육국을 각각 담당하고 있고, 그 나라의 국민들은 국신을 믿는다. 그렇다면 라예생트의 국민들도 엘 브레가를 믿겠고, 자연스레 알 브레히토를 믿는 룬 슈테드와의 관계는 좋은 편이 아니겠지.

그런 와중에 알 브레히토가 죽어버리면서 남긴 두 검이 양쪽에서 태어났다. 한쪽은 성녀라는 이름이 붙을 정도이지만 류아는 평범하기 그지없다니 라예생트로선 콧대를 세울 만하겠지. 그러니 성녀를 대접해 주는 거고.

그럼 류아는 찬밥 신세인 거 아닌가? 국가의 자존심 대결이라는 건 오묘한 면이 있어서…… 분명히 그럴 거다. 내가 생각했던 것보다 용자의 검이라는 게 대단한 위치인가 본데? 그럼 사병이 천 명이 아니라 때에 따라선 전군의 활용도 가능한 위치여야 하는 거 아닌가? 물론 류아의 지휘력이나 통솔력 부분은 잘 모르는 상태지만 일단 구색은 맞춰둬야 할 텐데. 천 명만 주고 입 씻었다는 건 결국 내다 버린 자식이란 거다.

그때 디터가 내일 일정에 대한 이야기를 꺼냈다.

"내일 불러낼 말은 온순하고 말을 잘 들을 테니 그 부분은 걱정하지 않으셔도 됩니다."

"네, 감사합니다."

사의를 표한 나는 고개를 숙여 보이고는 몸을 돌려 강당을 빠져나왔다. 류아가 그런 위치라……. 내가 어떻게 해줄 수 있는 것도 아니고, 주요 문제도 아닌 건 분명하다. 하지만 이 세계에서 처음 본 사람. 그것도 나를 계속 기다려 왔다는 소녀기사. 그녀의 신뢰를 위해 나는 용자가 되기로 결심했다. 그런 이상…….

"리워드?"

생각을 정리하며 북쪽 방으로 돌아가고 있는데 에티엔을 만나 버렸다. 아차, 아까 도망갔는데 또 만나 버렸군. 그녀가 교리 설파를 하기에 앞서 먼저 입을 열었다.

"라렌시아 씨라고 아세요?"

"성녀님 말씀이신가요?"

음, 이름을 부르는 건 무례일 수도 있는데 실수했다. 다행히 불쾌하게 여기는 기색은 아니다. 안면 근육의 움직임이 빈곤한 편인 에티엔은 다른 표정은 몰라도 불쾌함만큼은 잘 드러난다.

"예, 좀 이야기를 듣고 싶은데요."

"정확히 어떤 이야기를요?"

윽, 이렇게 물어오면 난감하지. 나이나 취미 같은 걸 물을 수도 없고, 대놓고 교단 내에서의 위치와 지지 정도를 묻는 것도 곤란하고. 애초에 에티엔에게 이런 질문을 한 게 바보 같다. 마땅한 질문거리를 생각지 못한 내가 끙끙대자 에티엔은 입에 검지를 물었다.

"……."

윽, 길고 가는 손가락에 시선이 간다. 아니, 애도 아닌데 왜 저런 짓을 하지? 근데 귀여워 보인다. 평소의 불가해의 아가씨는 간데없고 또래의 귀여운 소녀가 고심하고 있었다. 익히 느끼던 거지만 여자의 변신은 정말 무섭다. 몸짓 하나로 이렇게 달라 보이다니.

"우유를 좋아해요, 흰 우유."

그녀다운 답변이 나왔다. 이걸 좋은 정보라고 받아야 돼, 말아야 돼? 어차피 내가 에티엔을 상대하는 방식은 그다지 베리에이션이 많은 편이 아니지. 짐짓 웃으며 답했다.

"그럼 만날 때 기억해 두면 좋겠네요."

검은 눈이 나를 빤히 쳐다본다. 이 아가씨는 사람의 눈동자를 직시하는 버릇이 있다. 나쁜 버릇이다. 경계당한다구. 머리칼로 가려냈음에도 불구하고 눈이 마주쳤다는 생각이 미묘한 불쾌감을 불러온다.

"곧 만나게 될 거예요."

그렇게 말한 그녀는 총총걸음으로 사라졌다. 음, 제 발로 사라져 줬으니 이득이군. 이제 뭘 해야 되지?

잠이나 잘까.

세상에! 여기가 집도 아닌데 낮잠을 잘 생각이나 하다니. 하지만 깨어 있다고 딱히 할 일이 있는 건 아니다. 조금 자두는 것도 그리 나쁘지는 않을 터.

결국 북쪽의 내 방에 들어간 나는 침대에 누웠다. 늦은 오후의 햇빛이 볼을 기분 좋게 간질이는 가운데 까무룩 잠이 들었다.

그것은 흔한 이야기. 옛날 옛적을 배경으로 시작되는 이야기가 아니라 현대 어디에서나 볼 수 있는 이야기.

동생이 태어났다.

물론 내게 여동생은 많다. 어머님이 여섯 분이셨고, 아버지는 호색한이었다. 후자에 대한 변명은 필요없다. 자식의 수가 그것을 증명한다. 설사 아니라고 해도 아버지의 진실성 따위는 내 알 바가 아니다.

내 친동생이 태어났다.

나는 그 사실에 무척이나 들떴다. 어머니는 몸이 굉장히 약하시다. 나를 낳으신 다음에 더 약해지셨다고 한다. 돌이켜보면 내 동생을 낳는 것은 대단한 무리수였지만 어머님은 고집을 부리셨다.

덕분에 소중한 내 동생은 세상의 빛을 볼 수가 있었다.

동생들을 돌볼 나이가 된 나는 그 사실에 굉장히 기뻤다. 여동생들을 돌보느라 정신이 하나도 없는 나날이었으니 한 명 더 늘었다는 것은 끔찍한 미래를 그리는 이야기였지만 기쁨은 별개였다. 어머니가 무사해서 기뻤고, 내 친혈육이 태어나서 기뻤다.

그때는 내가 아버지에게 매달리던 때였다. 아버지에게 잘 보이기 위해서 열심히 노력했고, 아버지의 아들이라는 이름에 부끄럽지 않기 위해서 태도를 꾸몄다. 당시, 아니, 이후에도 그랬지만 내 모든 행동은 아버지의 드높은 이름을 유지하는 데 있었다. 뭐, 결국 신성 마법은 쓰지 못했지만.

내 노력에도 불구하고 아버지는 내게 눈길 한 번 주지 않으셨다. 동생들에겐 굉장히 잘 대해주시지만 나와는 눈조차 마주치지 않는다. 예전이라면 어머니에게 달려가 펑펑 울었겠지만 나도 철이 들었으니 그럴 수는 없지. 그래서 숨어 울었다. 울면 좀 개운해져서 그나마 다행이었다.

그래도 아버지는 언젠가 내게 웃는 얼굴을 보여주실 거라 믿었다. 잠깐이라도 좋았다. 지금 생각해 보면 아버지의 태도는 아들을 대하는 그것이 전혀 아니었지만 나는 아버지를 아버지라 생각했다. 철없던 시절이지.

아버지의 냉대에 조금씩조금씩 비틀려 가던 나에게 친동생의 탄생은 축복이었다. 어렸을 때부터 내가 돌봤다. 언제나 등에 업고 달래주었고 노래를 불러주었다.

어머니는 두 번째 출산 후 더 몸이 약해지셨고, 아버지는 연구실에 틀어박혀서 더 효과 좋은 약을 만드시는 데에만 집중했다. 어머니는 내가 동생을 돌보는 걸 보며 웃어주셨고 나는 더 열심히 아이를 돌보던 걸로 기억한다. 뭐, 내 극명한 편애에 여동생들이 파업을 일으켰던 기억 같은 건 적당히 넘기자.

그리고 내가 여동생을 끌어안고 노래를 불러주는 장면과 아버지가 마주쳤다.

아버지는 대단히 놀란 표정이었다. 나는 아버지가 나를 상대로 표정이 변할 수 있다는 걸 처음 알았다. 딱히 경악을 바란 것은 아니었지만 그 변화가 내 마음을 두근거리게 했다.

이번에는 웃어주시려나?

대답은 폭력이었다.

그것도 무자비한.

아버지는 이를 한 번 갈아 보이고는 주먹을 휘둘렀다. 세계를 구한 대영웅의 주먹질은 대단히 매서웠다. 사실 술독에 빠진 주정뱅이라도 어린 아들에게 행사하는 폭력은 강력하다. 하물며 칭송받는 대영웅이 몸소 행사하시는 주먹다짐인데 어련하시겠나.

아팠다.

내가 뭘 잘못했을까 생각했다.

내가 뭘 잘못했기에 아버지가 저렇게 화가 났나 생각했다.

팔이 부러졌다.

여동생을 돌보는 게 그렇게 큰 잘못이었을까.

다리가 부러졌다.

왜 이렇게 화를 내시는 걸까.

입으로 생피가 튀어나왔다.

그래도 아버지는 주먹질을 멈추지 않았다. 분노와 증오로 번들거리는 눈이 내 혼을 관통한다.

그래, 나는 아버지에게 미움받고 있었다.

그것도 단순한 미움의 차원이 아니다. 때려죽이는 것을 망설이지 않을 정도로 격렬하게 증오하고 있었다. 아버지가 내게 보인 무관심한 태도는 위장술이었다.

감정을 보였다가는 아들을 때려죽이게 될 것 같으니까 참았던 거였다.

"……가!"

내가 정신을 잃기 직전 마주한 아버지의 얼굴은 격렬한 미움으로 일그러져 있었다.

언제나 보여주던 무감정한 얼굴보다는 낫지 않나. 그 순간만큼은 진심으로 그렇게 생각했다.

꿈 한번 더럽구면. 덕분에 시트가 흠뻑 젖었다. 여름도 아닌데 완전 땀으로 목욕해 버렸다. 창밖으로 하늘을 보니 한밤중인 것 같았다. 엄청 오래 자버렸군. 그동안 피로가 쌓였나 보네. 다시 잘 땐 자더라도 좀 씻고 자야지. 불쾌해서 견딜 수가 없다.

방을 나온 나는 서쪽에 있는 샤워실로 향했다. 그동안 방치되어 있어서 좀 설비가 삐그덕거리지만 그럭저럭 쓸 만하다. 과연 왕년의 대신전이라 급수 시설이 잘되어 있다.

생각해 보니 옛날엔 수많은 인간들이 거주했을 곳에 우리들만 남은 이상 물이 남아도는 건 당연하다. 뭐, 그런 걸 감안하더라도 시설이 좋다는 점은 부인할 수가 없군.

탈의실로 들어간 나는 밤에 잠을 못 이루는 인간이 나 말고 또 있다는 사실을 목도했다. 다행히 여기 시설은 남녀가 나뉘어 있는 관계로 류아나 에티엔은 아니었다.

"뭐냐."

상체를 벌거벗은 그는 불쾌한지 눈썹을 찌푸렸다. 덩달아 흉터도 일그러져 기괴한 흉상을 만들어낸다. 저렇게 딱딱거리는 건 이제 퍼스널리티로 받아들이기로 해서 신경 쓰이지도 않는다.

"좀 씻게요."

대거는 다 씻고 나오는 모양이었다. 옷을 벗으면서 대거 쪽을 흘깃 보니 가슴의 거대한 상흔이 눈에 들어왔다. 탄탄한 가슴에 새겨진 그 상처는 깊어 보이는 게 생성 당시에 죽지 않은 게 신기할 정도였다.

왼쪽 어깨에서 시작되어 오른쪽 허리까지 이어진 그 흉터는 거대한 무언가로 그어 내려서 생긴 것으로 보인다. 아마 거대한 검 같은 게 긋고 지나가서 도랑이 생겼겠지. 그리고 그것을 따라 피가 강물처럼 흘렀겠고. 분명 살아난 게 기적이었을 거다.

"뭘 그렇게 보냐?"

"아뇨. 아무것도."

대충 둘러댄 나는 옷을 벗었다. 흐음, 대거는 그 입만큼 험난한 인생을 살아온 모양이다. 아니면 그 반대일지도. 저렇게 딱딱대니 시비가 안 붙으면 더 이상한 거다. 나야 이제 익숙해졌고, 알고 보면 상대 못할 것도 없는 사람이기에 별로 불쾌하진 않지만.

"너, 신관의 아들이 아니군?"

"왜 그렇게 생각했어요?"

어디서 들통 났지? 침착하자. 그냥 짚어보는 걸 수도 있고.

"밭에서 일한 것치곤 피부가 너무 고와. 그리고 몸이 단련되어 있다. 신전에서 책이나 읽고 농사나 짓던 몸이 절대아냐. 애송이 꼬마가 강해지겠다면서 수련을 했다면 모를까."

성미대로 안목도 날카로운데?

"왕궁 기사가 되고 싶었으니까요. 밥값이야 다른 걸 했고……."

"흐음."

대거의 갈색 눈동자가 번뜩였다. 안 믿는 눈치이다. 하지만 안 믿으면 지가 어쩔 거야? 세세하게 캐물으면 허점이 드러날지도 모르지만 우리 세계에선 그래요! 라고 버럭버럭 우기면 그만이다.

애초에 남의 과거사에 왜 그리 관심있어 하는지 모르겠다. 남자의 과거를 알아서 뭐에 써먹으려고. 대거의 칼 같은 눈초리가 내 몸을 훑었지만 더 이상의 정보를 발견하지 못한 모양이다. 그는 가볍게 혀를 차곤 나가 버렸다.

"후우……."

귀찮은 놈이군. 보아하니 포기하지 않고 계속 물어올 것 같은데. 뭐, 그건 그때 가서 생각하고 일단 좀 씻자. 몸이 땀에 절어서 질퍽질퍽하다.

옷을 다 벗은 나는 샤워실로 들어갔다. 물이 가득 찬 탕이 가운데 있고, 한쪽 돌벽에 수십 개의 호스가 걸려 있었다. 먼저 호스 쪽으로 간 나는 그 아래 있는 단추를 누르자 차가운 물이 머리를 때린다.

"후우."

그래도 시원해지지 않는다. 한참이나 차가운 물로 몸을 때려도 더러워진 기분만큼은 씻겨지지 않는다. 샤워를 포기한 나는 시린 물이 가득 들어찬 탕에 몸을 담갔다.

"……개자식."

아버지의 얼굴이 떠오른다. 며칠 안 봤으니 될 것 같았는데. 그런데 아버지가 개자식이면 나는 개손자군. 자기 얼굴에 침 뱉는 격이지만 울화가 치밀어 올라서 견딜 수가 없다. 아, 이게 얼마나 멍청한 짓인지 알지만 그래도 마음의 움직임은 막을 수가 없다. 이런 꿈이나 꿔버리고 말이지.

조심스레 손을 물 밖으로 빼냈다. 수면이 잔잔해지길 기다린 뒤에 손을 움직였다.

앞 머리칼을 들어올려 수면에 비친 모습을 보았다.

밝은 달빛이 어머니에게 물려받은 백발. 그리고 아버지에게 물려받은 회색의 눈동자를 보여준다. 물려받은 것에 그치지 않고 또렷한 이목구비 생김새가 아버지와 흡사한 배열을 가지고 있다. 아버지의 소년 시절 얼굴이 지금의 내 면상이라고 해도 믿을 지경이다.

아, 보고 있자니 자기혐오에 빠질 것 같다. 더 보고 있으면 머리에 열이 오를 것 같아서 원상복귀시켰다. 내가 눈을 가리기로 한 건 정말 잘한 결정이다. 안 가리고 다녔을 땐 아버지를 쏙 빼닮았다는 소리를 안 듣는 날이 없었지.

"후우……."

열만 잔뜩 올랐네. 몸을 식히러 와서 이게 뭐하는 짓이냐. 적당히 시간을 보낸 나는 탕에서 일어났다. 옷을 입고 복도로 나가니 다행히 누군가와 마주친다거나 하진 않았다.

후우, 다행이군. 어쩐지 갑자기 에티엔이 나타나서 말을 걸지 않을까 생각했는데. 하하, 요즘 망상이 지나치군. 가볍게 웃은 나는 방으로 돌아갔다.

"자, 그럼 소환합니다. 마운트!"

아침 일찍부터 모두가 준비를 마치고 모인 자리에서 디터가 말을 소환했다. 호오, 편리하게 등자에 재갈에 고삐까지 다 갖춰져 있다. 게다가 굉장히 온순해 보인다.

"타보세요."

"그럼 사양 않고."

연습했던 대로 올라타는 데 전혀 저항이 없었다. 우아, 말도 착실하게 듣는데? 가볍게 걷게 해보니 술술 걷는다. 음, 마법이란 역시 굉장하군. 이거라면 초보인 나라도 별 무리 없이 탈 수 있을 것 같다.

"이거 몇 시간이나 가죠?"

"뭐, 도중에 콱! 하고 없어지진 않을 겁니다."

좋군. 내가 별 무리 없이 안착하자 나머지 일행도 모두 말에 올랐다. 디터는 대거 뒤에, 에티엔은 류아 뒤에. 이걸로 모두 준비 끝이다.

"그럼 가도록 하죠. 왕도 디즈레일리를 향해."

"네."

"가도록 하죠. 즐거운 여행이 되면 좋겠군요."

"말 안 해도 간다."

그리고 조는 건지 동의의 표시로 고개를 끄덕이는 건지 의문이 드는 성직자 하나. 정말 개성 넘치는 일행이군. 쓰게 웃은 나는 말을 출발시켰다.

이제 본격적인 싸움이다.

제 3 장
판단(判斷)

판단 判斷

일하지 않는 자 먹지 말고,
싸우지 않는 자 살지 말라

　　　　　도로를 달리던 우리는 점심때가 되자 마침
나온 풀밭을 보고는 말을 멈춰 세웠다. 도로 옆에 자연적으로
만들어진 평평한 풀밭은 식사하기엔 제격인 장소였다. 말에
서 내린 우리는 원을 이루고 앉아 서로를 마주 보았다.

　즐거운 식사 시간임에도 불구하고 모두의 표정이 굳어 있
었다. 디터가 안 힘들 리 없다. 대거야 원래 표정이 나쁘고,
에티엔은 뭘 생각하는지 여전히 알 수가 없다.

　하지만 류아가 저렇게 피곤한 기색인 건 단지 사흘 동안 말
을 타고 달렸다는 이유 때문이 아니다. 그로써 내 입맛이 특
이한 편이 아니란 것은 입증되었다. 왜 아버지와 어머니가 이

주문을 안 썼는지 이제야 알겠다.

　죽겠다.

　에티엔이 소환한 빵과 물은 살인적으로 맛이 없었다. 일단 먹을 수 있기는 하지만 입에 넣으면 나무를 씹고 바닷물을 마신다는 느낌일까나? 근성이나 인내로 때울 수 있는 수준이 아니었다. 덕분에 갈수록 일행들의 말수는 줄어들었고, 무거운 여행 목적 때문에 화기애애하지는 못하더라도 간소한 대화가 오가야 할 점심 식사 시간을 천근 같은 침묵이 점령했다.

　아아, 싫다. 이런 상황, 갈수록 최악이야. 말이 모자라질 않나, 식사가 최악이질 않나. 마치 세상이 우리들에게 시비를 거는 느낌인데? 이 짓도 사흘째다. 어떻게든 수를 안 내면 우리는 아인단이 아니라 음식에게 패배해서 전멸할 터.

　"근처에 마을이 있나요, 류아?"

　"하루 더 가면 나와요."

　그녀도 지친 기색이 역력했다. 분명히 배는 부른데 먹은 기분이 전혀 안 난다. 먹는 게 아니라 먹힌 기분이랄까. 애초에 이런 거라고 설명을 했어야지. 에티엔을 노려보려고 하다가 기력이 빠져서 그것마저 포기했다. 어차피 시선 좀 준다고 신경 쓸 그녀도 아니다.

　"다음 마을에서부터는 재료를 사서 요리를 하죠?"

　"그거 좋은 생각인데, 어느 분이 하실 줄 알죠?"

　피곤한 얼굴에도 사람 좋은 미소를 띤 디터가 이의를 제기했다. 으음, 생각해 보니 나는 요리를 도운 적은 있어도 주체가 된 적은 없다. 고로 무리. 류아를 보았다. 저번에 그 빵은 최고였는데. 그걸 먹으면 기운이 부쩍 날 것 같은데 어떻게 안 될까?

"저는 매우 간단한 것밖에 못하는데요. 태우지는 않겠지만……."

에티엔에겐 기대도 안 했다. 나는 혹시나 하는 눈길로 마지막 희망인 대거를 보았다. 돌 씹은 얼굴로 빵을 분쇄하던 그가 내 눈을 노려보았다. 그렇게 부라리지 마, 이 친구야. 기운 없어서 상대도 못하겠어. 나중에 몸 상태가 좀 정상이 되면 붙어줄 테니까 대답이나 하서.

"그럭저럭 한다. 다들 먹기는 하더군."

만세! 만세다! 파티의 구주 나셨다! 생각을 정리한 나는 짧게 말했다. 길게 말하면 기운 빠진다.

"그럼 다음 마을에서 재료를 사고, 대거 씨를 식사 담당으로 임명하죠."

대거가 으르렁거렸지만 일단 무시. 내 의견에 모두가 손을 들어 찬성했다. 아아, 이제 내일이면 미각을 되찾을 수 있겠구나. 서둘러 지옥 식사를 마친 우리는 그 기대에 부풀어 힘차게 달리고 또 달렸다.

한참을 달린 끝에 노을이 지기 시작하자 적당한 평지를 잡아서 야영 준비를 했다. 나뭇가지를 모으던 나는 옆의 류아에게 물었다.

"근데 마물이 한 마리도 안 보이네요?"

"그러네요. 꽤 드문 일인데……."

드문 일? 습격하는 게 당연하단 말인가? 음, 뭐, 나라 꼴이 말이 아니니 당연히 치안도 개판이겠지. 그러니 마물이 습격하는 게 당연시 되는 상태일 수도 있고. 하지만 직접 들으니 난세란 생각이 새삼 강하게 든다.

상념에 젖어 일을 처리하니 시간이 빨리 갔다. 자리를 펴고 불을 피우고 이것저것 하다 보니 금세 해가 져버렸다. 모닥불 앞에 둘러앉은 우리는 모두 에티엔을 바라보았다.

"크리에이티드 푸드 앤 워터."

공포의 주문이 시전되었다. 모두의 앞에 빵과 물이 돌려졌다. 먹기 싫은 것을 먹으려면 어째야 할까?

이 질문에 대거는 매우 모범적인 태도를 보이고 있었다. 모포를 덮고 하늘을 바라보며 시계의 진자가 흔들리는 것처럼 리듬을 맞춰 씹고 마신다. 저건 식사라는 행위를 초월해 버린 것이다.

류아의 경우엔 먹기 괴롭다는 감정과 에티엔에게 실례라는 생각이 조합되어서 참으로 볼 만한 얼굴을 이뤄내고 있었다. 아, 저 표정이 귀엽다고 생각하다니! 난 변탠가……. 하지만 정말 귀엽다. 눈을 꼭 감고 빵을 한 조각 뜯어먹곤 곧장 물

을 마신다. 내가 대신 먹어주고 싶을 정도다. …그런데 내가
먹으면 의미가 없군.

"힘내요, 류아."

"예에……."

그녀답지 않게 축 처진 목소리다. 안쓰러움을 안고 다음 사
람으로 시선을 옮겼다. 디터는 누군가가 그의 직업을 의심하
리라고 생각했는지 희한한 짓을 하고 있었다. 나에게 빵을 가
루로 만들어달라고 부탁한 그는 그것을 물에 타서 마셨다. 먹
을 만하면 나도 내일 저래볼까?

"그거 먹을 만해요?"

"…죽을 것 같군요."

사람 좋게 웃는 입매가 일그러져 있다. 도전하는 정신이 아
름답다고 해줘야 하나? 이 모든 원흉인 에티엔은 아주 평범하
게 먹고 있었다. 그 사실이 너무 놀랍다. 저 아가씨의 미각은
대체 뭘로 되어 있는 거지? 조신하게 앉아서 묵묵히 먹는 모
습이 수도하는 고승을 연상시킨다. 어떤 의미론 대단하군.

나 같은 경우엔 첫 번째 식사에서 당한 후 획기적인 식사
방법을 개발했다. 결국 괴로운 건 씹기 때문이다. 최대한 씹
지 않고 꿀꺽 삼켜 버리면 비교적 덜 괴롭다. 단지, 해버린 다
음에 까닭없이 우울한 기분이 된다는 것만 제외하면 괜찮은
방법이다.

"후우……."

풀밭에 엎드려서 멍하니 있자 누군가의 한숨이 귀에 들려왔다. 그제야 난 식사 뒤에 울적한 기분이 되는 이유를 알았다. 너무 비참하기 때문이야. 아, 이 상태로 있으면 계속 기분이 바닥일 것 같으니까 뭔가 말을 해야지. 그대로 고개만 들어 입을 열었다.

"디터 씨와 에티엔 씨는 주문을 써야 하니 푹 주무시고, 하던 대로 저와 류아, 대거 씨가 불침번을 서기로 하죠. 류아가 첫 번째, 제가 그 다음, 대거 씨가 마지막을 하세요."

내 말에 디터가 퉁명스레 대꾸했다.

"너는 계속 중간에 섰다. 이번엔 내가 중간에 서지."

"아니, 굳이 그래 주실 필요는 없는데요."

"시끄럽군."

나름의 호의로 보이니까 그냥 받아둘까? 간만에 푹 잘 수 있겠군.

"고마워요."

"흥, 계속 네놈만 그러는 게 마음에 안 들 뿐이야."

말은 저래도 제의 자체는 분명히 나에게 도움이 된다. 하지만 그 사실을 지적하면 화를 낼 것 같으니까 그냥 넘어가자. 일행 모두가 식사를 끝마치자 류아의 간단한 브리핑이 이어졌다.

"이제 왕도까지 절반 왔어요. 본래라면 영주에게 들르는 게 일반적인 방문법이지만 저희가 시급한 목적을 가지고 있으니 생략하도록 하죠. 내일은 마을에 들러서 음식 재료를 보충하기로 해요."

"듣던 중 반가운 소리네요."

저도 반가워요, 디터. 류아의 브리핑이 끝나자마자 나는 모포 속으로 기어들어 갔다. 피곤하다. 눈을 감자 잠은 쉽게 쏟아졌다.

"…나라."

으음, 누구야? 나 아침에 약한 거 알면서. 몸을 뒤척이자 머리에 강렬한 충격이 가해졌다. 일어나지 않고는 못 배기겠군.

"으윽!"

"일어나라니까!"

험상궂게 입매를 일그러뜨린 대거가 낮은 목소리로 위협했다. 안 그래도 일어났어, 이놈아. 말로 하지 사람을 때려서 깨우다니.

"그럼 아침이 되면 다들 깨워라. 난 잔다."

"예이, 예이."

기분이 별로인 새벽 시간. 아무것도 없고 아무것도 느껴지지 않는 시간이다. 모닥불 앞에 무릎을 가슴으로 당기고 앉은 나는 눈을 비비며 일행에게 시선을 옮겼다. 에티엔은 가슴 위에 양손을 교차시켜 놓고 잘 자고 있었다. 흉부가 살짝 오르락내리락 하는 것을 제외하면 얌전하다.

"······."

으음, 어딜 뚫어지게 보는 거야. 다음, 다음. 디터는 책을 베개 삼아 자고 있었다. 저거 많이 아플 텐데 얼굴은 평온하기 그지없다. 누가 위저드 아니랄까 봐 이상한 짓만 골라서 한다. 류아는 모로 누워 자고 있었다. 몸을 상당히 심하게 뒤척거린다. 악몽이라도 꾸나? 대거는······ 안 자고 있군. 모포에 들어간 그는 나를 노려보고 있었다.

"두 번째 하는 말인데, 나는 너를 못 믿겠다."

"왜요?"

잠이나 잘 것이지 왜 또 시비야? 대거가 상반신을 일으켰다.

"너는 또 거짓말을 했으니까."

"왜 그렇게 생각해요?"

"넌 기사를 목표로 하는 놈이 아냐. 그놈들은 마음에 안 들지만 적어도 너 같진 않거든. 오히려 너는 나와 비슷한 쪽에서 있다."

으음, 꽤 집요한데. 여자한테 인기가 없을 타입이다. 저렇게 비논리적인 이야기를 논리적으로 느끼게 하는 것도 능력은 능력이군. 대거의 탁월한 능력에 감복해 버린 나는 혀를 찼다. 이번에는 어째야 되나······.

"근데 왜 계속 제 과거를 따지죠?"

"알아두는 게 안심이 되니까. 세 번째 말하지만, 난 널 못

믿겠다."

"…그렇게 대놓고 이야기하는 게 오히려 사람의 경계를 사는 건 몰라요?"

그런 건 속으로 생각하다가 기회를 봐서 움직이는 건데, 이 사람은 뭘 믿는 거지? 대거는 입에 담배를 물고 대거를 이용해 불을 붙였다.

"이번에도 거짓말을 하면 난 이 파티에서 빠진다. 신뢰하지 못하는 놈하곤 일 같이 안 해."

"다른 사람들 과거도 물어본 거예요?"

설마 그랬나? 대거는 고개를 가로저었다.

"너만이다."

나만 특별 취급이란 거군.

"왜 저에게만 이러시는 거죠?"

"말했잖아. 너는 나와 비슷한 쪽에 있다고. 그러니까 알아두지 않으면 찜찜하다."

음, 난 지금 엄청난 욕을 들었군. 난 저렇게 무례하지도 않고, 사람 앞에다 대고 떽떽거리지도 않는다. 그나저나 어쩌나, 솔직히 말해야 되나.

"후우, 그냥 영웅의 아들로 태어나서 살다가 여신이 여기 오라고 해서 왔어요. 이제 속이 시원해요?"

"그렇군."

짧게 답한 그는 담배를 바닥에 눌러 끄고는 드러누웠다. 어라, 그냥 가볍게 설명했는 데도 인정한 거야? 평소의 대거라면 음산하게 노려봤을 텐데. 결국 궁금증을 참지 못하고 질문했다.

"이번에는 의심 안 해요?"

"넌 나하고 동류라고 했다. 방금 전에 욱하는 부분이 튀어나왔다."

또 튀어나올 것 같습니다, 대거 씨. 후우, 나는 호흡을 가다듬었다. 너무 대거의 페이스에 말려들었다. 이래서야 바닥을 비출 뿐이다. 금세 잠든 대거가 낮게 코를 골고 있었다.

"하아……."

앞으로 어찌해야 되려나. 수도로 간다고 뾰족한 수가 생기는 건 아니다. 어떻게 행동해야 될지 어느 정도 방향성은 잡아두었지만 만사형통일 리가 없지. 이래저래 골치 아프다. 내가 너무 가볍게 이 세계를 돕겠다고 나선 게 아닌가 하는 생각이 든다. 상념의 끝이 여신의 기적에게 닿았다.

"어머니……."

몸은 괜찮으실까? 집이야 내가 없어도 잘 돌아가고 있겠지만 어머니의 일만큼은 걱정이 된다. 뭐, 나 따위가 없어도 아버지가 알아서 잘하겠지만…… 근심이라는 건 그렇게 쉽게 떨쳐 버릴 수 있는 성질이 아니다. 내가 있건 없건 어머니의 병환에 차도가 있진 않겠지. 그래도 어머니만큼은 정말 나를 생각해 주셨는데.

"편지라도 남기고 올 걸 그랬나."

후회는 언제 해도 늦는 법이다. 장엄한 일출을 보며 통감했다.

다음날 아침, 또다시 음식과의 사투를 이겨낸 우리들은 말에 올라 달려나갔다. 모두의 얼굴에 희망의 빛이 떠돌고 있다. 류아의 허리를 껴안은 채 졸고 있는 에티엔은 제외하고. 대거도 은근히 기뻐하는 기색이다. 생각해 보니 에티엔을 제외한 우리 넷은 이 여행 동안 끈끈한 동료애를 쌓았다. 사투를 몇 차례나 함께 치렀는데 안 쌓이면 그게 더 이상하지.

"오늘이면 드디어 음식다운 음식을 먹게 되는군요."

"내가 요리를 해야 한다는 점이 마음에 안 들지만."

그렇게 말하는 것치곤 꽤 인상이 부드럽잖소, 대거 씨. 류아도 밝아진 얼굴인 게 평소의 혈색을 되찾았다. 그들과 같은 마음인 나도 빨리 마을에 가고 싶다. 뒤편의 류아가 앞쪽의 야트막한 언덕을 보더니 밝은 목소리로 희망을 고했다.

"이제 저 언덕만 넘으면 마을이 보일 거예요."

"오오, 젖과 꿀이 흐르는 땅이……."

그 순간 대거가 오른팔을 수평으로 올렸다.

그것이 의미하는 바는 정지. 나는 즉시 고삐를 잡아당겼다. 류아가 멈추자 세상 모르고 자고 있던 에티엔이 눈을 비비며 일어나는 게 시야에 들어왔다. 뭐야? 왜 막아? 대거는 한마디로 우리의 생각을 날려 버렸다.

"피 냄새다."

좋지 않은 소식이군. 일단 정황을 살펴봐야겠는데, 모두 다 가는 건 바보짓이다. 내가 대거를 바라보자 그는 고개를 끄덕였다.

"내가 다녀오지. 그동안 여기 있어라."

디터를 내려놓은 대거가 말을 달려 언덕을 넘어갔다. 류아는 불안한 얼굴로 물었다.

"무슨 일일까요?"

"글쎄……"

예감이 좋지 않다. 불길한 단서 하나가 가져온 침묵에 얼마나 눌려 있었을까? 굳은 얼굴을 한 대거가 돌아왔다. 가장 피하고 싶은 단어가 그의 성대를 울렸다.

"아인단이다."

빌어먹을! 욕지기를 삼킨 나는 대거의 설명을 기다렸다. 아무래도 음식 한번 먹는데 고행길이 대단할 것 같다.

"눈에 보이는 것만 대충 세어 500 정도. 완전히 마을을 박살 낼 기세더군. 어쩔 건가?"

그는 그렇게 말하고 나를 응시했다. 어느새 내가 결정권자가 되었군. 디터도, 류아도 나를 보고 있다. 제대로 선택하지 않으면 안 될 문제다. 후우, 마음을 차분히 하자. 저번과는 상황이 달라. 우리는 다섯이다.

옛날이었다면 당연히 도망쳤다. 만용과 용기는 구별해야 하는 법. 사람을 돕고 구하고 자시고 할 여력도 안 되는 전력 차이다.

하지만 이젠 안 돼.

나는 구세용자다. 도망갈 수 있을 리가 없잖아?

구해야 한다. 그 어떤 상황에서도, 그 어떤 위험 속에서도 사람을 구해야 한다. 이게 내가 이 세계에 온 목적이 아니던 가.

"저 혼자 다녀오죠. 다들 피해 있으세요."

모두의 얼굴이 딱딱하게 굳어버렸다. 쉽게 수긍 못하는 얼굴들을 향해 나는 간결하게 설명했다.

"500 정도라면 조금 어렵더라도 저 혼자서 처리할 수 있을 테니까요. 다른 분들은 그동안 피해 계세요."

"개소리 마시지!"

욕설을 내뱉은 대거가 나를 노려보았다. 대거가 잘 싸우는 축에 속하지만 인간인 이상 한계가 있어 월등한 전력 차를 넘을 수 없다.

"대거 씨, 그러니까……."

"저희는 마을 사람들을 구하기로 하죠. 그럼 되겠죠?"

내 말을 끊으며 디터가 해맑게 웃었다. 그 티 없는 미소를 본 나는 한숨을 쉬고는 남은 두 사람의 안색을 살폈다. 앞서와 별반 다르지 않은 걸로 보아 아무래도 이들은 내 의견에 동의하지 않을 모양이다.

"좋아요. 그럼 마을 사람들의 보호를 부탁드릴게요. 제가 그동안 싸우죠. 됐죠?"

마지못해 내가 승낙하자 다들 힘차게 고개를 끄덕여 보였다. 아, 뭔가 불길하지만…… 별수없지.

"가죠."

말의 배를 걷어차자 속도가 붙었다. 언덕의 정점에 올라 말을 세우자 따라온 일행들의 말이 내 옆에 섰다.

언덕 몇백 미터 아래에서 벌어지는 사태가 눈에 들어왔다. 아인단의 마물들은 눈앞의 마을을 공략하는 데에만 정신이 팔려 뒤쪽에서 출현한 우리들의 존재를 모르고 있다. 십여 가구는 됨직한 자그마한 마을의 입구에는 나무 방책이 쳐 있는데 아인단은 그걸 두드리고 있었다. 뚫릴 경우를 대비해서 무장한 자경단 몇 명이 대기하고 있지만 믿음이 안 간다. 애초에 머릿수부터가 비교 불가다.

별로 오래 버티지 못할 상황이다.

"후우, 제가 밖에서 놈들을 두들길 테니 그 틈에 들어가세요. 다만, 저 방책이 높은 게 쉽게 들어가긴 힘들겠는데……."

"디멘저 도어를 쓰죠. 그거라면 쉽게 들어갈 수 있습니다."

"그럼 이동은 디터 씨에게 맡기고, 에티엔 씨는 저에게 주문을 걸어주실 게 있으면 지금 걸어줘요."

에티엔이 내 몸에 손을 대고 각종 신성 마법을 거는데 류아의 근심 어린 시선이 느껴졌다. 나는 짐짓 웃으며 그녀를 안심시켰다.

"걱정 마요. 저 정도쯤은 어떻게 해볼 수 있고, 전부 물리치려는 것도 아니니까. 제 걱정은 마시고 마을 사람들이나 어서 대피시키세요."

"네, 부디 몸조심하세요."

나도 그러고 싶은데…… 되려나 몰라. 마법 덕분인지 아니면 한 번 일을 겪고 난 다음이라 그런지 그다지 두려움은 느껴지지 않았다. 눈을 감고 심호흡을 하는데 귀로 의아해하는 디터의 목소리가 들려왔다.

"대거 씨?"

"나는 여기서 놈을 돕겠다. 너희들만 들어가라."

그 말에 눈을 뜬 나는 대거를 노려보았다. 이 미친놈이 제정신인가? 물론 나도 똑같은 짓을 하지만 여신의 축복을 받은 내 신체 능력은 정상이 아니다. 그에 비해 인간의 육신을 가지고 있는 저놈이 아무리 잘 싸운다고 해도 분명 한계가 있다. 하지만 놈은 홍! 하고 콧방귀를 끼었다.

"내가 어디에 있을지는 내가 결정한다. 네가 결정할 게 아니야, 용자."

"위험하다고요, 대거 씨. 마을 사람 대피에 손을 보태세요."

"시끄럽군. 나는 그렇게 쉽게 죽지 않아."

제길, 정말 말귀를 못 알아듣네. 지가 무슨 철인인 줄 알아? 네놈도 뼈와 살로 이루어진 인간인 이상 눈먼 칼에 맞으면 죽는다고!

"하지만……."

"시끄럽다고 했다."

갈색 눈이 스산한 빛을 띠었다. 한마디만 더하면 나를 조각내버릴 기세다. 더 실랑이를 벌이다가는 자중지란이 벌어지겠는데. 결국 나는 입을 다물고 고개를 설레설레 흔들었다. 말이 통해먹지 않는 작자와 낭비할 정도로 급박한 상황이다.

"하아, 여하간 시작하죠. 안을 부탁해요, 류아."

"디멘저 도어!"

디터가 류아와 에티엔의 손을 잡고 시동어를 외치자 팟! 하고 그들의 모습이 사라졌다가 마을 안에서 나타났다. 갑작스레 나타난 그들을 보고 당황하는 자경대원들의 모습이 생생히 눈에 들어온다.

좋아, 성공했군. 나는 말의 배를 걷어차며 힘차게 외쳤다. 아, 쪽팔리지만 어쩔 수 없다.

"간다아앗!"

언덕길을 달려 내려가며 목이 찢어져라 외치자 방책을 두들기고 있던 오크와 코볼트, 고블린들이 내 쪽을 돌아보며 괴성을 질러대었다.

좋아, 시선은 이쪽으로 돌렸고. 슬슬 거리가 좁혀지자 말에서 내릴 준비를 하며 카타나를 뽑아 들었다. 저번 건 부러뜨렸고, 이게 신전에 남아 있던 마지막 무기다.

코볼트들이 지척에 이르자 나는 등자를 밟고 있는 양발에 힘을 주었다. 그러자 말이 무릎을 꿇으며 그 반동으로 몸이 튕겨져 올랐다. 하늘을 나는 기분이 상쾌하다. 붉게 타오르는 태양이 시작 전부터 연유 모를 불안감이 들어차 있던 마음을 깨끗이 살랐다.

"흐압!"

떨어져 내리며 코볼트 하나를 쪼개 버렸다. 내 허리를 간신히 넘어서는 마물이 반으로 쪼개지며 녹색 피를 흙바닥에 뿌린다. 나는 감상 대신 멈추지 않고 검을 휘둘렀다. 내가 너무 빠른 반면에 이놈들은 너무 느리다.

마치 이 전장이 거대한 정물화 같다.

악귀들이 넘실거리는 연옥, 그 한가운데로 뛰어든 불청객인 나는 야비한 폭군이다. 상대가 불가능한 신체 능력을 기반으로 학살을 자행하는 비겁자.

검의 움직임에 순식간에 코볼트와 고블린 십여 마리가 죽어나갔다. 허공으로 튀어 오르는 피와 살점이 똑똑히 눈에 들어오는 게…… 기묘하다. 생명의 빛이 점차로 점멸해 가는 모습이 이채로웠다. 순식간에 몇십 마리가 죽어나가자 놈들의 얼굴에 당황한 기색이 떠오르며 뭐라 뭐라 떠들어댄다.

"깨닫는 게 너무 늦잖아!"

놀 한 마리가 예리한 롱 소드를 들고 찔러 들어온다. 이놈들은 마황군 소속이라 그런지 갑주나 무기의 레벨이 높았다. 그 공격을 옆으로 피하면서 놀의 배를 발로 퍽! 차자 펑! 하는 소리와 함께 편육이 공중에 뿌려졌다.

일방적인 살육전이 이어지자 아인단은 내 존재를 경시할 수 없다는 걸 깨달은 건지 거리를 두고 원을 그리기 시작했다. 포위하시려고?

"하지만 너무 늦어! 늦다고!"

나는 사기라는 소리를 들을 정도로 빠르다. 어째 저번보다 더 빨라진 것 같다. 놈들이 무기를 휘두르는 모습은 하품이 나올 정도로 느리다. 백날 둘러싸 봤자 뒤에 눈이 달린 나에겐 의미가 없다. 이래서야 전투가 성립이 되지 않는다.

나는 일방적인 학살의 주체로 전장에 존재했다.

뼈를 부수고 근육을 끊는다. 그걸 수십 번 반복한다. 살을 꿰뚫는 감각이 지겹다. 손끝에 전해지는 생명의 수가 백 회를 넘어섰다. 정지된 세계에서 나 혼자 움직이며 취하는 살육. 점차 머리가 멍해지고 기계적으로 몸이 움직인다. 아무 생각도 들지 않는다.

"하아……."

깨질 것 같은 통증이 관자놀이를 스치고 지나간다.

호흡이 내 것 같지 않다. 아니, 여기서 검을 휘둘러 육체와 생명을 끊어내는 게 누구인지도 모르겠다. 이 몸은 내 것이 맞는가? 맞다면 지금 무엇을 하고 있는 거지? 의식이 몸에 있지 않고 하늘에서 내려다보고 있는 듯한 기분이다. 기이하게도 이 시점에 대해선 어떠한 의구심도 느껴지지 않았다. 그냥 그렇게 되었다라고 납득한다.

지상의 구세용자는 검을 휘두르고 팔을 뿌리고 다리를 움직인다. 살육의 폭풍이 휘몰아치면 근처에 있던 놈들의 살덩이가 공중으로 떠오른다. 피와 살육을 공중에 뿌리고 그것이 땅에 떨어지기도 전에 다른 놈들의 팔다리가 하늘로 날아오른다.

쉴 새 없이 떨어지는 피와 살점의 비, 그 중심에 백발의 소년이 있다. 살육의 중심에 있으면서도 여유있는 미소마저 띠고 있다. 즐거운 모양이다. 대거는 그 옆에서 바쁘게 움직이면서 칼을 휘두르고 있었다. 짧은 사정거리를 재빠른 몸놀림으로 커버하며 도축업에 종사 중이다.

둘 다 놔둬도 괜찮겠지. 나는 여유롭게 마을 쪽을 굽어보았다.

류아 쪽은 낭패를 보고 있다. 마을 사람들을 데리고 뒤로 빠져나가는가 싶었지만 아인단의 매복이 그들을 기다리고 있었다. 다시 사람들을 마을 쪽으로 피신시키는 가운데 디터의 주문이 연달아 터졌지만 시간 벌기일 뿐이다. 이놈들은 마황군이란 이름답게 동료가 마법에 괴로워하고 있으면 그것을 밟고 전진해 온다. 부상병 따위는 필요없단 거군.

결국 류아와 에티엔, 디터만 제외하고 모두 아인단에게 살해당하고 그 시신을 뜯어 먹혔다. 인간의 육신이 마물들의 이빨에 게걸스럽게 뜯어 먹히는 모습을 보니 마치 모이에 달라붙는 비둘기 떼 같단 생각이 든다.

보급이 필요없는 편리한 군대네.

실로 감탄스럽다. 적을 죽이고 먹어치워 배를 채우는 군대라니 저건 너무 획기적인 발상이다. 마황이란 녀석 참 똑똑하군. 간신히 살아남은 셋은 류아의 분투에 힘입어 아인단의 추격을 겨우 뿌리치면서 마을로 돌아왔지만 상황은 더 나빠졌다. 뒤편의 방책을 걸어 잠글 새가 없어서 아인단이 그대로 마을 내로 쇄도했다. 저래서야 엄청 위험하겠는데. 구석에 몰린 쥐새끼 형세다.

뭐, 내 알 바 아니지만.

우지끈.

"어?"

요란한 효과음이 내 정신을 하늘에서 몸으로 돌렸다. 내가 힘껏 걷어찬 버그베어 놈이 날아가서 나무 방책을 박살내버렸다. 그 의미를 깨달은 순간 유열에 들떠 멋대로 사고하던 마음이 찬물을 뒤집어썼다. 내, 내가 지금까지 뭔 개

소리를 한 거지? 사람이 죽었어. 그런데 그걸 보고 감탄을
해?

자책은 접어두고 방책 쪽을 막으러 가려 했지만 포위망이
너무 두텁다. 저번처럼 놈들의 머리를 밟고 뛸까? 그렇게 생
각한 순간 일단의 무리가 구멍을 통해 마을 안으로 들어가서
아직까지 남아 있던 자경단을 학살했다.

"으아악!"

"흐, 흐억!"

변변찮은 무기도 들지 못한 남자들이 일방적으로 도륙되
었다. 비명이 애처롭다. 몇몇이 조잡한 봉이나 창을 휘둘러
보지만 이런 작은 마을의 자경단이 마황군을 당해낼 리가 없
다. 그 광경은 마치 내가 벌이던 것과 흡사해서 숨이 멎을 것
만 같았다. 압도적인 힘에 허물어지는 약자, 상상할 수 있는
불공평함의 극치가 파노라마로 펼쳐졌다.

한 남자가 비명을 지르며 쓰러지자 네다섯의 마물이 달려
들어 사지를 뜯어먹었다. 옆에 있던 남자가 쓰러진 동료를 구
해내려 마물에게 창을 찔러보지만 무의미하다. 엉성한 공격
을 가볍게 피해낸 코볼트가 손도끼로 그자의 발목을 쳤다. 외
마디 비명과 함께 주저앉자 동료와 마찬가지 신세가 되어버
렸다. 뼈와 살을 씹는 소리가 생생하게 귀에 전달된다. 자경
단은 순식간에 마물들에게 뜯어 먹혔다.

"으윽……."

상황이 나쁘게 흐르자 오히려 머리가 차분해졌다. 침착하자. 이미 다 죽어버렸다. 그럼 이제 어떻게 움직여야 하는지 합리적으로 사고해라. 전세는 상정 가능한 최악으로 기울었다. 마을 안에서 포위당한 셋, 그리고 마을 입구에서 포위당한 둘. 적의 지원 가능성은 있지만 아군은 없음. 이건 전멸 확정이군.

내가 당할 거란 생각은 안 들지만 동료들이 위험하다. 무조건 퇴각해야 한다. 저번처럼 머리를 밟으면 빠져나갈 수 있다. 지금 이놈들에게는 궁수는 없어 보이니까 어떻게든 될 거다. 옆에서 죽자 사자 무기를 휘두르는 대거의 뒷덜미를 잡아채어 고블린의 머리를 밟고 뛰었다.

"윽?"

거, 버둥거리지 좀 마! 지금은 한시가 급하다고! 대거가 몸부림치자 아예 옆구리에 끼어버리고 기합을 내질렀다.

"흐아앗!"

놈의 머리를 밟고 그 반동으로 뛰어올랐다가 떨어지면 다시 밟고 뛰어오르고를 반복했다. 두개골이 박살나는 감촉이 발을 통해 전해지자 불쾌하다. 얼떨결에 공중으로 무기를 찔러보는 놈이 있지만 쉽게 피해 버리고 사뿐히 밟아줬다. 셋에게 무슨 일이 생기기 전에 어서 도달해야 한다.

벼룩처럼 툭툭 튀면서 셋이 포위당한 곳으로 떨어져 내리는데 믿을 수 없는 광경이 눈에 들어왔다.

코볼트가 손을 움직여 대거를 던졌다. 그 깨끗한 투척은 로 브를 뚫고 그 안에 살아 숨쉬고 있던 육체를 부숴 버렸다. 위 치는 심장, 코볼트가 던졌다고 믿기 힘들 정도로 급소에 깔끔 하게 먹혔다. 덕분에 타깃은 내가 어떻게 해볼 새도 없이 즉 사했다.

아아, 한 생명이 뒈져 버리는 것치곤 너무 깔끔했다. 순간 본받고 싶다는 생각이 들 정도로, 절로 감탄사가 이는 살해 장면이었다.

"…어."

땅에 내려선 나는 대거를 풀어주고 눈을 비볐다. 이상한 게 보인다. 저거 왜 저래? 왜 류아가 무릎을 꿇고 있는데? 왜 그녀 앞에 디터가 누워 있지? 그의 가슴에 대거가 깊숙이 박 혀 있는 이유는 뭐냐? 상황이 이해가 안 돼. 심호흡을 해봐 도 여전히 머리가 안 돌아간다. 숨쉬기가 힘들어져서 가슴 이 답답하다. 울음 섞인 류아의 목소리가 날 현실로 끌어냈 다.

"리워드님, 디터님이……."

뭐야, 예감이 말하던 게 이거였냐? 이거, 애초에 나 혼자만 와야 했어. 그게 가장 안전한 방법이었다고.

몇몇을 살리려다가 죽어버렸다. 동료 씨, 지금 기분이 어 때?

시체는 대답하지 않는다. 당연하지. 죽은 것이 입을 나불

댈 자유가 있다면 세상이 좀 더 시끄러워졌을 거다. 신의 섭리에 따라 디터의 시체는 입을 꾹 다물었다.

으득.

꽉 다문 입술에서 피가 튀어나왔다. 나는 결국 이 꼴이다. 납득할 수 없다. 디터가 죽었다. 나는 무능하다. 동료가 죽었다. 그렇게 놔둔 나는 무능하다. 인정하기 싫지만 사실이다. 가슴을 누가 쾅쾅 치는 것 같다. 귀가 멍멍해지고 세상이 빙빙 돌았다.

나는 시선을 돌려 사방에 널려 있는 아인단을 노려보았다. 내가 워낙 설친 덕분에 포위된 상태이지만 녀석들은 주춤거리며 공격하지 못하고 있다. 그 꼴을 보고 있자니 울화가 치밀었다.

"이 개잡종들이⋯⋯."

디터를 말려야 했다. 애초에 마법사를 전장 속에 내버려 두다니⋯⋯. 비합리의 극치였다. 내 잘못이다. 차라리 말을 안 들으면 강제로 기절시키기라도 해야 했다. 그렇다면 이런 결과는 안 나왔을 거다.

내가 무른 덕분에 디터가 죽어버렸다.

다른 누구도 아닌 내 잘못이다. 그러니 지금 이 아인단 새끼들에겐 잘못이 없어. 왜냐하면 가장 잘못한 건 나거든. 이들은 자신의 직분에 충실했을 뿐, 원인 제공자는 바로 나다.

"흐아아……!"

하지만 분노가 가라앉지 않았다. 젠장, 빌어먹을, 씨발! 견딜 수가 없다. 아니, 참을 수가 없다. 무언가 뜨거운 것이 척추를 타고 내렸다. 나는 눈을 감았다.

참지 못하겠다.

배 쪽에서 뭔가가 터지는 느낌이 들더니 눈앞이 새카매졌다.

이른 아침, 널찍한 방의 격자 창문 앞에서 한 중년 남성이 뒷짐을 지고 서 있었다. 화려한 주홍빛 더블릿을 입고 있는 남성의 체형은 그 욕망만큼이나 비대했다. 출렁이는 뱃살 덕분에 자신의 발을 내려다볼 수 없는 남자를 사람들은 로멜 공작이라 불렀다.

"그렇게 생각하는가, 라울 경?"

"그렇습니다, 공작님. 저 백발 놈이 맛이 간 이 기회에 죽여 버리는 게 장래 거사에 도움이 되겠지요."

공작의 뒤에 선 중갑옷의 청년은 고개를 끄덕여 자신의 뜻을 확고히 밝혔다. 사람 목숨을 파리처럼 여기는 대화를 낮부터 하고 있지만 그들에게는 그것이 일상이었다. 공작은 잠시 생각하는가 싶더니 고개를 저었다.

"암살이라니 아니될 말. 그자는 내가 거두어 쓰겠네."

"하오나……."

"그자는 벌써 카르낙과 가뭇을 물리쳤다지? 10년이 넘게 우리들이 별렀지만 손대지 못했던 놈들을 이곳에 온 지 한 달도 안 되어 둘이나 없애다니…… 정말 대단한 무용이 아닌가? 없애 버리기에는 너무 아까운 재주니 내 패업의 수레바퀴로 삼아야겠네."

그들이 이야기하는 구세용자는 확실히 예언될 법한 인물이었다. 16년 동안 니메그도 아닌 그 심복 하나 잡아 죽이지 못한 룬 슈테드였다. 골머리를 싸매고 있던 참에 예언에 이끌려 등장한 구세용자가 알아서 일을 다 처리해 주는 것이 아닌가? 룬 슈테드의 풍습상 암살이라는 단어가 지극히 희귀한 언어라는 것은 둘째 치고라도 포기하기에는 너무 아까운 인재였다.

"게다가 나이도 아주 젊다고 했지?"

"기껏해야 스물 정도 되어 보였습니다."

"그래, 젊다니 더 쓸 만하지. 깨어나면 내가 부른다고 연락하게."

"예."

로멜의 심복인 라울은 절도있게 허리를 숙여 보였다. 로멜의 그림자 속에 있던 대거는 그 동작을 보며 제법이라고 생각했다.

라울이 웃기 전까지는 그렇게 생각할 수 있었다.

라울은 로멜의 그림자, 즉 대거를 빤히 바라보며 웃고 있었다. 설마 들킨 것인가? 경악한 대거는 손에 힘을 주었다. 상대는 명백히 그를 알고 있다는 듯이 미소를 짓고 있는데 그 웃음이 굶주린 늑대를 떠올리게 했다. 결코 배부를 일이 없는, 만족을 모르는 사냥꾼.

"그럼 물러가겠습니다."

고개를 올리며 라울은 웃음을 지웠다. 공작의 그림자에 숨은 채로 무기를 꺼내 들려던 대거는 속으로 한숨을 내쉬었다. 생각해 보니 눈치 챌 리가 없다.

'그렇다면 공작을 비웃은 것인가?'

세간에 라울은 로멜의 심복으로 알려져 있었는데, 거기에 특이 사항을 하나 더 추가해야겠다. 심화 조사를 염두에 둔 대거는 문득 리워드를 생각했다.

'놈, 이제 일주일째인가.'

슬슬 일어나주지 않으면 곤란하다. 듣기에 아고라 군이 움직인다는 소리도 있고, 대거의 호오는 어쨌든 지금은 구세용자가 필요한 시기다.

'흥……'

속으로 코웃음을 내뱉은 대거는 로멜의 관찰을 재개했다.

죽은 건지 산 건지 모르겠다. 나는 눈을 깜빡였다. 천국인가 아니면 지옥인가? 뭘 하고 있지, 여기서?

"악몽이었나······."

여기는 내 방이고 길고 재수없는 꿈을 꾸다 일어난 거다. 그렇게 생각하며 고개를 돌리는데 마음에 들지 않는 광경이 눈에 들어왔다.

질 좋은 나무를 쓴 게 분명해 보이는 옷장과 실크를 재료로 쓴 것 같은 분홍색의 레이스 커튼. 무엇보다 내 키를 넘어설 법한 큼지막한 창문을 통해 들어오는 눈부신 햇빛.

"내 방에는 햇빛 따위가 안 들어오지."

뭐, 예산 때문이라나? 투덜대며 상반신을 일으키려는데 뜻대로 되지 않았다. 팔을 움직이는 데도 고통이 심하다. 몸이 왜 이래?

"뭐, 뭐야?"

내가 말해놓고 못 알아들을 뻔했다. 목소리가 엄청 쉬어 있잖아. 몸이 왜 이렇게 엉망이지? 힘이 잘 안 들어가는 팔로 상반신을 일으키는 데 상당히 오랜 시간을 써야 했다. 더불어 수반되는 고통도 만만한 것이 아니었다.

"···아프다."

간만에 느낀 아픔은 영 달갑지가 않았다. 이 통증은 죽기 직전까지 몸을 굴렸던 때의 그것과 흡사하다. 몸을 혹사시킬 수 있을 때까지 굴리는 무식한 수련법. 손가락 하나 움직일 힘도 없다.

상반신을 일으키는 건 엄두도 못 내겠군. 대신 눈을 굴렸다. 하지만 이 방의 인테리어에 든 돈이 상당하다는 것 이외의 정보는 알아낼 수가 없었다. 채광이 좋고, 거울도 있구만. 침대도 널찍한 게 네 명이 굴러도 되겠다. 그때 내 이마에서 뭔가가 툭 떨어졌다.

물수건?

몸에 열이 심하게 났던 건가? 목이 잠겨서 사람을 부르기가 힘들다. 그냥 이대로 있어야 하나?

다행히 궁하면 통한다고, 문이 열렸다.

"리, 리워드님?"

물수건을 들고 들어온 류아는 나를 보고는 파란 눈을 휘둥 그레 떴다. 그 반응이 너무 격해서 보던 내가 더 깜짝 놀랐다. 류아는 몸이 떨리는 걸 감추지 않은 채 내 쪽으로 천천히 걸 어왔다.

"일어나신 거예요?"

"…어, 그런 것 같아."

쭈뼛거리며 대답하자 류아가 와락 안기자 작고 보드라운 몸의 감촉이 신경을 통해 전해져 왔다.

"류, 류아? 기분은 조, 좋지만 이건 좀 아니지 않아? 일단 진정하고…….'

"안 일어나셔서…… 걱정했다고요!"

"그, 그건 그런데…….'

원인은 모르겠지만 나는 환자인 것 같거든? 이렇게 하중을 실어도 되는 거니? 잠시 뒤에 류아도 자기가 어떤 짓을 했는지 깨닫고는 나에게서 떨어졌다. 음, 따뜻한 감각이 떨어져 나가니까 아쉬운 마음이 한가득 든다.

이런 생각을 할 때가 아니지. 류아는 나를 바로 눕히더니 물수건을 갈아주었다. 으, 목이 부어서 말을 할 때마다 고통스럽지만 알 건 알아야겠다.

"여기가 어디야?"

"디즈레일리의 왕성이에요."

류아는 조금 진정한 듯 심호흡을 하면서 대답했다. 그래도 얼굴이 상기되어 있는 건 감출 수가 없다. 저리 기뻐하는 걸 보니 아무래도 내가 반시체였나 본데, 대체 일이 어떻게 된 거지? 신전에서 왕도를 향해 출발한 것은 기억이 나는데 왜 그 중간의 기억이 텅 비어 있지?

"어떻게 된 거야?"

함축적인 질문에 류아의 얼굴이 어두워졌다. 으음? 그런 얼굴만 하고 입을 안 열면 알 수가 없다. 입 놀리기가 괴롭지만 되도록 부드럽게 말하려 노력하며 그녀를 재촉했다.

"말을 안 하면 모르잖아."

"디터님이 돌아가시고 나서……."

울먹이는 목소리가 그 이후로 들리지 않았다. 뭐라 그랬지? 디터가 죽었어? 그 사람 좋게 웃던 위저드가 왜 죽은 거야? 분위기로 봐서는 농담은 아니고, 류아는 이런 거로 장난칠 성격은 절대 아니다.

"으……."

머리가 아프다. 어두침침한 기억이 떠올랐다. 그래, 그
사람 좋던 마법사는 죽어버렸다. 가슴에 칼이 박혀서 죽었
지. 누구 때문인가? 어떤 개새끼가 그랬더라? 복수를 해줘
야지.

누구긴 누구야, 나 때문이지.

"……."

주먹을 쥐었지만 힘은 들어가지 않았다. 이렇게 누워 있을
때가…… 아냐. 공허한 말이 마음속에서 퍼져 나갔다. 눈을
감은 나는 천천히 물었다.

"그때 이후로 얼마나 지난 거지?"

"일주일이요."

간신히 울음을 참는 목소리다. 일주일 동안 누워 있었던
가. 걱정을 단단히 끼쳤군. 근데 뭘 했길래 일주일이나 누워
있었던 거지? 디터의 죽음 뒤로 기억이 사라져 있다. 그 상황
에서 어떻게 빠져나온 거야?

"일단, 뭔가 먹을 걸 좀 주겠어?"

"아, 네. 금방 가져올게요!"

류아가 사라지는 소리가 귀에 울린다. 하아, 이제 혼자 남
았군. 떨리는 손을 간신히 눈가에 가져갔지만 눈물은 만져지
지 않았다. 마음 한구석이 비어버린 것 같은데…… 눈물도,

울음도 터지지 않았다. 그 사람 좋은 미소는 이제 보지 못하겠구나. 물론 함께한 시간이 긴 것도 아니고, 사실 나는 그를 잘 모른다.

으득.

그렇기에 나는 그의 죽음에 대한 슬픔보다는 나 자신에 대한 분노에 휩싸였다. 자만했다. 초인적인 육체 능력을 얻었다고 방심해 버렸다. 겉이 화려해져 봤자 무능은 무능이다. 동료가 죽는 걸 방관했다. 용납이 안 된다. 주제넘어 버린 거다.

"두 번 다시…… 하지 않을 테다."

분수를 알아야 한다. 주변에서 용자라고 불린다고 해서 내 본질이 어디 가는 게 아니다. 우쭐하지 마라, 리워드.

─결국 너는 어디까지나 아버지의 대용품에 불과한 녀석이니까.

"아……."

그제야 눈물이 흘렀다. 조금씩 느리게 뜨거운 물이 흘러내린다. 잠시 그것을 손가락으로 매만지던 나는 흔적이 남지 않게 닦아내었다. 곧 류아가 돌아올 테고, 그녀에겐 더 이상 걱정시키고 싶지 않다. 일주일간 누워 있던 걸로 평생분을 쓰게 했다.

"기다렸어요?"

숨이 턱에 찬 류아가 방문에서 호흡을 골랐다. 그렇게 뛰어올 것까지는 없을 텐데……. 사실 너무 배가 고파서 내가 지금 공복인지 아닌지 구분도 안 간다.

류아는 내 상반신을 일으키고 스프를 떠먹여 주기 시작했다. 한 숟갈을 떠서 정성스레 후후 분 뒤에 입에 넣길 반복한다. 여자 애에게 떠먹여지는 상황은 부끄럽지만 어쩔 수 없다. 지금 나에게 몸을 움직이라고 하면 차라리 안 먹고 말 테다.

가까이에 있는 류아에게서 좋은 냄새가 풍겨왔다. 이게 무슨 꽃 냄새더라.

"다른 사람들은?"

"무사히 지내고 계세요."

당한 건 디터 하나만인가. 불행 중 다행이다. 그 상황은 응당 전멸해야 마땅한 터인데, 어떤 기적이 우리를 구원한 것인가? 그런데 류아가 머뭇거리는 내색이었다. 뭔가 말하고 싶은데 말해야 되나 말아야 되나 고민하는 표정? …얼굴에 드러나서야 의미가 있나.

"하고 싶은 말 있으면 해."

"…몸은 괜찮으신 거예요?"

물론 매우 나쁘다. 하지만 단지 그것에 국한된 이야기만이 아닌 것 같다. 나는 표정을 굳히고 진중하게 물었다.

"무슨 일이 있었던 거지?"

내 기억의 공백에 어떤 일이 일어났고, 덕분에 몸이 이 꼴이다. 류아는 살짝 고개를 끄덕였다. 그녀가 입을 열길 기다리며 주먹을 쥐었다 폈다를 반복했다. 이런 간단한 행위조차도 고통이 밀려온다. 이거, 완전 폐인 된 거 아냐? 심란한 마음에 류아의 말이 귓속으로 파고들었다.

"디터님이 돌아가신 후에…… 리워드님이 아인단을 모두 물리치셨어요. 아무도 대항하지 못했죠. 카르낙도."

그리고 류아는 입을 다물었다. 아무래도 말하기가 괴로운 기색인 게…… 덜컥 겁이 난다. 대체 내가 뭘 어쨌길래 그 아인단을 단숨에 처리한 거고, 류아는 왜 저런 얼굴인 거야? 기억이 없다는 게 무서움을 부채질했다. 하지만 류아는 속 시원하게 말해줄 생각이 없는 듯했다. 차라리 다른 사람에게 묻는게 낫겠다.

"걱정 끼쳐서 미안해."

결국 알아내기를 포기하고 그녀에게 사과했다. 어렴풋한 짐작에 불과하지만 나는 그녀에게 사과하지 않으면 안 된다는 직감이 들었다. 적어도 저런 울 것 같은 얼굴이 되어버린 건 내 탓이니까.

"아뇨……. 사과하실 것은 없어요."

수프를 떠다 주던 손이 침대로 떨어지더니 고개를 떨군 류아의 어깨가 잘게 흔들린다. 그녀는 애써 눈물을 억누르고 있었다. 아아, 울려 버렸나. 손을 움직여 안아주기가 힘든데.

이를 악문 나는 그녀를 끌어당겼다. 정신이 나갈 것 같은 아픔이 밀려왔지만 가녀린 몸을 껴안는 데 성공했다.

"하아……."

뭐라고 말하지? 미안하다? 잘못했다? 울지 마라? 솔직히 어느 것도 마음에 들지 않는다. 무엇을 사과해야 하는지도 모르는 상황이다. 결국 나는 내 멋대로인 소리를 해버렸다.

"울어도 돼."

류아의 등은 미묘한 감촉이었다. 그 등을 악기를 연주하듯이 어루만져 주자 훅, 소리와 함께 류아는 울기 시작했다.

"돌아가시는 줄…… 알았어요."

"아아, 미안."

애써 강한 척하려는 건지 울음소리는 작았다. 정말 그렇게까지 할 필요는 없는데. 이런 때는 그냥 말없이 행동으로 보여주는 게 낫다. 소녀의 등을 악기 삼아 나는 노래를 연주했다. 움직이는 몸의 고통과 마음의 기묘한 기쁨이 상쇄되어 선율이 퍼진다.

이 소녀는 나를 위해 울고 있구나.

"그게… 정말 무서워서."

울음이 섞인 데다 목소리가 작아서 잘 알아들을 수가 없다. 사실 알아듣지 못해도 별 상관은 없다. 대충 어떤 기분일지

짐작이 가니까. 디터가 죽어버리고 나도 사경을 헤맸으니 걱정이 안 될 리가 없겠지. 10년이 넘게 기다려 온 용자가 꼴깍하고 죽어버리다니, 블랙 유머가 따로 없을 터.

얼마나 등을 쓸어주었을까? 류아의 몸이 경련을 그쳤다. 후, 이제 된 건가? 나는 포옹을 풀려다가 움직임을 멈췄다. 파란 눈의 소녀는 나를 묘한 시선으로 올려다보고 있었다. 눈가에 맺힌 맑은 눈물이 애달프다. 갸름한 얼굴에 하얀 피부, 그리고 눈물에 살짝 젖은 붉은 입술.

나도 모르게 몸을 움직였다.

류아의 입술은 짠맛이 났다.

그게 묘한 자극이 되어서 떨어지기가 싫다. 다행히 류아는 이 키스를 거부하지 않고 눈을 살며시 감았다. *끄응*, 하필이면 침대 위에서 이런 걸 해버리다니. 다음 행동이 연상되잖아. 침대에 쓰러뜨린다거나, 바닥에 쓰러뜨린다거나, 아무 데나 쓰러뜨린다거나…….

보통 이런 경우 좀 다양한 선택지가 생기는 거 아냐? 왜 욕정밖에 안 일어나지? 키스가 처음인 건 아닌데. 류아는 순종적으로 내 행위에 몸을 맡기고 있었다. 아무래도 이 소녀는 키스 자체가 처음인 것 같은데.

"……?"

혀를 침입시키자 류아가 눈을 동그랗게 떴다. 윽, 몰랐나? 에라, 이미 빼기엔 늦었다. 나는 그대로 혀로 류아의 설육을 희롱했다. 입술에서 맛본 짭짤함과 혀에서 느껴지는 약간의 달콤함이 내 마음을 들뜨게 했다. 류아가 이 행위에 놀란 듯하자 어깨를 끌어안아서 안심시켰다. 으, 계속 이대로 있고 싶다. 하지만 안 돼. 간신히 욕망을 억눌러 몸을 떼었다.

"푸아……."

류아는 새빨갛게 상기된 얼굴로 숨을 몰아쉬었다. 그게 귀여워 보이긴 하는데 지적은 해야겠군.

"설마, 숨 참고 있던 거야?"

끄덕끄덕.

난 대체 뭘 해버린 거지. 끄응, 그나마 가슴에 손이 안 가서다… 아, 생각하지 말자. 아래로 피가 몰린다. 류아는 내 얼굴을 보기가 부끄러운지 눈을 내리깔았다. 으, 그게 굉장히 남자의 무언가를 자극한다. 몸이 이 꼴만 아니라면 뭔 일을 저질렀을지도 모른다.

"흠흠."

"……."

다행히 그런 일은 안 일어날 것 같다. 언제 온 건지 콧수염을 위세 좋게 기른 장년의 남자가 문가에 서 있었다. 그는 우리를 보더니 멋쩍게 웃었다.

"내가 방해가 됐나?"

어, 충분히 방해다. 훠이, 사라져라, 훼방꾼…… 이라고 해주고 싶은 마음은 굴뚝같지만 밤색 머리의 남자가 입고 있는 체인 메일에는 가문의 문장으로 보이는 것이 달려 있었다. 귀족이란 소리다. 그렇다면 소홀히 대할 순 없지. 류아는 불청객을 보더니 얼굴이 홍당무가 되어서 일어났다. 나와 눈을 마주치기 부끄러운지 여전히 고개를 숙인 채다.

"그, 그럼 리워드님, 몸조리 잘하세요."

"아아."

류아가 도망치듯이 빠져나가는 모습에 남자가 피식 웃었다. 소녀가 가고 아저씨가 찾아왔다. 그런데 이 사람은 누구지?

"이런 몸이라 누워서 맞는 무례를 용서하시길."

"아아, 괜찮네, 구세용자."

내 정체를 알고 있는 거야 그다지 놀랄 건 아니다. 하지만 그 입가에 맺힌 쓴웃음이 걸립니다요, 아저씨. 대체 네놈은 누구고, 나에게 무슨 볼일이 있어서 온 거지? 침대로 걸어온 그는 혼잣말처럼 중얼거렸다.

"제피스 백작도 이제 할 건 다 하는군."

음, 류아가 귀족의 영애가 아니었구나. 백작이라면 양친이 일찍 돌아가신 건가? 하지만 남자의 다음 말에 신음을 삼켜야 했다.

"내 딸아이라고 해야 되나."

어디로 도망쳐야 되나? 아버님, 초면에 대단한 실례를 저

질러 버렸습니다. 하지만 오해는 금물입니다. 사실 저희는 그냥 친구 사이이고, 아까 그건 의례적인 인사였어요…… 같은 건 나라도 안 믿겠다. 뭐라고 속이지? 그러나 류아의 아버지는 나를 추궁하는 대신 입 앞에 손가락을 들어올렸다.

"미리 말해두지만 내가 류아의 아버지라는 사실은 일급 비밀일세. 지금 룬 슈테드에서 나와 내 아들, 그리고 국왕 전하만이 알고 계시지. 그러니 함구해 주게."

"예?"

왜 그렇게 된 거야? 류아가 아버지의 존재를 모른다고? 내가 반문하자 그는 수염을 만지작거렸다.

"용자의 첫 번째 검이라는 위치는 대단한 것이니까. 류아에게 닥쳐올 정치권의 마수를 피하기 위해 성장할 때까지 신전에서 맡아 길렀지. 내가 집을 길게 비우는 편이고, 그사이 누가 손을 쓸지 모르니까. 내 아내는 류아를 낳고 몸이 약해져서 먼저 가버렸네. 그리고 신관들은 다 늙어 죽었으니 이제 알고 있는 사람은 국왕 전하와 나, 그리고 내 아들뿐이지. 애초에 내게 딸이 태어났다는 사실을 아는 사람도 없고."

대단한 딸 사랑이로군. 하지만 이자의 말은 일리가 있다. 용자의 검이라는 이름은 이용해 먹기 딱 좋다. 그것도 갓 태어난 아이라면 자기 입맛대로 요리할 수 있으니까 더욱 좋겠지. 그래서 아예 딸이 없는 셈 쳐버렸단 말인가?

"그래서 내가 할 수 있는 일은 이렇게 먼발치에서 제피스 백작이라 부르는 정도지."

그렇게 중얼거린 남자는 의자를 가져다가 내 침대 가까이에 앉았다.

"아이고, 벌써부터 허리가 안 좋아지는군."

"괜찮으신지요?"

그냥 오지 않으셔도 되는데 말이지. 아무래도 딸이 용자의 검이다 보니 용자 자체에 호기심이 생긴 걸까? 내 말에 류아의 아버지는 뭔가 생각났다는 듯이 이마를 탁 쳤다.

"내 정신 좀 봐. 소개를 안 했군. 나는 발렛 남작일세."

"리워드입니다. 편하게 불러주세요."

"허허, 그래. 리워드 군이라 부르지. 가뭇에 이어서 카르낙도 물리쳤다지? 훌륭하네."

기억은 없지만 류아가 그렇게 말했다. 아무래도 그 부대를 카르낙이 지휘하고 있었나 보다.

"과찬이십니다."

"이제 남은 건 아고라일세. 그자만 물리치면 니메그의 부활은 무산되지. 그럼 아인단을 깨부수기도 한층 더 쉬울 거야."

"그렇겠지요."

나는 머리를 굴렸다. 이 발렛 남작은 갑옷을 걸친 모양새가 전혀 어색해 보이지 않는 게 무장인 것 같다. 언제나 걸치고 있다는 듯이 행동에 부자연스러움이 없달까? 이런 남자가 단순히 나에 대한 칭찬만을 하려고 온 건 아니겠지. 그는 갑자기 얼굴을 찌푸리며 물었다.

"로멜 공작에 대해선 아나?"

너무 단도직입적이잖아, 아저씨. 저렇게 얼굴에 짜증이 담겨 있다는 건 반대파인 것 같긴 한데, 귀족들이 도당을 지어서 서로 권력을 탐하는 것은 어딜 가나 마찬가지구나.

의표를 드러내는 것을 보류한 나는 내 의견을 배제하고 아는 것만을 말하기로 했다.

"지금 룬 슈테드의 군권을 쥐고 있다고 들었습니다."

"통탄스러운 일이지. 그래서 남은 한 명인 아고라가 군세를 모으고 백성을 유린하는 데도 속수무책이라네. 군대를 움직일 도리가 없으니까. 벌써 그 세가 상대하기 벅찰 정도더군."

"휴머노이드는 빨리 자라니까요."

아인단의 병력을 차지하는 코볼트나 고블린, 놀 같은 것들은 인간에 비해서 매우 빠르게 자라고, 그 전력적 활용도도 인간에 비할 수 없을 정도로 높다라고 마물 도감에 쓰여 있던 걸 서재에서 재미로 읽은 기억이 난다.

"그렇지. 그래서 나는 어서 더 세가 퍼지기 전에 아고라를 제거해야 한다고 줄기차게 주장하는데 상부에선 전혀 받아들이지 않고 있네. 다들 로멜 공작의 눈치만 살피고 있어. 이래서야 이 나라의 앞날이 어떻게 되겠나?"

그런 걸 나에게 물으셔도 알 도리가 없잖아. 아무래도 이 남작은 나를 자기편으로 끌어들이고 싶은 모양이지만 나는 아직 로멜 공작을 보지도 않았다. 야심가라는 걸 제외하고 그에 대한 판단은 내리지 않은 상태다.

"그래서 말인데⋯⋯."

"으윽."

나는 거짓으로 신음을 뱉으며 몸을 뒤틀었다. 아무래도 이대로 놔두면 계속 떠들 것 같으니 적절히 잘라내는 게 낫겠다. 그러자 발렛은 눈썹을 찌푸렸다.

"흐음, 일단 이 이야기는 나중에 하는 게 낫겠군. 몸이 안 좋은가 보네."

"예, 죄송합니다."

내가 거짓으로 미안한 척을 하자 그는 의자에서 일어났다. 그걸 보니 키가 나보다 크다는 걸 알 수 있었다. 나도 180㎝를 넘는 키인데 이 남자는 나보다 머리 하나는 더 큰 것 같다.

"그럼 몸조리 잘하게나."

"살펴 가십시오."

등을 돌려 나가는 그를 향해 인사를 한 나는 슬며시 웃었다. 자기 속내를 쉽게 드러내는 걸 보아 사고는 단순하지만 나쁜 사람인 것 같지는 않다. 무장다운 사람이랄까?

"으⋯⋯."

이번엔 진짜 신음을 흘렸다. 좀 웃으니까 배가 아파 죽을 지경이군. 한잠 더 자야겠다. 그렇게 생각하며 눈을 감으려

했는데 실패했다. 대거가 들어온 것이다. 자는 척하기도 늦었
군. 게다가 뭔가가 담긴 듯한 사발을 들고 오는 폼이 류아에
게 이야기를 듣고 온 것 같다.

"안녕하세요."

일단 일어났으니 인사를 해야지. 내 인사를 무시한 대거는
사발을 앞으로 내밀었다. 엉겁결에 받아 들고 보니 역한 냄새
가 코를 찔렀다. 대체 뭘 넣었는지 알 수 없는 퀴퀴한 녹색의
액즙이 사발에 한가득 담겨 있었다.

"마셔라. 몸에 좋을 거다."

그렇게 말해도 무지 망설여지는 색과 향이로군. 나는 마음
을 비우고 단번에 들이켰다. 목구멍을 넘기는 게 지옥으로 걸
어가는 기분이지만 이미 에티엔의 창조물로 더럽혀진 몸뚱이
다.

"으윽, 감사하긴 한데…… 다음부터는 색과 냄새 좀 어떻
게 해주세요."

기왕이면 어떻게 몸에 좋은지 믿을 만한 소견서도 첨부해
주세요, 라는 소리는 간신히 눌러 참았다. 대거로서도 나름
마음을 써준 건데 거기에 태클을 걸면 좋은 반응을 기대하기
힘들지. 빈 사발을 받아 든 대거는 떫은 얼굴로 혀를 찼다.

"너, 정말로 용자가 맞긴 하냐?"

이 새끼는 의심병에 걸렸나. 이 남자는 나를 용자라고 인정
한 거로 아는데? 몇 번 그렇게 부르기도 했고 말이지. 그런데

왜 지금 와서 이렇게 물어보는 건데? 용자라면 몸에 칼도 안 들어가고 침대에 눕지도 말아야 하는 거야?

"그때의 넌 용자보다는 악귀에 가까웠다."

그렇게 내뱉은 대거는 내가 무슨 소리인지 물을 새도 주지 않고 휙— 나가 버렸다. 꽤 마음에 걸리는 말이지만 영문을 모르겠다. 대거가 저 정도로 말할 정도면 일이 있어도 단단히 있었던 모양인데 기억이 없으니 더 불안해지기만 하고 대책이 없다.

"끄응."

일단 몸부터 회복시키자. 이 상태로는 아무것도 못할 테니까. 의문을 묻어둔 나는 눈을 감았다. 굳이 노력할 필요 없이 잠은 쉽게 쏟아졌다.

자신이 꿈인지 명확하게 아는 걸 뭐라고 하더라? 아무튼 그 상황이다. 아니, 이건 꿈이 아니다. 내 몸이 기억하는 과거다. 새카만 어둠 속을 부유하던 의식이 도착한 과거는 내 머리에선 소거되었지만 몸이 기억하는 시간이었다. 디터가 죽은 뒤에 겪은 일이다.

나는 이 시간에 주체로 섰다.

"하하하……."

천지 사방이 불타고 있었다.

검은 불꽃이 하늘을 집어삼킬 듯이 혀를 날름거린다. 자그

마한 마을을 잡아먹고 거주민을 식량 삼은 불꽃은 원형의 감옥을 이뤘다. 인공위성에서 사진을 찍는다면 꽤 멋진 폼이 나오겠지. 불꽃이 몇 킬로미터에 달하는 크기의 타원을 이루어 그 안의 생명체들을 무자비하게 불살라 버리고 있었다. 그 옛날 이름 높은 인외마물을 가뒀다는 감옥이 이러할까?

마물들의 더러운 몸뚱이를 재료로 번지는 불은 희생자를 잔혹하게 집어삼켰다. 몸의 내부에서 폭발한 흑염(黑炎)에 아인단의 잡졸들은 외마디 비명만을 남기고 재가 되었다. 기름기가 많다더니 확실히 잘 타는구나. 돼지고기 굽는 냄새에 허기가 동한 나는 피식 웃었다.

업화의 범위는 시술자에 따라 달라지고, 나의 경우엔 반경 몇십 킬로를 전부 태워 버릴 수 있었다. 살아 있는 것 중 업을 지니지 않은 것은 없다고 단언해도 좋으니 사이좋게 모두 돼지는 거지. 막는 방책이야 있지만 이따위 하급한 것들이 알 리가, 알아도 할 수 있을 리 없다.

"아하하핫!"

유쾌하게 웃으며 업을 사른다. 목숨을 빼앗는 것에 그치지 않고 그 시신의 조각도 남기지 않기 위해서 불은 계속 타오른다. 그래, 이 빛을 용납하지 않는 업염(業炎)은 누구도 살려두지 않는다. 수백의 비명과 불꽃을 벗 삼아 나는 노래했다. 장엄한 장송곡이 마물들의 죽음을 축복한다.

"호오."

그래도 개중에 기백있는 놈이 있던 모양이다. 괴물들이 몸을 바쳐 캠프파이어를 피어 올리는 축제의 한마당을 즐겁게 거닐던 내 눈에 돌격해 들어오는 오크 한 마리가 눈에 들어왔다. 머리가 두 개 달린 기형이었는데 잘 차려입은 갑옷에 승차물인 늑대까지 겸비한 걸 보니 우두머리인 것 같았다. 아, 누구였더라. 그렇지. 니메그의 심복 중의 하나였던가? 몸의 절반만 그을린 것을 보아하니 제법 된 놈이로군. 놈은 괴성을 지르며 창을 찔러왔다.

크오오오옷!

"어딜 감히… 버러지가!"

내가 손을 뻗자 오크의 비루한 몸뚱이가 터져 나갔다. 비산하는 살점의 향연을 감상해 주고 내 손을 내려다보았다. 왼손에는 오크의 펄떡이는 심장이, 오른손에는 그놈의 뇌가 쥐어져 있었다. 둘 다 신선도가 갓 잡은 연어마냥 싱그럽기 그지없다. 방금 전까지 살아 숨 쉬며 생명의 찬가를 노래하던 신선한 장기를 손에 쥔 나는 웃으며 힘을 주었다.

퍽!

경쾌한 소리와 함께 피와 뇌수가 쏟아졌다.

후드득.

재와 모래, 불꽃이 범벅된 더러운 대지에 붉은 피와 허연 뇌수가 쏟아졌다. 화가가 된 기분이군. 치밀어 오르는 예술의 격정을 억누를 생각이 없는 나는 다른 물감을 찾기로 했다.

하지만 마물들은 다 태워 버렸다. 나는 내 뒤편에서 멍한 눈을 하고 있는 인간들에게 다가갔다. 아쉬운 대로 이거라도 쓸까?

"너······."

"하?"

너라고? 감히 이 비루한 인간 놈이 나에게 너라고 했단 말인가? 나는 주저하지 않고 놈의 심장에 손을 댔다. 쿵쾅대는 생명의 정수를 뽑아 일회용 물감으로 쓰려던 나는 더 좋은 것을 발견하고는 곧 손을 뗐다.

오들오들 떨고 있는 나의 검. 새하얀 검신에 금빛의 힐트, 푸른 보옥으로 장식된 그 검은 칼집에 꽂힌 채 나의 부름을 기다리고 있었다.

"흐음."

남자를 버린 나는 검에게 손을 뻗었다. 하하, 꽤 재미있는 일이로군. 용자팔검이란 말인가? 영룡십검보다야 못하지만 나쁘지는 않다. 손을 댄 것만으로 기분이 고양되는 게 몇 만이고 손쉽게 죽여 버릴 수 있을 것 같은 유쾌한 기분이 들었다.

유려한 흰색의 블레이드에 손을 놀려 붉게 칠하고 그 위에 뇌수로 덧칠한다. 흰색이 선홍으로, 그리고 다시 하얗게 물드는 요염한 광경이 그려진다. 생명의 정수에서 짜낸 진수를 내 검에 도장하는 사소한 취미지.

"리…… 리워드님?"

아아, 시끄럽네. 검신에 이어 자루까지 붉고 하얗게 칠한 나는 상냥한 웃음을 지었다. 몸이 기억하는 바는 여기까지였다.

"헉, 헉……!"

땀투성이가 되어 자리를 박차고 일어난 나는 거친 숨을 몰아쉬었다. 이, 이 꿈은 뭐였지? 아니, 꿈이 아니라 내 과거다. 명확한 근거는 없지만 강렬한 직감이 그것이 사실이라 일러 주고 있었다. 누구에게 물어보기도 전에 몸이 스스로 꿈이란 형태로 알려준 것이다. 그럼 아인단을 박살 내고 류아의 몸에 피와 뇌수를 칠한 게 나였다고? 놀라울 정도로 잔혹하고 요사한 놈이?

"으으……."

대체 뭐지? 새삼 두려움이 들었다. 그 불꽃을 부리는 기술, 아니, 마법은 대단하다고밖에 말할 수 없었다. 시선이 닿는 영역 안에서 선택된 개체는 대비책을 세우지 않으면 즉사한다. 업이 없는 생물이란 없다 봐도 좋으니까. 업의 정의가 뭔지는 모르겠지만 그런 단편적인 정보가 머릿속에서 떠올랐다.

의식이 끊기자 내가 아닌 다른 그 무언가가 내 몸을 움직였다. 그래, 그건 내가 아니었다. 그렇다면 그것은 무엇이었을까? 아무리 생각해 봐도 모르겠다. 무엇보다 난 마법의 마 자도 모르는데 어떻게 업화라는 기이한 술을 쓴 걸까?

아니, 이런 건 중요한 게 아니다. 중요한 건 내가 정신을 잃자 뭔가 무지막지하게 위험한 놈이 튀어나왔다는 것이다. 그리고 그것은 망설임없이 대거를 죽이려 들었다.

거기까지 생각하자 소름이 끼쳤다.

다행히 놈의 관심이 류아에게 돌려지는 바람에 큰일은 없었지만 만약의 경우를 상상하는 것만으로도 몸이 떨렸다. 나는 내 손으로 동료를 죽이려 했다. 디터의 피만으로 부족했던 건가?

"…디터."

제길, 잊고 있었다. 이가 맞물린다. 아, 그렇구나. 디터가 내 잘못된 판단으로 인해 죽어버렸지. 그리고 나는 애써 다른 화제를 내세워서 그의 죽음에서 멀어지려고 했다! 이 무슨 병신 같은 짓이란 말인가? 나는 들끓는 자기 혐오를 애써 눌러 참았다.

"하아……."

아무거나 잡고 박살 내고 싶다. 쉴 새 없이 자신을 학대해서 잊고 싶다. 하지만 이 잘나신 육신은 그것조차 용납하지 않는다. 속력이나 힘, 체력 같은 건 이미 인간이 낼 수 있는 경지를 넘어버린 뒤였다. 지금만 해도 몸에 활력이 넘치는 게 어제의 고통은 온데간데없었다. 과연 여신의 축복을 받은 몸뚱이답다.

"진정…… 축복을 주실 거라면 디터를 보호하셨어야죠."

이를 갈던 나는 갑자기 열린 문에 화들짝 놀라 고개를 들었다. 나이가 좀 되어 보이는 시녀가 나를 향해 허리를 숙여 보이며 말했다.

"로멜 공작님이 오찬에 초대하셨습니다, 용자님."

잠깐 감상에 젖을 틈이 없구만. 창을 보니 태양이 중천에 뜬 게 하루 넘게 자버린 모양이다. 나는 숨을 들이켰다. 어차피 만나야 할 놈이다. 시간이 좋진 않지만 투정 부릴 여건이 되지 않는다.

"안내해 줘요."

로멜 공작은 오크보다 더 돼지에 가까운 인간이었다. 어찌나 비대한지 입고 있는 주홍색의 더블릿이 터질지도 모르겠다는 위기감이 솟을 지경이다. 그 체중에 걸맞게 선선한 봄임에도 불구하고 땀을 비 오듯이 흘리고 있었다.

여하간 독대라니……. 노리는 것이 있나? 생긴 건 저렇게 보여도 귀족 사회를 주도하고 공작이라는 직위까지 가지고 있다면 가볍게 상대할 인간은 아니다. 무엇보다 지금 룬 슈테드의 실권자가 아닌가?

"그래, 용자여. 그대의 활약상은 잘 들었네."

인사를 마치고 기나긴 식탁의 반대편에 앉자 로멜은 대뜸

나를 치하했다. 나는 고개를 숙이며 몸 둘 바를 모르겠다는 듯이 행동하며 비위를 맞췄다.

"과찬이십니다. 제가 공이 좀 있다고 하나 다 로멜 공작님이 나라를 평안하게 유지하신 덕분에 가능한 일이었습니다."

"흐……."

그러자 그는 눈을 가늘게 떴다. 아니, 뜬 건지 안 뜬 건지 안 보인다. 식탁이 워낙 길어서 잘 안 보이는 데다가 저 남자는 살 속에 이목구비가 파묻혀 있는 형국이라서 구분이 안 간다. 와인을 마시며 그는 날카로운 목소리로 물었다.

"이 나라의 상황은 잘 알고 있겠지?"

물론 잘 알고말고. 하지만 이럴 때 어떻게 답해야 되는지는 수년 동안 배워왔다. 고마워요, 일레나 어머니.

"고귀하신 란헬 3세 국왕 전하께서 와병 중이시기에 정사를 돌볼 수 없는지라 현명하신 로멜 공작님이 특별히 군을 맡아 나라를 평온하게 하신 것으로 압니다."

"후후."

내 아부에 그는 기분이 좋아진 듯 히죽 웃었다. 아, 이렇게 술술 말하는 내가 너무 간신배 같다. 하지만 하지 않으면 안 된다. 지금은 저쪽이 위다.

"실은 말이지, 란헬 3세께선 자리에서 일어나기 어려울 것 같네. 후계자도 없으신 상황인데 말이야."

너무 일이 일사천리로 풀리는데. 나는 잠시 내 귀를 의심했다. 백주 대낮에 역적모의를 하자고? 그 정도로 자신이 있단 말인가? 그는 의미심장한 미소를 보내며 나에게 수작을 걸어 났다.

"어떤가? 차기 왕좌를 손에 넣으려는데 내 쪽을 지지해 보지 않겠나? 그렇게만 해준다면 내가 자네에게 큰 직위를 약조하지."

"으음……."

너무 노골적이다. 함정인가 싶었지만 이자가 나에게 그런 수작을 부려서 얻어낼 게 뭐가 있다고. 일단 내 경우엔 이 나라의 국신이었던 알 브레히토가 불러온 희망이고…… 이래저래 정통성을 주장할 근거로 가치가 높은 편일 거다.

어쩔까? 사실 나야 이 룬 슈테드의 왕좌에 누가 앉건 별 상관이 없다. 어차피 누가 앉건 피지배층이 수탈당하는 건 변하지 않는다. 물론 저 공작은 탐욕으로 눈이 번들거리는 게 잘해봤자 암군이겠지만, 그거야 내 알 바 아니지. 정치는 내 전문 분야가 아니지 않은가?

짐짓 뜸을 들인 나는 스프를 입에 넣었다. 감미로운 새우 맛이 입 안에 가득 퍼졌다. 아아, 에티엔의 빵에 비하면 정말 천국이다. 내가 대답을 기피하자 로멜은 애가 타는 듯 재차 말했다.

"자네만 도와준다면 왕권은 내 손안에 있는 거야! 도와주지 않겠나?"

끄응, 백주 대낮의 왕성에서 소리도 안 죽이고 저런 소리를 하는 걸 호방하다고 해야 하나, 멍청하다고 해야 하나? 혹시나 해서 주변의 시녀들을 흘낏 봤지만 그녀들은 로멜의 막나가는 언행에 이미 익숙해졌는지 표정에 변화가 없었다. 하루 이틀이 아니란 소리군.

"매력적인 제안임은 분명하지만……. 어쩌실 계획이시죠?"

내가 편을 들어준다는 기색을 비추자 그는 신이 나서 설명을 하기 시작했다. 아, 너무 멍청한 돼지다. 하지만 듣다 보니 그 생각이 달아나 버렸다. 과연 자신만만한 데 이유가 있달까?

"지금 군권은 온건히 내 손안에 있네. 일단 왕이 승하하면 내 딸을 왕위에 올리고 계엄을 선포, 그리고 섭정 체제로 들어가면 이 나라는 내 것이 되지."

내란이 아니라 거저먹겠다는 거군. 그런데 어떻게 딸을 왕위에 올린다는 거지? 이 공작이 국왕의 외척이라도 된단 말인가?

여하간 이놈은 정말 멍청한 놈이다. 내가 만약 로멜의 입장이었다면 군을 마황군과 싸우게 했을 거다. 군의 통솔권이 저놈에게 있고, 윗대가리를 꽉꽉 자기편으로 채워 넣는다고 해도 아래는 생각이 다를 확률이 크다. 이렇게 뻔히 보이는 수작이라면 더욱더.

그렇기에 만일의 사태를 대비해 군 세력을 꺾어놓을 필요가 있다. 어차피 마황군과는 싸워야만 하고, 계엄을 선포하는 데 반드시 전군이 필요한 것은 아니다. 수도 방위군만 있어도 충분하지. 그런데 이 남자는 바보처럼 군대를 온전한 자신의 힘으로 착각하고 그걸 소모하지 않으려다가 나라를 날려먹고 있는 것이다.

후우, 이걸 말해야 되나 말아야 하나. 나는 이 나라 정치판을 모르니 적당히 알아서들 하겠지란 생각이었지만…… 이정도로 멍청이라면 곤란하다. 일단 마황군은 물리쳐야지. 게다가 내가 할 수 있는 일인데 방관하고 싶진 않군. 나는 적당히 진실과 거짓을 섞기로 했다.

"일단 군대 전체가 공작님에게 충성하는 건 아니지 않습니까?"

"무슨 소리! 군단장 전부가 나와 뜻을 같이하는 자들인데!"

아주 물갈이를 해놨다는 거군. 그걸로 끝나면 오죽 좋을까마는 세상일은 그게 아니거든. 나는 멍청한 학생을 대하는 교사의 입장이 된 기분으로 차분하게 설명을 했다.

"설사 위쪽은 그렇더라도 아래쪽은 다를 수도 있잖습니까?"

"흐음, 과연. 확실히 몇몇 놈들은 내 반대파들이지."

"그럼 그들로 하여금 마황군을 쓸어버리게 하죠. 그 와중

에 죽으면 좋은 거 아니겠습니까?'

물론 그렇게 놔둘 내가 아니지. 내 말에 로멜의 얼굴이 희색을 띠었다. 대체 이런 것도 생각 못하면서 어떻게 귀족회의의 수장이 되었을까? 뭐, 나라가 어지러우면 윗물도 엉망인 법이다. 아니, 이런 저열한 돼지가 군권을 잡고 있으니 자연스레 국가가 혼란스러워지는 건가?

"그리고 그 싸움엔 저도 참전하지요. 나중에 그 전투에서 신의 계시를 받았다고 공작님을 지지하면 되잖습니까?"

"호오, 자네는 참 머리가 뛰어나군."

당신이 너무 바보 같은 겁니다. 이 정도는 열여섯 정도 먹으면 다 할 수 있어요. 이 사춘기 청소년보다 못한 작자야. 뭐, 다들 20대로 생각하고 있지만.

로멜은 흡족한 얼굴로 손뼉을 짝짝 쳤다. 으음, 비주얼이 워낙 떨어지니까 하는 행동이 뭐든 간에 시비를 걸고 싶어지는군.

"자아, 소개하지."

그 말과 함께 문이 열리고 시녀들의 인도하에 한 처녀가 걸어나왔다. 검은 머리를 단정하게 틀어 올리고 레이스가 많이 달린 짙은 푸른 드레스를 걸친 그녀는 상당한 미인이었다. 음, 나이는 스물쯤 되려나? 내가 그녀를 보자 로멜이 과장된 동작으로 손을 움직였다.

"내 딸, 세멜레일세. 인사하게."

"……."

호랑이 아버지에 개아들 없다는 격언의 변형으로, 미인 부모 아래 미인 자식이 있다는 소리는 들어봤다. 하지만 대체 이건 뭔가? 어떤 비전의 힘이 이런 놀라운 기적을 연출했단 말인가?

그럼, 공작이 왕좌에 앉히겠다는 딸이 이 여자인가? 거기까지 생각하자 새삼 경계심이 들어서 요모조모를 뜯어보았다. 재기가 넘치는 녹색 눈이 인상적인 미녀로 귀족 아가씨라는 느낌이었다.

"세멜레가 구세용자를 뵙사옵니다."

공작의 옆에 선 세멜레가 내 쪽을 향해 허리를 살짝 숙이며 드레스 자락을 들어올렸다. 윽, 이 상황, 너무 노골적이다. 이제 슬슬 이야기가 파장 분위기가 되니까 딸자식을 나에게 소개시키는 저의가 뭔데? 뭐, 이런 상황을 너무 많이 겪어봐서 괜한 지레짐작일지도 모르겠다만.

"흠, 그럼 난 국사가 바빠서 먼저 일어나네. 젊은이들끼리 정원이라도 둘러보는 것이 어떤가?"

"살펴 가십시오."

자리에서 일어나 허리 숙여 인사한 나는 속으로 한숨을 쉬었다. 나쁜 쪽으로 예상한 전개는 꼭 맞더라. 고개를 든 나는 세멜레에게 시선을 맞췄다. 이게 로멜의 비밀 병기였나? 얼굴이 갸름하고 입술이 도톰한 게 상당한 미인이다. 음, 저런 숙성된 아가씨도 좋지만 난 소녀적인 풋풋함이 남아 있는 쪽이 더 마음에 든다.

"……."

류아를 생각해 버렸다. 아, 키스했었지. 으음, 처음이던데 너무 심하게 군 걸까?

"저어……."

"아, 죄송합니다. 그럼 나갈까요?"

여자를 앞에 세워두고 너무 딴생각을 했군. 자리에서 일어나 세멜레에게 허리를 숙여 정중히 요청했고, 그녀는 고개를 끄덕여 수락했다.

시녀를 앞세워 나간 왕궁 정원은 인테리어가 괜찮은 편이었다. 이중 원형으로 구성되어 있는 정원은 안쪽과 바깥쪽을 자유로이 드나들면서 산책을 할 수 있게 되어 있다. 그리고 각각의 통로마다 색다른 꽃과 나무가 우거져 있다. 통로마다 다른 이미지라도 정해놨는지 아까는 벚꽃이 흐드러지게 피어 있더니만 이번의 통로에는 진달래와 개나리가 섞여서 아름다운 풍경을 만들어내고 있었다.

사람 다섯은 나란히 걸을 수 있는 크기의 통로를 지나면서 나는 유심히 여자를 관찰했다. 옆에서 걷고 있는 여자는 말주변이 없는 타입인지 내게 이름을 밝힌 후 입을 다물고 있었다. 아니, 이게 아니지. 내가 류아를 대하느라 잠깐 까먹었는데, 원래 이런 귀족 아가씨들은 남자 쪽이 떠들어야 했다.

"좋은 정원이네요. 왕가의 저력이 느껴지는군요."

윽, 모반자의 딸에게 하는 대사치고는 곤란한 소리에 말투도 엉망이었군. 내 말에 그녀는 당황했는지 부채로 얼굴을 가렸다. 요즘 며칠 몸을 막 굴렸다고 머리가 잠시 비었던 모양이다. 실수를 만회하기 위해 나는 목청을 가다듬고 부드럽게 혀를 굴렸다.

"공녀님의 취미를 알 수 있는 영광을 이 무뢰배에게 허락해 주시겠습니까?"

아, 이렇게 구는 나 자신에게 혐오감이 들려 한다. 하지만 몸에 익었다는 건 아주 무서운지라 생각을 하지 않아도 술술 말이 굴러 나왔다.

"정치 이야기를 할까요?"

난감한 아가씨군. 좀 우아한 취미를 갖지 진흙탕 개싸움에 관심을 갖다니. 하지만 그녀가 그런 이야기를 꺼내는 것은 어떤 의도가 있으리라. 그 증거로 부채 너머의 초록색 눈동자가 나를 빤히 보고 있지 않은가?

"고견이 듣고 싶군요."

"아버님의 계획이 성공하시리라 보나요?"

으음, 계산을 잘해야겠다. 이거, 뭐 하는 아가씨인지는 몰라도 이야기를 이쪽으로 끌어가는 걸 보면 로멜이 나를 신뢰할지 말지의 여부를 결정하는 수작일 확률이 상당하다. 일반적인 공작가의 아가씨라면 정치판보다는 무도회에 관심을 갖게 길러지니까.

"글쎄요. 이 나라의 사정을 모르니 잘은 모르겠군요. 다만……."

"다만……?"

그녀는 궁금하다는 눈을 하고 이쪽을 보았다. 아, 예쁘긴 하지만 지금은 그런 것보다 이 아가씨의 의도를 알아내는 게 먼저다. 무난하게 가자.

"아름다운 아가씨를 위해서라면 위험이야 얼마든지 무릅쓸 수 있지요."

과장된 동작을 펼치며 최대한 느끼함을 실었다. 귀족 여자들은 이런 걸 상당히 낭만이라고 여기던데. 뭐, 일을 벌일 때까지는 저쪽에게 머리 빈 기사 정도로 보이는 게 수월하지. 하지만 그녀는 내 말에 예상외의 답을 했다.

"전 그런 말을 듣고 싶은 게 아니에요. 아버님을 말려주세요."

음, 내 솔직한 심경을 말하자면 인류의 평균 의식 수준 향상을 위해서 귀하의 아버님을 저미는 게 나을 것 같습니다. 하지만 이런 건 자식에게 할 수 있는 소리도 아니고, 무엇보다 말린다고 듣지도 않을 텐데. 애초에 왜 딸에 불과한 세멜레가 아버지의 모반 계획을 꿰뚫고 있는지 모르겠다. 이 정도라면 아는 사람보다 모르는 사람이 더 적겠군.

"아버님은 무모한 짓을 하려고 하세요. 왕위는 제게 어울리는 자리도 아니고, 혼란과 피바람을 부를 거예요."

으음, 내가 본 귀족 아가씨 중에서 사람 보는 눈이 가장 뛰어나군. 자기 부모를 이 정도로 객관적으로 평가할 줄 아는 재원은 처음 봤다. 하지만 그렇게 잘 아는 사람이 처음 보는 사람에게 말려달라고 말하다니.

"제가 말려도 듣지 않으실 텐데요."

"그건 용자님이시니까 신의 이름을 빌리거나 해서……."

세멜레는 자신이 신성모독 발언을 했다는 걸 깨닫고 고개를 숙였다. 이 여자, 상당한 재녀다. 사람 보는 눈이 상당하고, 수단과 방법을 가리지 않는다는 점을 높이 사줄 만하다. 여왕의 자리에 관심이 없는 것을 보니 권력욕도 없고, 분명 특정 직위에 앉혀놓으면 고효율의 업무 처리 능력을 발휘할 것이다. 그나저나 태도를 보면 진심인 것 같긴 한데……

"한 가지는 약조드리죠. 전 아름다운 아가씨를 울리는 일은 하지 않습니다."

정보가 부족해서 뭐라 확답하기 어렵다. 결국 적당히 마무리 짓기로 했다. 애매모호한 대답으로 세멜레의 말문을 막은 나는 정원을 둘러보며 마음에도 없는 감탄사를 내뱉었다.

"그나저나 이 정원은 상당히 멋지군요. 국가의 보물이겠는데요?"

"알 브레히토님이 직접 선물하셨다고 알고 있어요."

과연, 어쩐지 괴이쩍다 했다. 이야기하면서 둘러본 이 정원은 기후나 토양이 각기 다른 나무와 꽃들이 한자리에 머물러 있었다. 활엽수, 침엽수에 저기 귤나무도 있고…… 뭐야, 저건 야자수인가? 이 기가 막힌 환상을 이뤄낸 게 어떤 이적일까 궁금했는데 무려 신이 손본 정원이란다. 감탄하며 야자수를 지나치는데 갑자기 뭔가가 하늘에서 떨어졌다.

쿵!

"……."

"어맛!"

깜짝 놀란 세멜레가 내 쪽으로 안겨왔다. 으음, 팔에 닿는 볼륨이 상당한 게…… 기분이 안 좋다면 거짓말이지. 하지만 그것보다 야자수에서 떨어진 저게 더 신경 쓰인다.

"에티엔 씨?"

"리워드?"

왜 신관이 야자나무에서 떨어지는 건데? 머리를 내 쪽으로 하고 떨어진 그녀는 맑은 검은 눈으로 나를 보고 놀란 기색이었다.

"아……."

이 말이 흘러나오기까지 정확히 6초의 시간이 소모되었다. 사람을 보고 '아' 는 뭐고, 왜 그렇게 연산 시간이 걸리는 건데? 그녀는 아무 일도 없었다는 듯이 태평하게 물었다.

"일어났네요?"

"기상한 지 별로 안 됐어요. 공녀님, 이쪽은 제 동료 에티엔이에요. 에티엔 씨, 이쪽은 로멜 공작 영애십니다."

서로를 인사시키자 그제야 세멜레는 내 팔에서 떨어졌다. 음, 부드러운 감촉이 멀어져 가니 아쉽긴 하다. 세멜레는 누워 있는 에티엔을 보며 어쩔 줄 몰라 하다가 인사했다. 나도 저 기분을 알 것 같은 느낌이다. 에티엔이 이상한 거야 내가 너무 잘 알고 있지.

"처음 뵙겠습니다. 세멜레 폰 로멜이에요."

"안녕하세요. 에티엔이에요."

보기에는 평온하지만 공녀의 인사를 대자로 누워서 받는 저 대담함을 보라. 처음 받는 무례에 공녀는 어떻게 대처할지 몰라 당황하고 있었다. 그냥 놔둘 수 없을 정도로 곤란해하는지라 그녀를 도왔다.

"공녀님, 에티엔 씨는 엘 브레가님의 신관이니 그 점을 양해해 주세요."

이 여자는 너희 국신과 그다지 사이가 안 좋은 엘 브레가를 믿고 있고, 그러니 예법을 갖추지 못하는 무식을 감수해라. 원래 저쪽 애들이 좀 모자라지 않느냐라는 이야기를 간결하게 줄인 거다. 내 말을 들은 세멜레는 수긍했다.

"아, 예……."

사실 그녀의 직위라면 그런 것에 상관없이 에티엔에게 불호령을 내리고 처벌을 요구할 수도 있을 것이다. 하지만 내 동료라는 점에서 상당한 부담이다. 당사자도 잘 안 믿기지만 어쨌거나 나는 알 브레히토가 예언한 용자이니 그 동료를 함부로 취급하기는 곤란하지.

이건 내 위치 자체가 좀 애매한 감이 있기에 가능한 거다. 머리가 빈 공녀였다면 그냥 기분 내키는 대로 소리를 질렀겠지만 세멜레는 머리가 든 편인 데다가 나에게 부탁하는 입장을 자각하고 있는지 순순히 넘어가 준 것이다. 나는 거기에 대한 포석, 저쪽 나라 애들이 원래 좀 모자라잖아요를 제공해 준 거고.

"그럼 용자님, 동료 분과 담소를 즐기시길."

"아, 계속 있으셔도 상관없습니다."

"아니요. 어제 일어나셨다고 들었으니 아직 피곤하실 테고 감동스러운 재회를 방해할 정도로 눈치가 없지는 않아요."

그렇게 말을 마친 그녀는 내게 인사를 하고 가버렸다. 아직까지 누워 있는 에티엔은 한숨을 쉬었다.

"내가 둘 사이를 방해한 거죠? 미안해요."

"아니, 그런 건 아니지만."

나는 손으로 눈가를 덮었다. 아, 이 신관은 세속의 예법에 무지하구나. 그렇게 생각하던 나는 지금의 상황을 설명하기 힘들다는 것을 깨달았다. 공녀에게 막되게 군 건 그렇다 치더라도 대체 왜 나무에서 떨어진 건데?

"위에서 뭐 한 거예요?"

"경치가 좋아서 구경했어요. 같이 볼래요?"

너무 태평한 거 아냐? 왕궁 정원의 나무를 다 큰 아가씨가 기어오른 이유가 단지 경치가 좋아서인 건가? 누워 있기 질렸는지 에티엔이 상반신을 일으켰다. 그녀에게 손을 내밀며 거부 의사를 명확하게 밝혔다.

"사양해 두죠."

"정말 좋은데……."

아쉬운 듯 볼멘소리를 내뱉은 그녀는 내 손을 잡고 일어났다. 차가운 감촉이 몸에 퍼지는 게 기분이 착 가라앉았다. 확실히 이 아가씨의 체온은 다른 인간보다 월등하게 낮은 것 같다.

근데 이 여자는 나를 경계하지 않네? 디터가 죽은 뒤에 내가 한 일을 보았을 텐데도 나를 대하는 태도에 변함이 없다. 그걸 떠올린 나는 새삼 놀라 그녀를 훑어보았다.

맑은 검은 눈동자는 속을 읽을 수 없게 만들고, 아담한 몸을 감싸고 있는 푸른 법의는 에티엔의 신분을 나타내 주고 있다. 얼굴을 보면 나이는 나보다 약간 연상으로 추정된다. 바다를 연상하게 하는 푸른 머리칼과 투명한 검은 눈동자, 그리고 맑은 목소리와 더불어 이해 불가의 사고 체계를 가지고 있는 성직자 아가씨.

"제 얼굴에 뭐 묻었어요?"

내가 빤히 쳐다보자 에티엔은 고개를 갸웃거리더니 자신의 얼굴을 쓰다듬었다. 으음, 이런 거만 봐서는 그럭저럭 평범한 사람 같지만…… 미묘하게 말하는 투나 행동이 동떨어져 있다고 해야 되나.

"아뇨, 아무것도 없어요. 여기 계속 있을 생각이 아니라면 들어가죠."

"좀 더 있을래요."

그렇게 말한 에티엔은 나무를 타기 시작했다. 원숭이마냥 거침없이 올라가서 말릴 새도 없었다. 윽, 올려다보니 치마 속이 보이려고 한다. 고개를 황급히 숙인 나는 갈등했다. 그녀를 그냥 놔두고 갈까, 아니면 고개를 들어서 치마 속을 볼까?

근데 내가 보는 것만으로 만족할 레벨은 아니잖아. 아, 분명 여사제의 치마 속을 들여다보는 건 신성모독죄라 할 만하지만…… 이건 상황을 제공한 에티엔이 나쁜 거야!

"……."

몸져누웠다 일어나니 별 헛소리를 다하는군. 고개를 흔들어 잡상을 털어낸 나는 그녀를 놔둔 채 걸음을 옮겼다. 말린다고 들을 것 같지도 않고, 에티엔에게 휘말리면 나만 바보되는 기분이라서 별 도리가 없다. 뭐, 누가 발견한다고 해도 큰 문제는 아닐 거야. 암, 그렇고말고.

순간, 정원을 벗어나 걷던 나는 큰 실수를 깨달았다. 하하,

여기가 어딘지 모르겠는데.

내가 당도한 곳은 4층 건물로 들어서는 대리석 계단이었다. 문제는 이 건물이 어떤 용도인지 전혀 모르겠다는 거다. 보통 경비병 정도는 세워두기 마련인데 이 건물에는 그런 것도 없었다. 눈을 돌려 다른 건물들을 살펴보니 나무들에 가려 잘 보이지가 않았다.

근처에 물어볼 사람이 없는 건 아니다. 지금도 가만히 서 있는 내 옆으로 고개를 숙인 시녀와 시종들이 바쁘게 걸어가지만…… 목적지가 없잖아! 일단 어디로 갈지부터 정해야겠다. 잠시 고민한 나는 선택을 끝내고 젊은 시녀를 불러 세웠다.

"류아 폰 제피스 경을 뵈러 왔습니다. 안내를 부탁드리겠습니다."

"아, 네."

고개를 끄덕인 그녀는 종종걸음으로 나를 안내했다. 그녀는 익숙한 걸음으로 정원을 가로질렀다. 이 이중 원형 정원은 아무 생각 없이 걸을 때는 좋았는데 막상 정신이 들어 보니 들어갔다 나왔다 하는 통로의 개수가 많아서 처음 오는 사람은 매우 헷갈릴 것 같다.

정원을 빠져나와 건물 사이를 누비며 따라가다가 기가 막힌 사실을 알아차렸다. 건물들이 죄다 갈색 바탕에 4층이 아닌가? 지붕 모양까지 똑같은 데다가 외형 구조까지 닮아 있으니 건물들을 분간하기가 매우 힘들다. 누가 설계했는지는 모르겠지만 참 악취미다.

"처음 오신 분들은 모두 헤매신답니다."

앞서 가던 시녀는 당연하다는 투로 말했다. 아무래도 내가 헤맨 것에 대해 부끄러워하지 말라는 배려 같은데…… 이 시녀, 간이 배 밖으로 나왔군. 그녀는 날 왕성에 출입할 신분의 사람으로 생각할 텐데 먼저 말을 걸다니? 로스터슬라프였다면 당장 목이 잘려도 할 말이 없는 처사다. 아무래도 이 세계, 아니, 이 나라는 이런 쪽에 대해선 관대한가 보다.

"그런가 보군요."

"여기입니다. 그럼."

아까와 다를 것 없는 건물의 계단으로 들어가서 2층의 한 방 앞에 도달했다. 시녀는 내게 허리를 숙여 보이고 사라졌다. 잠시 그녀의 뒷모습을 바라보다 육중한 느낌을 주는 목제 문을 두드렸다.

똑똑.

문을 두드리고 나서야 내가 뭘 잘못했는지 깨달았다. 하지만 이미 엎질러진 물이다.

"들어오세요."

"……."

큰일 났다. 난 왜 이리 멍청하냐? 일단 일행 중에서 왕성 사람들이 확실히 알 만한 게 류아라서 안내해 달라곤 했지만…… 지금은 좀 보기 그런 상황이 아닌가? 난 아무렇지도 않게 행동할 수 있지만 류아로선 그게 아니잖아?

키스해 버렸으니까.

이런 매너없는 남자 같으니. 이젠 별 도리가 없다. 그리고 마땅히 갈 곳도, 이 왕성을 헤맬 용기도 안 나고. 상황의 암담함에 혀를 내둘러 주고 방문을 열었다.

"아?"

책상에 앉아 무언가를 들여다보던 류아는 나를 보고 깜짝 놀라는 얼굴을 했다. 생각하는 게 얼굴에 그대로 드러나는 게 류아의 매력이긴 한데, 이번만큼은 그렇게 대놓고 놀라지 말아줘. 나도 어쩔 수 없었다고. 짐짓 태연을 가장한 나는 류아에게 걸어가며 말문을 열었다.

"잘 지냈어?"

"예……."

고개를 숙여 내 시선을 피한 류아는 작은 목소리로 대답했다. 분위기가 더 어색하게 되기 전에 화제를 돌리자, 돌려.

"로멜 공작을 봤어."

근데 왜 나, 류아에게 자연스레 반말이 나오지? 이러면 안 되는 건데, 하지만 류아는 거기에 대해 제재를 가하는 대신 놀란 얼굴로 벌떡 일어났다.

"공작님이 부르셨다고요?"

"아아, 이야기를 좀 했는데 말이야. 그 남자, 어떤 사람이지?"

내 질문에 류아는 다시 의자에 앉고는 천천히 답했다.

"란헬 3세 전하의 여동생이 되시는 파인 공주님의 남편이세요. 지금 파인 공주님은 세상을 뜨셨지만요."

"지금의 전하에게 후사가 있어?"

"아뇨, 불행히도 안 계세요. 그래서 정국이 혼란스러운 편이에요. 공작님과 그 반대파로……."

제부라는 건가? 왕실과 직접적인 연관이 있으니 뒤집어엎은 뒤에 처리가 쉽겠군. 왕의 조카라면 왕좌에 앉아도 별 소음이 일어나지 않을 터. 아무래도 로멜 공작에게 사람이 모이는 건 이런 요인도 작용하겠지. 후사가 없는 왕은 몸져누워 있으니 이대로라면 세멜레가 왕위에 오를 테니까. 이 정도야 모두 계산하고 움직일 테지.

"공작에게 자식은 몇이나 있지?"

"세멜레 공녀님 한 분이세요."

하긴 아들이 있었으면 무리하게 딸을 밀지 않고 아들을 옥좌에 앉히려 했겠지. 끄응, 골치 아프네. 어디부터 손을 대야 할지. 우선 류아의 아버지인 발렛을 만나봐야 할 것 같다. 분위기상 반대파인 것 같은데, 하지만 확인해 두는 게 나을 것 같다.

"으음, 발렛 남작을 어떻게 생각해?"

"예?"

류아는 갑작스러운지 눈을 동그랗게 떴다. 그녀는 잠시 고민하는 표정을 짓다가 천천히 입을 열었다.

"아버지 같은 분이에요. 전 어릴 때부터 신전에서 자라 아버지가 어떤 느낌인지는 확신할 수는 없지만요. 만약 제게 부모님이 계시다면 발렛 남작님 같지 않을까 생각해요."

부드러운 미소를 지으며 말하는 얼굴이 참 보기 좋았다. 피는 물보다 진하다는 학설의 입증이랄까. 가족이란 어떤 방식으로든 서로 의지할 수 있는 건가 보다. 난 겪어보지 못했지만 참 듣기 좋은 이야기라서 입매가 절로 춤을 췄다.

"리워드님의 아버님은 어떤 분이세요?"

아… 내가 지금 무슨 소리를 들은 거지? 현실 파악이 안 되서 웃던 그대로 굳어버렸다. 안 돼. 표정을 펴라. 웃고 있었잖아. 원상 복귀해. 이대로라면 류아가 눈치 채버려. 소녀가 나를 보고 걱정스러운 표정을 짓는다.

"……곤란한 이야기였나요?"

실패했군. 조금 시간이 지나자 입술이 간신히 움직였다. 최대한 미소를 만들려고 노력해 봤지만 잘되려나 모르겠다. 얼추 수습되었다고 느끼자 입을 열어 부인했다.

"아니, 좀 복잡한 이야기라서. 류아가 잘못한 게 아냐."

하지만 그녀는 내 말의 뒷사정을 멋대로 짐작이라도 한 건지 어두운 안색이었다. 아, 진짜, 이 멍청한 놈. 아버지 이야기가 하나 나왔다고 이렇게 허둥대서야 뭔 일을 해먹겠어. 게다가 여자 애를 이렇게 침울하게 만들다니……

역시 이럴 때는 갑작스런 분위기 전환을 하는 수밖에.

"류아, 솔직하게 말해줘. 발렛 남작은 공작에게 반대하고 있지?"

류아의 푸른 눈을 직시하며 묻자 그녀는 조심스레 고개를 끄덕였다. 좋아, 톱니바퀴들은 모두 모여 있으니 잘 돌아가게 기름칠하는 일만 남았군. 나는 마지막 확인 작업을 했다.

"공작파의 비율은 어느 정도고, 군부에 종사하고 있는 건 얼마나 되지?"

"수는 적지만 직위는 다들 높아요. 하지만 그보다 발렛 남작님과 동지 분들의 추종자가 많다고 알고 있어요."

으음, 알아낼 건 다 알아냈다. 이제 발렛을 만나서 이야기를 하면 된다. 그렇게 말하려고 할 때 창에서 들어온 태양빛이 류아를 비췄다. 의자에 앉은 그녀는 불안과 부끄러움, 호기심이 뒤범벅이 된 시선으로 날 보고 있었다.

불안이야 디터 사망 이후에 내가 저지른 일, 그리고 아버지 관련 이야기 때문일 테고, 부끄러움은…… 으음, 해석은 관두자. 시간은 한낮에 조용한 방 안이고, 류아는 의자에 앉아 있다. 아쉽게도 침대는 없…… 아니, 이게 아니라. 내가 입을 다물자 류아는 조용히 나를 바라보았다.

"류아, 그……."

하지만 마음에 걸리는 일은 해결해 두지 않으면 안 된다. 키스해 버린 것에 대해서 확실히 정해두지 않으면 안 돼. 목에 걸려 올라가지 않은 것을 억지로 끄집어 올렸다. 이런 건 남자 쪽이 용기를 내야 하는 거다.

"키스한 거 말인데……."

얼굴을 붉힌 류아는 고개를 숙여 내 시선을 피했다. 아, 일단 말해 버렸는데 그 뒤가 없다. 대체 뭐라고 말하냐? 한 가지 분명한 것은 미안했어, 따위의 소리는 최악이란 거다. 결국 밀어붙이는 수밖에 없나?

"나는 류아가 좋은데… 류아는 어떻게 생각해?"

엄청나게 멍청한 소리를 했군. 게다가 장소가 훤한 대낮의 방 안이라니 최악이잖아? 하지만 입이 이성을 무시하고 제멋대로 떠들어댄다.

"내가 이 세계에 와서 가장 기뻤던 건 류아를 만난 일이니까."

이건 가감없는 진심이다. 망설이던 내가 용자를 자처하기로 한 건 맹목이라고 불릴 만한 류아의 신뢰 때문에, 그녀를 실망시키고 싶지 않은 마음 때문이었으니까. 무엇보다 면식도 없는 사람의 진심 어린 호의… 라는 걸 처음 받아보았다.

그래, 나는 순진하다고 비하하여 평할 수도 있는 그녀가 좋다. 처음에는 그녀가 내가 용자이기에 나에게 살갑게 구는 건지 알았지만…….

"…가 죽은 뒤에 멋대로군 건 미안해. 하지만 이 마음은 정말이니까."

디터의 이름은 목에 걸려서 나오지 않았다. 그 이름은 밖으로 꺼내기가 힘들다. 지금은 그에 대해서 생각하고 싶지 않아. 나는 지금 여기에서 류아에게 마음을 전하려 하고 있어. 류아, 대답해 줘.

"저, 저는……."

얼굴이 상기된 채 류아는 나를 올려다보았다. 연푸른 시선이 진심을 전하려고 할 때,

벌컥.

"제피스 백작, 용자를 못 봤나?"

타이밍 좋은 방해가 들어왔다. 문을 열고 들어온 발렛 남작을 본 나는 속으로 한숨을 쉬었다. 아저씨, 저번에도 그러더니 일부러 시간 맞춰 들어오는 거 아냐? 그는 분위기를 눈치 못 챈 듯 기세 좋게 말했다.

"마침 여기 있었군. 리워드 군, 자네와 하고 싶은 이야기가 있는데 밖으로 나갈까?"

네, 마음대로 하시죠. 류아에게 살짝 고개를 숙여 보인 나는 발렛 남작을 따라 방 밖으로 나왔다. 아아, 한숨이 나오려는 걸 참기가 힘들다. 기세 좋게 고백을 하고 두근거리는 마음을 다잡으며 대답을 기다리는데 말을 끊다니. 이게 대체 뭐 하자는 플레이냐?

그나저나 이 왕성의 복도는 창이 높고 좁아서 태양신을 국

신으로 모시는 나라의 성치고는 채광이 안 좋다. 낮임에도 불구하고 복도가 음습한 분위기를 풍기는 게 절로 기분이 불쾌해진다.

"로멜 공작을 만났다지?"

사람 열은 동시에 걸을 수 있는 폭의 복도를 앞서 걷던 발렛은 좌우를 확인하지도 않고 크게 물었다. 세상에! 이 아저씨도 그렇고, 로멜도 그렇고 다들 겁대가리가 없나? 누구 좋으라고 이런 걸 큰 소리로 떠들어? 좀 비밀 장소 같은 데서 은밀하게 해야 될 이야기 아냐? 그렇게 생각하는 와중에도 난 고개를 끄덕였다.

"흥, 추잡한 돼지 놈의 수작이야 뻔하겠지. 놈이 뭐라던가?"

뭐라고 답해야 될까. 객관적으론 로멜보다는 발렛 쪽이 나아 보이는 건 사실인데. 기왕이면 피를 적게 흘리는 편이 좋겠지. 솔직하게 답하기로 했다.

"반역 후에 대외 선전용이 되어달라는군요."

굳이 택해야 한다면 발렛 쪽이 모양새가 좋고 혼란도 적다. 지배층을 갈아엎는 것보다 유지시키는 게 더 낫지. 게다가 아무리 봐도 로멜 쪽은 유능해 보이진 않는다. 어차피 지배층이 갈려봤자 백성들의 삶에는 도움이 되지 않고, 행여나 내전이 일어나면 피를 더 보기 마련이니 미연에 방지하는 게 낫다.

내 말을 들은 발렛의 얼굴이 시뻘게지더니 수염이 부르르 떨렸다.

저거 진동 기능도 있나? 신기하군. 근데 로멜도 그러더니 발렛도 그 수준 자체는 똑같은 것 같다. 정치를 한다는 인간들이 이렇게 얼굴에 표를 내면 어떡해?

"돼지보다 못한 놈이로군. 내 기필코 그놈의 포를 떠서 돼지 먹이로 던지리라. 그래, 리워드 군. 자네는 그 제안을 받아들이기로 했는가?"

로멜이 눈앞에 있는 것처럼 이를 갈던 발렛의 화살이 이쪽으로 돌려졌다. 눈빛이 서늘한 게 받아들였다는 답이라면 지금 당장 목숨을 부지하기가 힘들어 보인다. 아니, 진짜 이 사람, 정치하겠다는 인간 맞아? 속으로 한숨을 쉰 나는 고개를 저어 부정했다.

"아뇨. 일단 자리가 자리다 보니 말은 맞춰뒀어요."

"사내답지 못하군."

뭐? 잠시 내 귀를 의심했다. 아니, 대체 어디가 사내답지 못하단 거야? 발렛은 혀를 끌끌 차며 나를 한심스럽다는 눈으로 보는데, 오히려 이쪽이 더 기가 찬다. 내 처세의 어디에 문제가 있단 말인가?

"국왕 전하의 신하라면 그자를 당당하게 꾸짖었어야지."

저기요, 전 이 나라 백성이 아니거든요? 게다가 그런 짓을 하라니, 제정신입니까? 로멜도 그렇지만 발렛도 제정신은 아닌 것 같았다. 백주 대낮의 왕궁에서 당당하게 반란을 하겠다고 선언하는 놈이나 그걸 왜 꾸짖지 않았냐고 따지는 놈이나 똑같은 건 마찬가지다. 정신이 혼미해지려는 걸 간신히 추슬렀다.

"아, 네 제가 실수했군요."

어쩐지 지적하면 나만 바보가 될 것 같다. 아무래도 룬 슈테드의 정치판은 로스터슬라프와는 딴판인 것 같다. 뒤편에서 온갖 음모와 모략이 난무하던 마도인 로스터슬라프와 달리 이곳은 낭… 만 시대랄까. 여하간 앞쪽에서 당당히 말하고 다니는 게 당연시 되는 모양이다. 아무리 그래도 반란 같은 걸 당당히 말하다니, 좀처럼 적응하기 힘들군.

"그럼 어째서 로멜 공작을 체포하지 않는 거죠?"

"그야 놈이 병권을 잡고 있고, 성 도처에 심복을 숨겨뒀기 때문이지. 믿을 만한 사람이 적어서 곤란하다네."

"아니, 하지만 그래도 역도잖아요? 어떻게 안 되는 겁니까?"

"지금 병권은 로멜이 대행하고 있고, 그것을 거역하면 국왕 전하에게 반역하는 것과 다름없어. 게다가 공작가는 치외법권이야. 독립적으로 움직일 수 있는 병사는 로열가드 정도인데, 그 수장인 라울이 로멜의 심복이지."

그러니까 법 밖에 서 있는 공작가에 손대면 다른 귀족들이 반발할 테고, 그럼 오히려 내란을 부추기는 꼴이 된다, 이거지? 근데 대체 이런 정치 체계는 누가 짠 거야? 기가 막혀 할 말을 잃을 지경이었다.

윗물이 이렇게 당당함을 즐긴다면 아랫물도 뻔할 테니, 공공연히 역적 모의를 하는 로멜을 칠 수 없는 이유는 그가 국왕에게 받은 권세를 지니고 있기 때문이다. 로스터슬라프라면 코웃음을 치고 박살 낸 뒤 대외 선전용인 정통성을 만들어냈겠지만 이 나라는 그런 쪽에는 무지 예민한 느낌이다.

"그럼 암살은요?"

"국왕 전하께서 임명하신 총사령관을 암살한단 말인가?"

남작은 무슨 개소리냐는 얼굴로 나를 쳐다보았다. 으아, 답답한 인종이로다. 차라리 내가 암살해 버리고 시치미를 뚝 떼어버릴까 하는 생각마저 든다. 아, 로스터슬라프와는 정말 다르구나. 너무 정정당당하다. 정정당당하게 역모를 꾸미고 그것을 정정당당하게 저지하는 법에 골몰해 있다. 어느 쪽도 뒷길이나 암수는 전혀 고려 대상에 들어가 있지 않다. 순수하다고 해야 되나, 멍청하다고 해야 되나.

"그럼… 로멜을 칠 시간은 그가 행동으로 직접 나서 국왕 전하에게 받은 권세를 상실했을 때부터 역모가 종료되기 직전까지군요?"

설마 설마하며 한 물음에 발렛은 무겁게 고개를 끄덕였다. 세상에, 비록 내 나이가 많은 편은 아니지만 정치판은 어느 정도 겪어봤다고 자부하는데 이런 상황은 들어본 적도 없다. 역모의도를 확인했는 데도 불구하고 방어전을 고수해야 한다니? 역모를 하겠다고 공공연히 떠들어도 왕에게 받은 권세가 상실되지 않는다고? 뭐, 그런 법이 다 있냐?

"전하께서 직접 임명하신만큼 어쩔 수 없다네. 본래라면 전하에게 로멜의 역모를 상주해서 그의 직위를 날렸겠지만…… 전하께서 병환 중이라 의식이 없으시고, 이런 비상시국에는 왕가에 직접 칼을 대지 않는 한 그의 권세는 유지된다네."

발렛의 설명에 기운이 안 빠질 수가 없었다. 이 세계에 온 뒤로 한숨 안 쉬는 날이 없구나. 앞날이 캄캄한 이야기를 하는 곳이 어두운 복도라서 한층 더 음울한 분위기를 자아냈다. 분기를 누르지 못하는 발렛을 보고 있자니 마음이 울적함에 젖어들었다.

"국왕 전하가 회복하시는 걸 기다리는 건 요행수고, 지금 인사권을 누가 쥐고 있지요? 어떤 방법이건 공작의 직위를 빼앗을 수는 없습니까?"

"재상인 호엔 후작이 맡고 있지만 로멜 공작의 직위를 박탈할 수는 없네. 그놈은 란헬 전하가 직접 임명하셨거든."

그 국왕, 본 적은 없지만 확신할 수 있다. 암군이다. 세상에, 병권을 맡길 인재가 그렇게도 없더냐? 제도가 너무나도 불합리한 덕분에 상황이 절망적이다. 아니, 제도는 그렇다 치더라도 사람들의 인식이 문제다. 고지식의 표본이랄까?

"그럼 일단 공작파와 중도파, 그리고 저희들 쪽의 목록을 부탁드리죠. 그런 건 작성해 두셨죠?"

"그건 걱정 말게."

호언장담을 한 발렛은 다시 앞서 걷기 시작했다. 그를 따라 돌계단을 내려가는데 갑작스레 질문이 날아왔다.

"그럼 이제 사적인 이야기인데, 제피스 백작과는 어떤 관계인가?"

앞서 걷고 있어서 어떤 얼굴인지는 알 수가 없고, 목소리도 평탄한지라 읽기가 힘들다. 음, 이 아저씨가 키스하는 걸 봤겠지? 뭐라고 둘러대야 하나. 류아의 대답을 들어뒀으면 자신있게 밝힐 수 있을 텐데 그런 것도 아니니…… 다 이 남자 때문이다. 검은 갑옷에 가려진 등판을 힘껏 노려봐 준 나는 되도록 평이한 어조로 답했다.

"좋아하는 여자입니다."

"흐음?"

발렛의 걸음은 멈추지 않았다. 그의 답에는 놀람이나 분노, 당혹 같은 감정은 실려 있지 않았다. 그보다는 호기심이 짙게 어려 있었다. 그는 고개를 위로 하고 복도가 울리도록 껄껄 웃었다.

"그래, 제피스 백작의 어디가 마음에 드는가?"

"그건……."

나는 잠시 생각했다.

류아 폰 제피스.

귀족 영애인 줄 알았는데 알고 보니 백작이었던 소녀. 나이는 나와 동갑. 금발에 파란 눈. 갑옷을 입고 있을 때는 눈여겨보지 않았지만 사복 착용 시에 가슴의 볼륨이 상당히 두드러지는 게 몸매가 좋은 편인 듯하다.

피부색은 상아빛, 팔다리는 가느다란 편. 기사라지만 검술 실력은 그다지 뛰어나 보이진 않고 오히려 대인 관계에서 힘이 발휘되는 편인 듯. 키는 대략 160 초반으로 추정. 내가 180이 좀 넘어가니 끌어안기 좋을 듯. 그리고 용자팔검의 하나로 나를 만나기 위해 살아왔다는, 이 만남이 운명이라고 말하는 소녀기사.

나를 맹신해 주고 있고…… 그 마음에 보답하기 위해 나는 용자가 되었다.

"전부 답니다."

이건 어느 한 부분을 싫어하느니 좋아하느니 말할 수 있는 게 아냐. 내가 생각해도 대담한 대답에 발렛은 낮게 휘파람을 불었다.

"제피스 백작을 잘 부탁하네. 내색하고 있지 않지만 알 브레히토가 몰락한 지금 사실 많이 힘들어하고 있을 거야. 나는 혈연상 아비지이지만 그 아이가 용자의 검으로 태어난 때부터 그 연은 없는 것이나 다름없어."

답을 찾기 곤란해 잠시 입을 다물었다. 한참을 내려가던 발렛은 이윽고 지하 계단을 이르렀다. 지하의 나선 계단을 몇 층이나 내려갔을까. 지하 복도로 들어가 구석진 철문 앞에 멈춰 선 발렛은 나를 돌아보았다. 유리알을 박아 넣은 듯한 푸른 눈은 류아의 것을 닮아 있었다. 아니, 선후 관계를 따져 보면 류아가 이 남자의 눈동자를 닮아 있다고 해야겠지.

"못난 아비로서 부탁이네. 알겠나?"

다시 한 번 부탁하는 그를 보며 침을 삼켰다. 이게 일반적인 아버지라는 건가. 발렛의 얼굴은 대답하지 않으면 대답할 때까지 기다리겠다는 완고함이 보였다. 아아, 이 남자, 아버지 노릇을 못한 것에 대해 신경 쓰고 있구나. 그래서 내게 이런 부탁을 하는 거군.

…아버지가 이 남자의 절반만 됐어도 나는 아버지를 좋아했을 것 같다. 나는 진심으로 고개를 끄덕였다.

"알겠습니다."

내 대답에 발렛은 빙긋 웃고는 문을 열었다. 햇빛이 들어오지 않는 지하지만 방구석에 램프가 켜져 있어서 시야가 확보되었다. 들어가서 살펴보니 난장판이 따로 없었다.

침대 이외엔 탁자와 의자 정도밖에 없는 방. 20평은 됨직한 방 안의 대부분을 책들이 차지하고 있었다. 게다가 똑바로 쌓아두거나 책장에 넣어둔 것도 아니라 온 바닥을 메우고 있었다. 읽다가 내던진 듯이 어지럽게 쌓여 있는 책의 산. 바닥이 안 보일 정도라서 결국 책을 밟고 설 수밖에 없다. 대체 이건 누구의 악취미야?

"어이, 일어나게."

발렛은 침대에 누워 있는 누군가를 깨우기 시작했다. 저 사람이 이 난장판의 주역인가? 아무래도 성격이 장난이 아닐 것 같다. 발렛의 손길에 주범은 부스스한 얼굴로 일어났다.

"아, 뭐야."

발렛과 비슷한 연배로 보이는 남자가 침대에서 상반신을 일으켰다. 하얀 로브에 침대 귀퉁이에 세워져 있는 스태프를 보니 마법사 같다. 발렛은 웃으며 그를 나에게 소개했다.

"자네가 기다리던 용자일세."

"뭣!"

마법사는 눈을 번쩍 뜨고 일어나더니 책을 밟고는 내 쪽으로 다가왔다. 그리고 내 아래위를 훑어보는데, 희귀 동물을 보는 학자란 느낌? 호기심 어린 눈으로 날 바라보던 마법사는 이내 맥 빠진 내색을 했다.

"뭐야, 특별할 것도 없군."

사람 앞에서 할 말은 아니라고 봅니다만, 내가 눈이 세 개에 다리가 여덟 개면 만족했을려나. 나는 그에게 고개를 숙이며 이름을 밝혔다.

"리워드라 합니다."

"쉴더다."

귀찮다는 듯이 손을 내저은 그는 침대로 기어들어 갔다. 어이, 어이. 발렛은 난감하다는 얼굴로 쉴더를 제지했다.

"이 친구야, 지금 잘 때가 아냐. 로멜 놈이 움직일 것 같아."

"나는 어제 실험으로 밤을 샜단 말이야."

이불을 뒤집어쓴 그는 만사가 귀찮다는 태도였다. 발렛은 이불을 잡아 뒤로 내던지고 그에게 큰 목소리로 말했다.

"지금 왕가가 위험한데 잠이 오냐!"

"마법사 계에 유명한 격언이 있는데, 금강산도 식후경이라는 말을 아나?"

아무래도 놔두면 끝이 없을 것 같다. 적당히 자르고 들어가야지. 목을 가다듬은 나는 상황을 정리했다.

"쉴더 씨, 각 귀족들의 지지파를 정리해 두신 것이 있으십니까?"

"쉴더 씨?"

그는 이불에서 즉각 튀어나오더니 잠이 달아난 얼굴로 나를 노려보았다. 호칭 부분이 거슬렸나 본데, 실수였나? 직위를 알려주면 그걸로 불러줬을 텐데. 그는 내 쪽으로 다가오더니 나를 올려다보았다. 상당히 키가 작은 그는 내 가슴을 손가락으로 찌르면서 낮게 말했다.

"쉴더 형이라고 불러라. 나도 그렇게 늙진 않았다고."

"……."

댁 나이야 내 알 바 아니지만 생긴 거로 따지자면 얼추 발렛과 같은 연령대인데? 추정 30대 후반이신 분이 형 소리를 듣고 싶나. 아아, 대체 왜 이런 기운 빠지는 인간들만 나오는 거야. 좀 제대로 된 사람하고 이야기할 수 없는 운명인가?

"…있으십니까?"

"쉴더 형이라고 부르라니까."

남자 에티엔이다. 나는 순순히 그에게 굴해주기로 했다. 아쉬운 건 내 쪽이다.

"쉴더 형, 각 귀족들의 지지 여부를 정리해 두신 게 있으신가요?"

내가 호칭을 바꾸자 그는 기분이 좋아진 얼굴로 고개를 크게 끄덕였다. 마법사는 확실히 괴팍한 인종들이군. 아니, 그건 성직자도 마찬가지군. 그냥 주문 사용자는 칼잡이로선 도저히 이해할 수 없는 사고 구조를 가지고 있다고 해두자.

쉴더는 책들이 멋대로 펼쳐져서 나뒹구는 방 안을 둘러보더니 척척 걸어가서 책 하나를 집어 들었다. 그리고 거기에 끼워져 있는 종이들을 빼서 나에게 건네는 게 아닌가? 이거, 극비로 분류되는 문서 아냐?

아, 적응 안 돼. 정말 이계라는 걸 이런 곳에서 팍팍 느끼게 되는구나. 어쩌겠어. 다른 나라에 가면 그곳의 법에 따르란 격언을 되새긴 나는 종이를 받아서 품에 갈무리했다.

"그럼 전 이만 나가볼 테니 두 분이서 담소하시지요."

아아, 여기에 있기 싫어. 일단 목록을 파악하고 접선 방법을 강구해 봐야지. 발렛의 도움이 필요하지만 그보다 이 방의 압박이 너무 세다. 이야기를 해도 정신없는 이곳에선 하기 싫다. 내 말에 발렛은 어깨를 으쓱거리고 쉴더를 보자 마법사가 나에게 질문을 던졌다.

"디터가 죽었다지?"

전혀 예상하지 못한 질문이었다. 이 사람, 디터를 알고 있나? 같은 마법사이니까 알고 있을 수도 있다. 목에 걸리는 기분을 참아 넘기고 답변했다.

"예."

"멍청한 제자 놈이군. 어떻게 죽었나?"

제자였나? 당황을 감추기 위해서 많은 노력을 기울여야 했다. 그런 나를 응시하던 쉴더가 허공을 보고 혀를 찼다.

"아니, 그걸 물어도 의미가 없겠군. 시신은 어찌했나?"

어? 그 순간 척추를 타고 한기가 흘렀다. 시체? 그게 어찌 되었더라?

내가 태워 버렸다.

나는 필사적으로 주먹을 움켜쥐었다. 지금 흐트러지면 안 돼. 제자의 사망 소식을 기다리고 있는 사부가 있다. 내겐 감정을 표할 자격이 없어. 간신히 속으로 삼킨 나는 평정을 가장한 목소리로 답했다.

"……제가 태웠습니다."

"쯧."

그는 나를 노려보더니 혀를 찼다. 마음에 안 든다는 눈을 한 쉴더는 발렛을 돌아보았다.

"이놈, 용자치곤 심지가 굳은 편이 아닌 것 같은데?"

"제피스 백작이 확신했어."

발렛의 확언을 들은 그는 나에게 다가왔다. 단신임에도 불구하고 무형의 기운이 나를 압도했다. 아니, 내가 압도당하길 원하고 있는지도 모른다. 심장에서 죄악감이 샘솟아 혈관을 타고 흐른다.

내가 디터의 시신까지 불태운 거야!

그건 장례식이 아니라 살해였다. 그때의 나는 디터를 잘 타는 쓰레기 이상으로 여기지 않았다. 염습이 아니라 죽어버린 벌레의 시신이 보기 짜증 나서 치워 버린 것에 지나지 않아. 아아, 최악이구나.

"너, 뭘 생각하는지 모르겠지만 이건 확실히 해두마. 디터의 목숨에 연연해하지 마라. 너는 앞으로 이 세계를 구해야 되는 운명을 가진 놈이다. 그런 놈이 한 명의 죽음에 매달리다 보면 더 많은 생명이 꺼진다!"

굵직한 목소리에 실린 기백에 나는 이를 악물었다. 그래, 이 남자의 말이 맞다. 너무도 정론이다. 나는 이 세계의 모든 인간들을 돕기엔 무리인 놈이다. 내 능력은 내가 잘 안다. 그런 놈이 죽음 하나에 연연하다 보면 더 많은 사람이 죽어버릴 거다.

하지만 그래도 되는 걸까?

마음속에 한가닥 의심이 피어올랐지만 짓밟았다. 나에겐 이 길밖에 없다. 내가 고개를 끄덕이자 쉴더도 고개를 끄덕였다.

"그래, 앞으로 그렇게 하는 거다. 발렛!"

"으응?"

"나도 네 쪽을 돕기로 하지. 제자가 없어진 이상 확실히 한 몫을 해주마."

그렇게 말한 그는 나를 보고 피식 웃었다. 그 웃음은…… 그래, 연륜이 느껴졌다. 세월의 힘이랄까? 이 사람의 생에 아로새겨진 경험과 슬픔, 그리고 의지가 매달린 입 끝은 단순한 미소를 그려내지 않았다. 복합적인 것들이 뒤섞여서 한마디로 형용하기 힘들다. 말로 설명하기 힘든 기분이지만 어째서 이 사람이 자신을 형이라고 부르라 했는지 조금은 알 것 같다.

"자, 그럼 일단 아군과 적군을 구분해 볼까?"

"저기, 그전에 이 방은 좀 정신이 없는데요."

아무래도 놔두면 그대로 시작할 기세다. 그는 방 안을 둘러보더니 어깨를 으쓱했다. 뭐가 문제야, 라는 제스처다. 댁을 마법사라고 믿고 있으니까 꼭 이런 식으로 재확인시켜 줄 필요는 없어. 뒤쪽의 발렛 역시 같은 행동을 했는데 얼굴과 조합된 그 뜻은 그냥 곱게 포기하란 충고였다.

결국 탁자 위의 책을 쓸어버리고 의자에 앉은 우리는 서로의 얼굴을 멀뚱히 쳐다보았다.

"그럼 일단 로멜 공작파를 구분해 보죠. 여기에 적힌 사람들이 전부인가요?"

쉴더에게 건네받은 종이를 보며 묻자 그는 고개를 끄덕였다. 으음, 엄청나게 많아 보이네.

"여기서 유의할 인물은요?"

"왼쪽과 위쪽에 적힌 인물일수록 위험 인물이다."

당연하지만 대부분이 모르는 이름이었다. 특기할 만한 사항이 있는 자들은 옆에 가로를 치고 비고가 달려 있었다. 역시 세멜레도 상당히 위험 인물로 구분되는군. 역모가 성공했을 때 왕좌의 주인이 될 테니까. 자료들을 머릿속에 집어넣다가 한 가지 의문점을 발견했다.

"그런데… 대부분 문신들이네요? 문신들이 군의 수장들을 맡고 있어요?"

"뭐, 무신들은 중관 관리직이나 하위직을 맡고 있지."

로스터슬라프의 기어 제국에서 벌어진 한 사건이 뇌리에 떠올랐다. 무신정변이라고, 황제와 문가가 무가를 무시하다가 변을 당해서 무신시대가 열렸던 사건. 그것과 흡사하다. 다만 여기선 반란의 주동이 아니라 막는 쪽이란 게 다를 뿐이다. 이름들을 기억하고 종이를 품 안에 넣은 나는 조심스레 의견을 개진했다.

"그냥 암살하는 게 어때요?"

"아니될 말! 전하의 적을 막으려 하는 자가 그 권위에 도전한다는 것 자체가 모순이다!"

내 말을 들은 발렛이 자단목 탁자를 내려치며 노성을 질렀다. 쉴더는 한숨을 쉬고 고개를 설레설레 흔들었다.

"반대파라는 것들이 전부 이런 의견이니 내가 미치지."

그건 나도 동감합니다. 사람이 융통성이 있어야 하는데 이건 너무 쇠고집인걸. 로멜만 슥삭 해버리고 잔당의 우두머리만 처리하면 일이 쉬울 것 같은데. 게다가 로멜에게 호위기사 하나 없는 걸 보아하니 암살 위험성은 전혀 염두에 두지 않고 있다. 가장 피를 적게 흘리는 방법인데 결사 거부를 하니 원.

사실 발렛의 마음을 이해 못하는 건 아니다. 그런 식으로 예외를 둬서 왕의 권위를 실추시킬까 두려운 거겠지. 고결하다고 칭할 수 있는 충성심이지만 정치가로서의 재능은 없군. 아니, 로멜도 그렇고 이 나라의 정치판 자체가 정정당당을 추구하고 있으니 재능이 있다고 해줘야 하나.

"그냥 이렇게 하죠. 제가 공작파에 침투해서 그들이 일을 벌일 때 우두머리들을 쓸어버리겠습니다. 그럼 전하의 권위에 도전하는 건 아니겠죠?"

결국 내가 가시밭길을 걸어야겠군. 이게 그나마 차선으로 보인다. 쉴더는 한참을 생각하더니 발렛과 눈빛을 교환했다.

"솔직히 말해서 용자, 자네가 이중 첩자가 아닐까 의심도 된다만 이름에 부끄러운 행동은 하지 않겠지. 그리고 그게 가장 피를 적게 흘리는 것도 사실이고 하니."

"명예에 누가 되는 데다가 위험한 일이지만 부탁하겠네. 구세용자, 왕가를 구해주게!"

발렛은 열정적으로 내 손을 잡고 흔들었다. 나는 애써 웃으며 고개를 끄덕였다. 그럼 이제 어떻게 접근하느냐가 문제군.

"그럼 앞으로 저는 쉴더 씨, 아니, 형하고만 접선하기로 하죠. 의심받으면 곤란하니까요. 발렛 남작님은 추종자를 한데 모아서 결전의 그날에 대비해 주세요."

둘의 동의를 확인한 나는 염두를 굴렸다. 일단 공작의 처리는 대충 윤곽이 잡혔다. 그럼 아인단의 문제가 남아 있군.

"그전에 아인단을 처리해야 됩니다. 니메그의 부활은 저지해야 되니까요."

"하지만 로멜 놈이 군을 움직이려 들지 않아."

발렛은 불만을 터뜨리며 수염을 매만졌다. 그야 그놈이 멍청한 돼지라서 그렇지. 발렛의 지휘 능력은 모르겠지만 패를 구성할 정도의 통솔력이라면 일군을 맡겨도 될 법한데, 적어도 돼지보다는 효율적이겠지.

"그건 제가 공작을 설득해 보도록 하죠. 제게 맡겨주세요."

"너무 부담을 주는군. 나잇살 먹은 사람으로서 하는 일이 없으니 부끄럽기 그지없네."

"아뇨, 막중한 임무를 달성하기 위해 어떤 노력도 게을리 하지 않겠습니다."

이야기를 마친 나는 자리에서 일어났다. 이 이상 여기에 머물면 공작의 귀에 들어갈지 모른다.

"그럼 저는 이만 나가보죠. 저와 접선은 쉴더 씨, 아니, 형하고만 하는 겁니다."

'씨' 자가 붙자 쉴더의 눈썹이 하늘 높은 줄 모르고 치솟았다가 형이라 덧붙이자 내려갔다. 저사람, 호칭 하나에 너무 신경질 부리는 거 아냐?

둘에게 인사를 하고 방을 나온 나는 곰곰이 생각하며 지상으로 발을 옮겼다. 공작에게 어떻게 접근할까? 일단 공작파의 요주 인물을 서류상이 아닌 실제로 봐둘 필요성이 있긴 하니 무도회라도 열리면 참가하는 게 모양새는 좋겠지? 열 계획이 없다면 내가 그들에게 합류했다는 걸 보여주기 위해 열자고 제안해 볼까?

그나저나 이 왕성의 복도는 정말 암울하군. 빛이 잘 들어오지 않는 복도는 나락으로 빠지는 터널 같은 게 기묘한 상상이 불러일으킨다. 지상에 도착한 나는 어두운 복도를 지나 건물 밖으로 나와 앞으로 어떻게 행동해야 될지 생각을 정리하며 걸었다.

"아차."

여긴 어디지? 사방을 둘러보니 중대한 사태를 깨달을 수 있었다.

젠장, 또 길을 잃어버린 거야?

지금 서 있는 사거리까지 내가 어떻게 도착해 있는지 기억이 안 난다. 당황해서 주위를 두리번거리고 있던 그때, 푸른 법의를 걸친 여성이 눈앞을 스쳐 지나갔다. 나는 다급하게 그녀를 불러 세웠다.

"에티엔 씨?"

"리워드?"

이 문답, 아까 전에 한 것 같다. 걸음을 멈춘 그녀는 멀뚱한 시선으로 나를 보았다.

"여기서 뭐 하세요?"

"왕성 탐험 중이에요."

너무 에티엔스러운 이유라서 할 말이 없다. 나, 이 사람 이해 못하겠어. 아무 문제 없다고 당당한 얼굴을 하고 있는데 내가 뭐라 말하랴. 내 볼일이나 보자.

"혹시 제 방 위치를 아시면 안내 좀 해주시겠어요?"

고개를 끄덕인 그녀는 발을 뗐다. 길을 따라 걸어올라 건물로 들어갔다가 반대편 계단으로 나왔다. 갈색의 벽들이 눈을 어지럽힌다. 내가 딱히 길치인 건 아니지만 이건 좀 너무하다 싶을 정도다. 안내판은 고사하고 문패 하나도 안 걸려 있으니 헷갈려 죽을 지경이다. 이 건물에서 저 건물로 다리를 넘어가지 않나. 정원을 두 바퀴 돌지 않나.

어라? 뭔가 이상하잖아? 왜 정원을 뱅글뱅글 돈 거지? 지금까지 10바퀴는 돈 것 같은데?

"…아직 멀었어요?"

게다가 30분 정도 지난 것 같은데 아직도 도착할 기미가 없다. 에티엔은 나를 돌아보더니 이상하단 표정을 했다.

"재미없어요?"

"……."

왜 문답이 이래?! 그걸 답해야 되는 게 아니잖아, 이 성직자야! 이거 화내도 되는 거지? 어쩐지 화내도 될 거란 생각이 들어.

"왕성 구경도 시켜줄 겸 안내하고 있었는데요."

"그럴 거면 어디가 어디라고 설명하던가요."

"아차."

아차로 끝날 일이냐! 생각하는 내색이던 그녀는 태평한 어조로 말을 이었다.

"지금부터 설명할게요."

"…됐으니 그냥 방에 데려다 줄래요?"

진지하게 화를 내볼까도 생각했지만 저쪽도 진지한 눈빛이다. 그래, 주문 사용자라는 건 이해할 수가 없어. 난 아버지도 이해 못했잖아. 이 소녀의 괴이쩍은 점은 넓은 아량으로 봐주자. 결국 에티엔은 아쉽다는 얼굴로 나를 방에 데려다 주고는 사라졌다.

"으으……."

침대에 누운 나는 한숨을 쉬었다. 대체 이게 뭔 짓이야. 다음부턴 에티엔에게 길 안내를 맡기면 안 되겠다. 아, 그나저나 공작에게 접근해 보긴 해야 되는데… 오늘은 너무 많은 일을 겪어서 피곤하다. 내일로 미루자.

그럼 오늘 남은 시간에는 뭘 해야 될까. 음, 이 세계의 구성에 대해서 공부하고 싶은데 도서관에 다녀와 볼까? 이런저런 잡상을 하고 있는데 시녀가 들어왔다. 얼굴을 보니 아까 전에 공작의 오찬 초대를 알려준 시녀다. 생각해 보니 너무 짧은 시간에 많은 일들이 일어났구나.

"로멜 공작님이 오늘 저녁의 파티에 구세용자님을 초대하셨습니다."

"가겠다고 전해줘요."

인사하고 나가는 시녀의 뒷모습을 보며 나는 상반신을 일으켜 벽에 기댔다. 뭔가 모를 이질감이 내 마음을 휘젓고 있었다. 너무…… 일이 잘 풀린다. 그래, 너무 잘 풀려. 생각해 보니 트라이림에서 오고 나서부터 일이 착착 풀렸어.

이 세계에 오자마자 가뭇을 잡으러 가고, 왕도로 오는 길에 카르낙을 해치우고, 여기 오니 공작이 접근하고, 그 딸인 공녀가 속을 털어놓고, 바로 반대파가 접근하여 계획을 수립하고. 내가 합리주의자긴 하지만 이건 너무 합리적이야. 시간의 낭비가 굉장히 적은 편이다. 일이 너무 효율적으로 굴러간다. 마치 모든 것이 준비된 연극 무대의 막이 오른 것처럼.

그리고 그 막을 올리게 된 요인은 나.

"신경과민인가?"

에티엔에게 시달려서 그런가. 이상한 생각이 드는군. 나는 눈을 감았다. 파티라면 심력을 굉장히 쓰게 될 거다. 한잠 자두는 게 낫겠지.

공작이 보내준 예복으로 갈아입은 나는 안내하는 시녀를 따라 파티장으로 향했다. 검은 더블릿이 공작이 은근히 센스가 있단 걸 말해주었다. 난 머리칼도 피부도 어머니를 닮아 하얀 편이라서 검은색이 잘 받긴 한다.

도착한 홀에는 이미 음악이 울려 퍼지고 있었다. 갈색의 벽으로 둘러싸인 홀의 한쪽에는 악사, 반대쪽에는 음식이, 그리고 중앙에는 돈을 덕지덕지 바른 옷들로 치장한 귀족들이 이야기를 나누고 있었다. 우아한 선율이 내려앉은 장엄한 홀의 입구에서 잠시 숨을 깊게 들이쉬었다.

여기 있는 것들은 모두 제거 대상이다.

이 무도회는 왕가의 주최가 아닌 공작의 주최, 명목이 내 환영이라고 한들 공작을 아니꼽게 보는 이들이 올 리가 없다. 중도파가 참가할진 몰라도 반대파가 참석할 린 없다. 반대파의 수장 격인 발렛의 행동을 보면 쉬이 짐작이 가지.

마음을 굳힌 나는 인파에 둘러싸여 웃어대는 돼지에게 걸어갔다. 뭐가 좋은지 껄껄 웃어대던 그는 내가 오는 걸 보고 반색을 했다.

"드디어 오늘 밤의 주역이 오셨군."

그는 악사에게 손짓해 음악을 멈추게 했다. 그러자 회장 안의 눈들이 공작에게로 향했다가 그의 시선을 따라 나에게 모아졌다. 백여 개가 넘어가는 눈동자가 얼굴에 박히고 호기심 어린 입들이 숙덕거린다. 후우, 이런 것 정도야 괜찮아. 대영웅의 아들에서 용자로 타이틀이 바뀐 것뿐이야.

"여러분, 알 브레히토님의 전인이신 구세용자 리워드 경을 소개하오! 그는 나를 도와 마황군을 물리치기로 한 신의 사자! 저 천박한 마황군의 말살을 위해 모두 축배를 듭시다!"

공작이 잔을 들어올리자 모두가 로멜 공작 만세를 외치며 들어올렸다. 그 함성이 자못 대단한 게 귀족 사회에서 로멜의 위치를 알려주었다. 내 기준에선 멍청한 돼지에 지나지 않지만 그는 귀족회의의 수장이자 반역을 꿈꾸는 총사령관이다. 만만히 볼 상대가 아닌 것이다.

"자, 음악을 연주해라! 오늘은 마음껏 취하는 것이다!"

공작은 호기롭게 외치고 내 팔을 잡아끌었다. 그는 자신의 곁에 몰려 있던 무리들에게 손짓하며 말했다.

"자, 자, 소개하지. 내 심복들일세."

"처음 뵙겠습니다. 리워드라 합니다."

나는 공작의 추종자들에게 공손하게 인사를 했다. 그러자 한 명씩 돌아가며 자신을 밝혔다. 명단에서 본 이름들과 대조하며 하나씩 속으로 되새겼다. 딱히 주의할 놈이 없… 아니, 있었다. 늑대의 웃음을 짓는 놈이 하나 있었다. 번쩍이는 은갑 옷에 왼쪽 가슴에 양각으로 새겨진 불타는 태양의 문장.

"라울이라 한다, 소년."

로열가드의 수장은 나에게 손을 내밀었다. 올라간 입매가 무슨 생각을 하는지 보여주고 있다. 속으로 비웃으며, 겉으로는 웃는 낯으로 그의 손을 잡았다. 예상대로 그는 손에 힘을 잔뜩 불어 넣었다. 나는 웃는 얼굴 그대로 그것을 받아주었다. 라울의 미소가 말라비틀어진 빵처럼 딱딱해졌다.

"힘이…… 굉장하군."

"별말씀을요."

기선 제압이나 실력 재보기였나? 적당히 응수해 준 나는 손을 풀었다. 이 남자가 로열가드의 우두머리이며 로멜의 심복이란 말인가? 공작 주변에 몰려 있는 인파가 많다지만 이 남자보다 위험해 보이는 건 없다. 그야말로 피에 굶주린 늑대를 떠올리게 만드는 이 남자, 정말 요주의 인물이다.

나머지 사람들과 인사를 하며 소개를 받은 나는 암 롱(Arm Long:이브닝 드레스에 착용하는 팔꿈치 위쪽까지 올라오는 긴 장갑을 말함)에 싸인 손을 발견했다. 그 주인은 가슴께가 많이 파인 푸른 이브닝 드레스를 걸치고 있었는데 익히 알고 있는 얼굴이었다. 팔에 닿았을 때부터 알아봤지만 흉위가 상당하군. 낮에 보았을 때도 꽤 미인이었는데 보석으로 치장한 지금의 모습은 선녀가 하강했다고 해도 믿을 만큼 아름다웠다.

"공녀님, 좋은 밤이군요. 한 곡 추실까요?"

"영광이군요."

세멜레가 허락하자 난 그녀의 손을 잡고 중앙으로 나아갔다. 그녀의 검은 머리칼이 불빛을 받아 부서진다. 무도회에 흐르는 서정적인 노랫가락에 맞춰 몸을 움직였다. 어차피 이런 거야 지겹게 했다. 내게 밀착한 공녀가 속삭였다.

"능숙하시네요."

"과찬이시군요. 어깨 너머로 배웠을 따름입니다."

확실히 노인네들 보는 것보다야 여자와 춤을 추는 게 더 낫단 말이지. 설사 이 여자가 낚시꾼이라 할지라도.

선율에 맞춰 움직이며 세멜레는 나를 올려다보았다. 재지를 담고 있는 초록색 보석이 어떤 생각을 하고 있는지 모르겠다. 아마 자신의 아버지를 제지할 방법을 찾고 있겠지. 저번의 그 말은 반대파를 골라내려는 거짓 수작일지도 모르지만, 지금 에메랄드를 깎아 만든 것 같은 녹안을 보고 있자니 의심이 사라지려 한다.

"이제 어쩌실 거죠?"

내 가슴에 밀착한 세멜레가 작게 속삭였다. 이봐, 그대의 멋진 가슴이 닿아버리는데요. 기분이 좋… 대답이나 하자.

"아인단을 막을 겁니다."

"반란은요?"

어쩔까. 이 여자를 믿을 수 있을까? 탁 털어놓아서 일이 잘 풀린다면 중요한 위치에 서 있는 아군이 하나 생기는 것이다. 으음, 이 여자는 마음으론 믿고 싶은 기분이 들지만 머리의 판단을 신뢰하자. 내가 빙긋 웃기만 하고 대답을 안 하자 세멜레도 입을 다물었다. 아, 여기서 턴을 돌아야지.

옆으로 눈길을 주니 어느새 우리 주변이 비워져 있었다. 어? 너무 열심히 췄나? 적당히 췄는데. 오늘의 주인공과 공녀의 댄스이다 보니 알아서 피해준 거군. 입을 다문 채 춤을 추던 공녀는 곡이 끝날 즈음에 내 귀에 대고 속삭였다.

"여자를 울리지 않는다는 소리, 믿어도 될까요?"

"공녀님처럼 아름다운 아가씨라면 더욱 주의를 기울이지요."

머리를 숙여 그녀의 손등에 입을 맞춘 나는 뒤로 물러났다.

식사에 열중하면 대외 이미지가 떨어질 테니 누구의 곁에 있는 게 댄스 신청을 피하는 지름길일까? 역시 로멜 공작이 만만한데.

공작 쪽으로 걸음을 옮기려던 나는 멈칫했다. 어느새 일단의 아가씨들이 내 앞으로 몰려와 있었다. 그중 선봉으로 보이는 금발 아가씨가 춤을 청했다.

"용자님, 한 곡 추시겠어요?"

"레이디처럼 아름다운 분의 청을 거절할 수 없지요."

난 정말 간신배 같다니까. 마음에도 없는 소리를 내뱉은 나는 이름도 모르는 여자의 손을 잡고 몸을 움직였다. 아, 그냥 쉬는 건 포기하고 춤이나 춰야겠군. 나머지 여자들이 파트너가 아닌 나만 보고 있으니 포기해야겠다. 물론 내가 마음에 들어서라기보단 내 등 뒤의 후광이 마음에 들어서겠지.

로스터슬라프나 트라이림이나 귀족 여자란 건 똑같다. 몸을 팔아서 직위와 재화를 얻겠단 거지. 나는 그것을 보장해주는 봉이고. 공작만큼은 아니지만 그다음으로 세력가일 듯한 여자—원래 봉에 대한 댄스 신청의 서열 싸움은 치열해서 가문의 세력도를 가늠하는 열쇠가 되기도 한다—는 적극적으로 어택해서 곤란하구만. 손으로 가슴을 만진다거나 다리를 밀착시켜서 부빈다거나……. 그녀는 내게 의미있는 눈웃음을 보내며 몸을 부벼댔다.

아서요, 아가씨. 날 잡아서 2인자 자리를 먹어보겠다는 것 같은데, 그렇다면 댁의 아버님이 줄을 잘못 잡은 게유. 그녀의 집요한 육탄 공격은 곡이 끝날 때까지 계속되었다.

"즐거운 시간이었습니다."

그녀의 손등에 입을 맞춰줌으로 끝을 맺은 나는 다음 타자를 기다렸다. 곧 서열 3위 아가씨가 춤을 청했고 나는 부드러운 음색으로 승낙했다. 아아, 완전 돌처럼 움직이게 되는군. 아무리 가슴을 비벼대도 속셈을 훤히 보이니 마음이 동하질 않는다. 함부로 씨를 뿌리면 처치 곤란하고.

물론 자연스런 육체적 반응은 어쩔 수 없지만 가슴이 두근거리진 않는다. 백날 가슴이 파인 드레스를 입고 향수를 뿌려도 류아의 사복만 못해. 게다가 아가씨 대부분이 류아의 가슴에 지잖아.

"……."

엉뚱한 생각을 해버렸군. 이번이 몇 번째더라? 곡이 몇 번 바뀌었지? 손을 잡고 춤을 추지만 이름도, 성도, 서열도 나이도 모르고 있는 여자가 나를 보고 헤픈 웃음을 지었다. 아름다운 미소였지만 그 뒤편의 이유를 알고 있기에 동요가 되지 않는다.

몸이 이끄는 대로 움직이는데 기이한 게 눈에 들어왔다. 온몸에 먼지를 묻힌 사내가 로멜과 대화를 하고 있었다. 로멜이 저런 지저분한 차림을 용인했다는 건 그럴 만한 이유가 있다는 거다. 순간 떠오른 건 하나였다.

급박한 일을 전하기 위해 말을 타고 달려온 전령.

시선을 그쪽으로 맞춘 나는 곡이 끝나기만을 기다렸다. 전령과 로멜, 라울이 구석으로 가서 대화를 나누는 게 심상치 않은 기색이었다. 곡이 끝날 무렵에 전령과 라울은 홀 밖으로 나가고 공작은 발코니로 향했다.

그것을 확인한 나는 아가씨들에게 거절 의사를 표하고 로멜에게 걸어갔다. 귀찮게 굴려던 아가씨들도 내가 로멜에게 볼일이 있다고 말하자 순순히 비키는 게 확실히 무작정 얕볼 만한 돼지는 아니었다. 발코니에 나와 있던 공작은 내 발소리를 듣고는 돌아보았다. 인상을 찌푸린 덕분에 삼중 턱이 사중 턱으로 진화한 그는 나를 보고 푸념했다.

"바지노 요새가 점령당했다는군. 마황군들이 너무 설쳐."

잘은 모르겠지만 중요한 길목이겠지. 일단 확인해 볼까?

"그렇게 중요한 곳입니까?"

"그래, 지방에서 수도로 물품이 올라오는 데 많이 이용하는 미스트리 가도의 입구니까. 진상품이 안 올라오면 곤란한데."

누가 돼지 아니랄까 봐 지 입 걱정을 하는구나. 민생이나 국가의 안전이 아니라 진상품 때문에 근심하는 권력자, 그리고 머리에 뇌 대신 탐욕이 들어찬 돼지 한 마리에 흔들리는 나라. 어느 쪽이건 제대로 된 판은 아니다.

"그럼 제가 가보겠습니다."

"음? 그렇게 해주면 좋겠네. 그대에게 일군을 내어줄 테니……."

나는 고개를 가로저었다. 이놈이 지금 뭔 소리를 하는 거야? 검증되지 않은 놈에게 군을 지휘하라니 제정신인가.

"저는 경험이 부족하여 지휘력이 부족합니다. 그리고 이 기회에 발렛 남작 파를 쓸어버려야 하는 거 아니겠습니까? 지휘권을 발렛 남작과 그 일파에게 주시지요. 저와 일행들이 같이 따라가 마황군을 물리치겠습니다. 승전을 하더라도 피해가 있을 테니 반대파의 힘이 줄어드는 것이요, 패전한다면 그 책임을 물으면 됩니다."

물론 그렇게 놔둘 생각은 전혀 없지만 말이야. 내 말을 들은 공작의 턱이 삼중으로 복귀했다. 근심은 온데간데없이 활짝 웃는 낯을 한 그는 내 등을 두드리며 고개를 끄덕였다.

"자네는 참 대단한 수완가군. 알겠네! 발렛 놈에게 일군을 내어주지! 그대만 믿겠네!"

"과찬이십니다. 이 대임, 목숨을 바쳐 반드시 완수하겠습니다."

내가 허리를 직각으로 숙이자 로멜의 입이 좋아서 찢어졌다. 그래, 구세용자란 놈이 널 섬기니까 좋지? 아부하니까 듣기 좋냐? 그렇게 웃는 것도 얼마 남지 않았어.

"그럼 저는 지금 돌아가서 일행들에게 이 소식을 전하겠습니다."

"음, 벌써 갈 건가? 세멜레, 그 아이가 예쁘게 치장했는데."

"공녀님의 아름다움은 눈이 부셔서 말로 형언하기 어려웠습니다. 되도록 오래 보고 싶은 게 제 바람입니다만, 그 영광은 이 대임의 완수 뒤에 받겠습니다."

"허허, 내 딸도 자네에게 관심이 있는 것 같아. 어떤가, 자네만 나를 도와준다면 룬 슈테드, 아니, 육국을 모두 집어삼켜서 제국을 만들어보는 것도 가능할 걸세. 내 딸을 줄 테니 같이 돕지 않겠나? 자네는 황제가 돼도 괜찮을 것 같아!"

통 크게 노는군. 하지만 황위 같은 건 내가 가질 자리가 아니다. 일단 긍정적인 대답은 해드려야지. 나는 감격한 표정을 지어 보이며 허리를 숙였다.

"세멜레 공녀님은 저에겐 과분한 분입니다. 그렇게만 해주신다면 공작님을 위해 간과 뇌를 쏟고 죽어도 여한이 없겠습니다."

내 대답에 공작은 자못 호탕하게 웃어젖혔다. 하지만 어쩌랴, 그 웃음의 십분지 일도 능력이 미치지 못하니. 공작에게 인사한 나는 몸을 돌려 무도회장을 빠져나왔다. 도중에 아가씨들이 부딪쳐 왔지만 몸이 안 좋다는 핑계로 넘어갔다.

무도회의 열기는 사라지고 차가운 밤공기가 피부를 에인다. 차가운 밤바람에 옷깃을 여미자 절로 냉소가 떠올랐다. 화려한 음악과 치장한 인물들이 들끓는 홀에서 빠져나온 나는 잠시 복도를 거닐다가 건물 밖으로 나왔다.

밤의 적막함이 나를 감싼다. 방금 전까지 웃고 떠들던 인간들이 사라지고 홀로 남은 나는 아무 목적 없이 걸었다. 밤의 어둠을 쫓아내기 위해 밝히는 화톳불만이 나를 인도하는 이정표라.

정처없이 걷다가 분수대를 발견했다. 보아주는 이라고는 나밖에 없지만 대리석으로 만들어진 분수대는 열심히 물을 뿜어내고 있었다. 열정적인 노동을 감상하며 나는 생각을 정리했다.

"후……."

제국의 황제라……. 웃기지도 않는 농담이다. 그리고 공작이 순순히 내게 그 자리를 넘겨줄 거란 생각도 안 들고. 설사 준다고 해도 명목뿐인 위치겠지. 망상은 자유지만 실행하면 파멸을 불러오는 법이지. 로멜 공작은 분수에 넘치는 야망을 품었고, 그것이 그의 몰락을 불러오겠지. 사람으로 태어났으면 분수를 알아야지. 일단 사람들을 만나서 출진을 알려야…

"젠장."

큰일 났다. 여기가 어디지? 아무 생각 없이 걸어버린 결과, 여기가 어딘지 모르겠다. 근처를 지나가는 시종이 없을까? 아무리 두리번거려도 다들 무도회 쪽으로 투입된 건지 머리칼도 보이지 않았다.

"잘 어울린다."

"……."

갑자기 등 뒤에서 탁한 목소리가 들려왔다. 돌아보니 대거가 불량한 자세로 엽궐련을 물고 있었다. 대체 어디서 튀어나온 거야? 기척도 없었는데? 그러고 보니 저번에 가믓과 싸울 때 그림자에서 솟아났었지? 이번에는 내 그림자에서 나온 건가?

"입고 싶어서 입은 게 아니에요."

"잘 어울린다고 했을 뿐이다."

담배 연기를 허공으로 피워 올린 그는 묵묵히 답했다. 검은 어둠에 감싸인 채 하얀 연기를 날려 보내는 모습이 이채롭다. 그걸 쭉 보다가 무심코 물었다.

"근데 그 그림자 이동 능력은 자유자재예요?"

"보통은 안 그렇다만 내가 하는 건 좀 특이하지. 여하간 깨어난 지 하루 만에 거하게 해치웠더군."

확실히 그렇다. 하루 만에 공작파에 접근하고, 반대파에 협력하기로 하고, 출정 약정까지 받아냈다. 세상에, 뭐 이리 쾌속 질주냐? 마치 내가 등장하길 기다린 것처럼 일사천리로 풀린다. 내가 합리주의라고 해도 이렇게 상황이 잘 따라주는 건 좀 아닌데.

"이제 어쩔 셈이냐?"

"전장으로 가야죠."

그곳이 내가 있을 곳이다. 매캐한 잎담배 연기가 코로 흘러 들어 온다.

"몸은 괜찮냐?"

"주신 약 덕분이에요."

짧은 문답 후 대거의 눈이 나를 바라보았다. 평소에 쏘아보거나 비웃는, 혹은 의심하는 시선이 아닌 알 수 없는 의미가 담긴 다색의 눈이다. 마치 하얀 잔에 따라진 서늘한 차를 보는 느낌이다. 내 입술이 조용한 밤공기에게 질문했다.

"따라와 줄 거죠?"

"아아, 네놈은 믿음이 가지 않지만…… 네 옆이 내가 있을 자리니까."

그러니까 사람을 앞에 두고 믿지 않는다고 말해봤자 반감만 산다니까. 정말 화술을 모르는 작자로군. 속으로 혀를 찬 나는 그에게 부탁했다.

"그럼 제 방으로 일행 좀 모아줄래요?"

"그렇게 하지."

대거는 담배를 끄고 발을 옮겼다. 어이, 그냥 가면 어떡해? 나는 그를 제지했다.

"그리고 저도 제 방으로 좀 데려다 줄래요?"

"……."

"그런 눈으로 보지 마요. 저 깨어난 지 아직 하루도 안 됐다고요?"

"후우……."

칫, 그렇게 비웃지 말라고. 내 잘못도 아니고 애초에 여기가 이상한 거잖아.

"근처까지만 따라가 줄 테니 그 뒤는 혼자 가라. 애도 아니고."

제길, 네놈은 평생 길 안 헤맬 줄 알고? 두고 보자. 그때가 오면 마음껏 비웃어주마.

대거의 협조 아래 일행이 모두 내 방에 모였다. 일행이라고 해봤자 …가 죽어서 넷밖에 되지 않는다. 자신도 안 믿고 있지만 일단은 용자인 나, 벽에 기대어 있는 도적계로 분류될 그림자 사나이, 침대에 옆으로 누워 있는 맹한 성격의 클레릭 아가씨, 그리고 의자에 다소곳하게 앉아 있는 청순한 소녀기사라는 단란한 구성이다.

"이제 아인단과 최종 전투가 벌어질 거예요."

사실 최종이라고 단정하기는 뭐하지만, 내가 듣기엔 니메그와 그 셋을 제하면 아인단은 고만고만하다고 한다. 니메그는 이미 죽었고, 나머지 둘은 내가 처리했으니 이제 남은 건 바지노 요새를 점령한 아고라뿐이다. 내 말에 류아가 눈을 빛냈다.

"드디어 16년에 걸친 환란에 종지부를 찍을 때가 왔군요."

그녀는 마냥 기쁜 모양이었다. 류아가 말하길 니메그의 세심복을 처리하기 힘들어 전쟁이 길어졌다고 한다. 하지만 이제 그것도 끝을 보고 있으니 류아로선 기쁘기 짝이 없겠지.

"나는 따라간다고 해뒀고. 에티엔, 넌 어쩔 거냐?"

벽에 기대어 있던 대거가 내 침대 위에서 구르고 있는 에티엔에게 눈길을 주었다. 저 여자가 남자 침대에서 뒹구는 저의가 뭔지 무지 궁금하다. 에티엔은 구르길 그만두고 내 쪽으로 시선을 던졌다.

"따라갈게요. 엘 브레가님의 가호가 있기를."

"전 당연히 가요."

류아가 고개를 끄덕임으로써 전원 출전이 확정되었다. 으음, 이럴 때를 대비한 게 있지. 나는 등 뒤에 숨겨뒀던 와인을 꺼냈다.

"그럼 출진 전날 밤이니만큼 다들 마실까요?"

"전 아직 음주 나이가……."

망설이는 류아와 달리 에티엔은 와인 병에 달려들었다. 상표를 본 그녀는 놀란 듯이 흑요석을 박아 넣은 듯한 눈을 크게 떴다. 에티엔이 놀라다니 그렇게 좋은 술인가? 적당히 주방에서 얻어온 건데.

"이건 앙띠뉴 100년산? 대주교님이나 마실 이런 것을 어디서?"

너무 좋아하는 거 아냐? 대거도 마음이 동한건지 에티엔에게서 와인을 뺏어 들고는 감탄사를 터뜨렸다.

"진짜군. 부르는 게 값인데. 재주도 좋군."

대거는 익숙한 솜씨로 와인을 개봉하고는 잔을 우리들에게 돌렸다. 류아는 저어하는 얼굴이었지만 호기심을 이길 수 없는지 받아들었다. 음, 와인은 잘 모르고 마시는 편이었지만 냄새를 맡아보니 알싸하고 향긋한 게 좋긴 좋구나.

"그럼 룬 슈테드를 위해 건배하죠."

이의는 없었고 우리는 잔을 부딪쳤다. 두근거리는 마음을 안고 나는 목구멍으로 술을 넘겼다. 향은 장난이 아니었는데 정작 맛은 어떨까?

"으음……."

입에 닿으니 녹는다, 녹아. 게다가 한 잔 마셨을 뿐인데 취기가 돌았다. 류아는 조심스레 입을 대보았다가 화들짝 뗐다.

"이, 이상해요. 이거."

"아니, 맛있어."

한 잔을 금세 비운 나는 대거에게 잔을 내밀었다. 차가운 인상을 있는 대로 찡그린 덕분에 악귀의 형색이 된 대거가 술을 따라 주었다.

"천천히 마셔라. 이거 금값, 아니, 미스릴 값이다. 도수가 세기도 하고."

"마시라고 있는 거잖아요."

억울하면 당신도 마시라고. 에티엔의 얼굴이 붉어지는 가운데, 류아가 조심스레 한 잔을 비우는 것을 확인한 나는 두 잔째를 해치웠다. 아아, 두 번째지만 이 녹아내리는 기분은 황홀하기만 하다.

뭐, 마실 수 있을 때 마셔두자.

"끄응."

아, 머리 아파 죽겠다. 집에서 고주망태가 되다니 정말 방탕한 아들이군. 으, 카렌에게 꿀물을 타오라고 해야겠다. 비싼 값을 하는지 비교적 속이 괜찮은 편이긴 하지만 어디까지나 비교상이다. 속이 상당히 울렁이는 게 이대론 아무것도 위장에 못 집어넣겠다.

안 떠지는 눈꺼풀을 억지로 뜬 나는 살색의 향연을 맞이했다. 뭐야, 누가 내 방 벽지를 이렇게 야하게 바꿔놓은 거지? 사람의 것을 닮은 우윳빛 벽지가 내 시야를 채우고 있다. 하하, 잠이 덜 깬 상태라면 꼭 여자 애가 옆에 누워 있는 것처럼 보이겠군.

"......"

침착해라, 리워드. 침착해야 된다. 내 옆에 누워서 잘 자고 있는 여자 애는 뭔가 착오가 있는 게 분명하다. 암, 그렇고말고. 금발의 미소녀가 내 침대에서 속옷 차림으로 자고 있는 건 분명 무슨 오해가 있다!

도피하지 마! 스스로를 꾸짖은 나는 조심스레 상반신을 일으켰다. 으, 내가 절대로 가슴 계곡을 보려고 한 건 아니다. 몸이 움직이니 머리도 움직이고 눈도 움직인 거야. 아, 속옷 위지만 꽤 크고 모양이 좋은 게 한눈에 들어왔다. 내가 좋아하는 타입인데.

"가슴 볼 때가 아니지……."

어쩌지? 나는 관자놀이를 잡고 고민했다. 기억이 하나도 안 난다. 막막할 정도로 넓은 하얀 벽에다가 말라비틀어진 붓으로 억지로 비벼대는 기분이다. 아, 돌겠다. 어머니, 저 대형 사고 쳤어요!

"…이게 아냐."

심호흡을 하자 수면에 가라앉아 있던 기억이 떠올랐다. 앙 띠뉴던가 쁘띠뉴던가, 여하간 무지 독해서 기억이 잠시 날아갔구만. 머리의 흰 벽이 다채롭게 채색되는 걸 감상한 나는 이곳이 이계란 사실과 그동안 벌인 행적을 기억해 냈다.

단지 어젯밤 일만은 기억나지 않는다.

왜 내 옆에서 류아가 속옷 차림으로 곤히 자고 있는 거지? 그리고 난 왜 상반신을 벌거벗은 건데? 애초에 여기는 누구 방이야? 방구석에 놓여진 카타나와 레더 아머를 보니 내 방 같다. 객실이란 게 보통 디자인에 변화를 안 주니 저런 걸로 확인해야 한다. 여하간 내가 류아의 방에 처들어온 건 아니고, 그럼 그 반대 상황이란 건데…

"후우, 일단 깨울까?"

나는 조심스레 침대를 빠져나가 방바닥에 널려 있는 류아의 옷가지를 집어 올렸다. 이걸 일단 침대에 올려놓고 깨워야지 수습이 쉽겠지.

"…리워드님?"

"……."

엿됐군. 짧은 시간 동안 고개를 돌려야 되나 말아야 하나 무지 고민했다. 다행히 류아가 내 고민을 해결해 줬다.

"꺅!"

소녀적인 비명을 들은 나는 속으로 셋을 세고 몸을 돌렸다. 다행히 예상대로 류아는 몸을 이불로 가리고 있었다. 이불을 푹 뒤집어쓴 류아는 눈만 내놓고 내 쪽을 보았다.

"……."

"……."

침묵에 잠긴 침대 위의 대치가 길게 이어졌다. 그러고 보니 류아에게 고백에 대한 답도 못 들었지? 아니, 그건 지금 안 중요해! 이 상황을 어떻게 원만하게 수습하느냐가 최우선이다. 움직여라, 뇌야!

"저……."

"혹시……."

둘이 동시에 입을 열고 닫았다. 류아는 나에게 먼저 말하라는 눈짓을 보냈다. 아, 뭐라고 말해야 되지.

"……책임질게."

어찌겠어. 어머니, 불효자식은 이렇게 되어버렸습니다. 물론 이게 처음은 아니지만…… 그때와는 상황이 다르니 책임져야지. 이런 건 확실히 해둬야 한다. 내 말에 류아의 하늘빛 눈동자가 일렁였다.

"저…… 임신한 건가요?"

"……."

으아, 솔직히 자신없다. 나는 고개를 숙여 그녀에게 사죄했다.

"그게…… 잘 기억이 안 나."

"저도…… 안 나요."

엥? 이불 밖으로 목까지 내민 류아는 숙취와 당혹이 범벅된 얼굴이었다. 으음, 그녀도 기억이 날아갔나? 어쩐다. 이 경우는 역시… 대거나 에티엔의 증언이 필요하겠지?

"아닌가……."

생각해 보니 했다고 해도 그 둘이 보는 앞에서 하진 않았을 터. 그래도 정황 정도는 들어봐야지.

"뭐, 뭐가요?"

"그게…… 역시 나도 잘 모르겠는데."

말꼬리를 흐리자 류아는 울 것 같은 얼굴이 되어버렸다. 윽, 남자가 뭔 개소릴 한 거야, 지금!

"류아, 들어줘!"

"……."

말하기에 앞서 심호흡을 했다. 지금이야말로 고백에 대한 답을 받아낼 때이다. 그래, 했든 안 했든 이미 엎질러진 물이야! 어쨌거나 책임지는 수밖에 없잖아!

"나는 널 좋아해. 처음 봤을 때부터 쭉 좋아했어."

그래, 엉망진창인 상황에 헝클어진 사고지만 이 감정 하나만큼은 명확하다. 대가없이 나를 믿어준 소녀를 좋아하게 됐다. 물론 이 소녀는 아름답지만…… 그걸 뛰어넘는 문제다. 류아가 날 기다려 왔다면 나 역시도 그런 건지도 몰라.

아버지를 보지 않고 나에게 믿음을 주고 신뢰해 줄 사람을.

그리고 류아는 용자로서 입증되지 않은 나를 신뢰해 줬다. 그것이 맹신이라 비꼬이건, 미망이라 비난받건 받는 입장에선 정말 과분한 호의였다. 그래서 좋아하게 되었어. 그래, 그녀의 순수한 호의를 이성에 대한 애정으로 내가 착각하고 있었는지도 몰라. 아니, 아마 그럴 거야.

하지만 그렇기에 더욱 여기서 답을 들어야 한다.

나는 힘겹게 침을 삼켰다. 내 두 번째 고백에 목까지 빨개진 류아는 잔결치는 붉은 입술을 느리게 벌렸다.

"저, 저는……."

"아직도 자냐?"

"……."

문을 열고 들어온 사내를 보며 나는 이를 갈았다. 미치겠네. 남이 애써 고백을 하면 도움은 못 줄망정 하나같이 계속 방해를 해요. 용자는 연애도 하지 말란 거냐?

"뭐 하냐, 니들?"

삐딱하게 우리를 노려본 대거는 혀를 찼다. 아, 대거에게 이렇게 살의를 느껴본 건 처음이다. 류아는 대거의 시선에 몸

둘 바를 몰라 이불을 머리까지 뒤집어썼다.

"끄응."

나는 내 옷을 집어 들고는 대거를 잡아끌어서 복도로 나왔다. 방문을 닫자 절로 한숨이 흘러나왔다. 아, 일단 옷부터 입어야지. 누가 볼까 무섭다. 이미 대거가 보고 있지만.

"술 덜 깼냐?"

"아뇨."

옷을 입는 나를 대거가 미심쩍은 눈으로 보더니 낮게 말했다.

"넌 어제 곱게 쓰러졌으니 아무 일 없었다."

"근데 류아가 왜 제 방에 있죠?"

"그야 나도 모르지. 분명히 널 침대에 던져 놓고 다들 방에서 나왔는데."

으음, 불행 중 다행이라고 해야 되나. 대거는 어깨를 으쓱여 보이곤 화제를 돌렸다.

"출정식은 오늘 오후에 한다. 준비해라."

"네."

그때 옷을 챙겨 입은 류아가 방문을 열고 나왔다. 옷차림이 흐트러져 있긴 하지만 술은 깬 모양이다. 류아는 나를 보더니 화악 얼굴을 붉혔다.

"류아, 어제 난 취하는 바람에 아무 일도 없었어. 그렇죠?"

대거에게 동의를 구하자 그는 고개를 끄덕였다. 하지만 수심이 깃든 류아의 얼굴은 변하지 않았다. 응? 안 믿나?

"그…… 남자 옆에서 자면 임신하는 거 아닌가요?"

"……."

"……."

아아, 여신이여. 천연기념물을 발견했습니다. 한 손으로 얼굴을 가린 난 대거에게 남은 손으로 손사래를 쳤다. 대거는 훌륭하게 내 말 뜻을 알아듣고는 사라져 줬다.

아, 어떻게 설명해야 되나. 지금 순진한 소녀기사에게 성교육을 시키라고? 애초에 여자 애에게 그런 걸 어떻게 설명해? 고민하던 나는 이를 꽉 악물고 할 수 있는 한 최대한의 빠르기로 말했다.

"그러니까 남자랑 여자랑 같이 누워서 그걸 하면 애가 생겨."

"……그거요?"

우아, 뭐라고 설명해. 나 용자 맞아? 용자가 왜 여자 애에게 성교육을 시키고 앉아 있는데? 원래 귀족 아가씨들은 이런 거 배워두지 않나? 내 난처한 기색을 읽은 류아가 기어들어 가는 목소리로 말했다.

"그게…… 전 신전에서 자라서요. 다들 그렇게만 설명하길래……."

"……."

아, 깜빡 잊었다. 류아는 알 브레히토가 예견한 용자의 검이었지. 하지만 그렇다고 교육을 안 시키면 뭘 어째? 평생 처녀로 늙어죽을 것도 아닌데. 얼굴도 모르는 사제를 원망하던 나는 류아의 기색을 보곤 소스라치게 놀랐다.

"죄송해요. 잘 몰라서……."

그녀의 고개는 갈수록 숙여지고 있었다. 남자 옆에서 자버렸다는 대책없는 상황에다가 상대가 제대로 설명도 안 해주고 뭐라고 말하면 황당해하고만 있으니 다 자기 잘못이라 생각한 걸까. 파란 눈이 그렁그렁한 게…… 으, 놔두면 울 것 같다!

"아냐! 미안해할 것 없어!"

아침 복도를 쩌렁쩌렁 울리는 목소리다. 소리친 나도 내 성량에 놀랐다. 류아는 깜짝 놀란 얼굴로 고개를 들었다. 류아의 어깨에 손을 얹은 나는 빠르게 말했다.

"그러니까 남녀가 사랑하는 감정을 느껴서 생식 행위를 하면 애가 생기는 거야. 근데 어젯밤에 나는 만취해서 그런 걸 할 수 있는 상태가 아니었어. 그러니까 우린 아무 일도 없었던 거고, 고로 애가 생길 걱정은 안 해도 돼."

아, 억만금을 줘도 두 번은 못해먹을 짓이다. 이 지랄을 하느니 용자를 집어치울래. 설명을 흡수한 류아의 얼굴이 묘한 표정이 되었다. 안심과… 아쉬움?

"그렇군요."

"으응, 그렇지."

그리고 류아는 손가락을 꼼지락거리며 말문을 닫았다. 나라고 이 어색한 분위기를 타파할 정신이 아니라서 자연히 대화의 맥은 끊어지게 되었다. 으음, 둘만이겠다 아까 고백에 대한 답을 요구해 볼까?

"잘 잤어요?"

하지만 그렇게 생각하자마자 옆 방에서 에티엔이 튀어나와 인사를 하는 바람에 물 건너갔다. 진짜 인생에 도움되는 인간이 없네. 류아는 에티엔을 보고 고개를 황급히 끄덕였다.

"그, 그럼 저, 저도 출정 준비를 할게요."

말을 심하게 더듬거린 그녀는 부리나케 걸어갔다. 아무리 잘 봐줘도 자리를 피하려는 움직임이다. 으음, 상처받아야 하는 건지 말아야 하는 건지 모르겠다.

"울린 거예요?"

"…아니에요."

당신 때문에 내가 울고 싶어져. 나날이 한숨만 늘어가는구나.

"어제 류아가 취한 채로 리워드 방에 들어가던데…… 잘했죠?"

"……."

이봐, 저의가 뭐냐? 나는 허탈하게 웃으며 에티엔을 노려보았다. 검지를 입에 문 그녀는 칭찬해 달란 표정을 짓고 있었다. 말리지 않았으니까? 이 여자는 상당히 도발을 잘하는

데, 그게 악의가 없다는 거야 알지만 이렇게 콤보를 넣어주면 화가 안 날 수가 없다. 하지만 내가 웃건 울건 에티엔은 아랑곳하지 않았다.

"싫었어요?"

"됐어요."

상대하면 나만 맥 빠진다. 에티엔을 무시하고 방으로 들어간 나는 무장을 챙겼다. 식량이야 군대에서 지급되겠지. 내 짐이라 할 만한 것도 달랑 무기 정도구나. 방을 나오려다가 걸음을 멈추고 뒤돌아보았다. 며칠 지내지도 않은 방의 침대와 가구, 창문과 레이스 커튼.

"돌아올 수 있을까."

분명히 내 육체 능력은 인지를 초월해 있다. 처음 나가보는 본격적인 전장이라고 한들 위험하리란 생각은 들지 않는다. 하지만 그와 별개로 불안한 마음이 드는 건 어쩔 수 없다. 일이 너무 잘 풀리는 것과 맞물려서…… 흉계가 숨어 있지 않나 의심이 들 정도다.

그런 마음가짐으로 방을 보니 어쩐지 눈물이 날 것 같았다. 실은 내 방도 아니고, 정신을 차리고 쓴 건 하루 정도밖에 안 됐지만.

"하아."

나는 깊게 숨을 들이쉬었다. 결정해 놓고 지체하는 건 나답지 않다. 과거를 붙잡고 끙끙대어 봤자 아무것도 변하지 않

아. 그건 비합리고 내가 용납할 수 있는 성질의 것이 아니다.
오로지 현재만을 보고 미숙하게나마 걸어갈 뿐이다.

"일하지 않는 자 먹지 말고, 싸우지 않는 자 살지 말라."

레이 어머니의 말씀을 되뇌이며 방문을 닫았다.

제 4 장
전쟁(戰爭)

전쟁
戰爭

땅아이를 부탁하네

　　　　"끄응."

　사령부 막사의 탁자에 자리한 인간들의 얼굴이 죄다 일그러져 있다. 서로 한숨을 교환하는 모습은 절망적이었다.

　사령관은 수염을 꼬고 있고, 참모는 수심에 잠긴 얼굴이다. 상처투성이의 얼굴을 갖고 있는 기병대 지휘관은 입을 다물고 있지만 별로 밝은 기색은 아니다. 궁병대 지휘관은 입꼬리를 내리고 이맛살을 잔뜩 찌푸리고 있었다. 나도 좋은 얼굴은 아닐 거다.

　아고라의 군세는 농성전을 하지 않고 야전을 택했다. 그보다는 애초에 점거라는 개념이 없는 것 같다. 그들은 미스트리

가도를 따라서 수도를 향해 북상하고 있었다. 덕분에 이 키반 평원에서 마주친 거고.

"적의 수가 1만, 우리는 5000. 이건 무모하네."

총사령관인 발렛의 수염이 잘게 떨렸다. 그와 뜻을 같이하는 동지들인 반공작파의 일원들은 하나같이 고개를 끄덕였다.

"하지만 여기서 싸우지도 않고 퇴각하면 공작이 그 모든 책임을 물을 것입니다."

내 말에 발렛은 수염을 잡아 뜯기 시작했다. 그의 옆에 있던 비슷한 연배의 남자, 참모인 볼텍 자작이 그 난동을 간신히 진정시키는 동안 생각을 가다듬었다.

전력의 차는 두 배, 게다가 중장 부대인 우리와 달리 저쪽은 갑주가 가벼운 편이다. 여기서 3관문으로 퇴각한다고 해봤자 따라잡힐 게 뻔하니 그건 패스. 혹은 추격하기 힘든 피해를 입히고 3관문으로 간다 한들 역시 공작이 트집을 잡을 테니 패스. 수가 없네.

아, 정말 눈앞의 화살보다 등 뒤의 창이 무섭다. 공작은 연일 사신을 보내서 절대로 물러서지 말라 하고 있다. 그리고 고지식한 이 무장들은 거기에 항명할 생각을 조금도 하지 않고 있다. 그들이 반공작파라고 한들 로멜이 총사령관이라는 점은 변함이 없다나? 나로선 이해도, 납득도 안 되는 사고방식이지만 한결같이 이러니 별수없다.

"평야 지대라서 복병은 무리고… 대체 어쩐다."

볼텍 자작의 말에 좌중이 숙연해졌다. 제아무리 잘 조련된 병사들이 진형을 짠다고 한들 두 배가 되는 적, 그것도 인간도 아닌 마물들을 상대로 정면 돌격은 미친 짓이다. 이들은 고지식하긴 하지만 미련하진 않았다. 그래서 국왕 전하의 가호가 함께하는 한 우리가 패할 리가 없다는 믿음 대신 이렇게 고민하고 있는 거지.

"지금 문제는 적을 전멸시키는 게 아니라 아고라를 잡는 거예요."

내가 입을 열자 무장들의 이목이 나에게 쏠렸다. 어차피 이길 수 있는 전투가 아니다. 탁 트인 평야니 복병은 무리요, 기책도 쓰기 힘들고 쓴다 해도 큰 효과를 기대하기 힘들다. 룬슈테드의 군대엔 마법사도 적은 편이라서 전황을 바꿀 전력도 안 되고.

"제가 혼자 침투해 아고라를 잡죠. 그동안 이기는 전투가 아니라 버티는 전투를 해주세요."

"그런 무모한! 아고라의 용력은 널리 알려진 바인데 혼자 상대할 생각이오? 경이 카르낙과 가뭇을 격살할 정도로 무용이 빼어난 것은 알겠지만 아고라는 그 둘보다도 강하오. 낮게 볼 상대가 아니오."

"별수없잖아요."

내 말에 볼텍이 반박했지만 정말 별 다른 방법이 없다. 발

안자가 생각해도 또라이 같은 의견이지만 어쩔 수 없잖아. 이 상황에서의 상책은 관문으로 퇴각해서 농성을 벌이는 거다. 하지만 안 된다잖아. 물러나는 게 최선인데 막혔으니, 이젠 재빨리 적장의 목을 따는 게 차선이다.

나는 몸을 일으켜서 좌중의 얼굴들을 하나하나 훑어보았다. 대장인 발렛 남작, 참모인 볼텍 자작, 궁병대의 지휘관인 카심 백작, 기병대의 지휘자인 이스트 남작…… 하나같이 전장에서 뼈가 굵은 무부들이다. 이들을 안 지가 채 열흘도 되지 않았지만 이 짧은 시간만으로도 이들이 좋아지기 시작했다.

속된 구석 하나 없이 곧바른 인간들. 그야말로 남자 중의 남자, 사나이라고 할 수 있는 장수들이기에 제아무리 불합리하다 해도 명령에 대한 거부는 생각도 않는다. 무식하다고 비하당할 정도로 개결한 마음가짐과 순수함이 나를 매료시켰다.

나는 여기의 누구도 죽게 놔두지 않겠다.

"저를 믿어주세요. 저는 알 브레히토가 보낸 구세용자, 이 세계를 구하기 위해 검을 든 자입니다. 제 이름을 걸고 약조하지요. 반드시 아고라를 처단해서 이 전쟁을 끝내겠습니다."

"으음."

좌중이 숙고하는 중에 흉터가 몸을 뒤덮은 남자가 벌떡 일어났다. 기병단의 지휘자인 이스트 남작이다. 화강암처럼 굳어 있는 얼굴과 온몸에 새겨진 상흔이 트레이드 마크인 그는 중후한 성음으로 찬성을 표했다.

"우리 기병단 5백의 목숨을 구세용자, 경에게 맡기오."

"우리 궁병대도 마찬가지오."

그 말에 대궁을 메고 있는 초록옷의 남자, 카심 백작이 일어나며 동의했다. 룬 슈테드에서 가장 활을 잘 쏜다는 평이 있는 그는 숙연한 어조로 뜻을 밝혔다.

"우리는 오로지 경이 올 것을 믿으며 16년을 기다렸소. 그리고 신이 예언하신 대로 지금 경을 앞에 한 나의 마음에 망설임은 없으며, 내 부대원들 또한 마찬가지오."

아들의 말에 기운을 얻었는지 발렛이 크게 외치며 탁자를 내려쳤다

"좋다! 나가자! 모두 배불리 먹고 정오에 전투를 벌인다! 이 전쟁은 란헬 3세 전하를 위한 것이오! 우리의 피에 영광 있으며 우리의 마음에 긍지 있으니, 적들의 창칼에 쓰러져도 의기는 꺾이지 않으리라!"

일어난 제장들 모두가 고개 숙여 그 명을 받들었다. 나도 고개를 숙이며 숨을 내쉬었다.

이들은 나를 믿고 절망적인 전투를 벌이려 한다.

그에 보답하지 않으면 안 된다. 장수들은 막사를 빠져나가기 전에 한 명씩 인사를 했다.

"이 전투 후에 목숨이 붙어 있다면 경과 마상 시합을 하고

싶군."

이스트 남작 특유의 무거운 목소리가 내놓은 제안에 나는 말없이 고개를 끄덕였다. 카심 백작은 나가기 전에 나를 한 번 뒤돌아보고는 웃으면서 고개를 끄덕였다. 이 쾌활한 남자는 전투 직전임에도 불구하고 긴장하는 대신 웃는 것을 택한 듯하다. 여타 장수들이 나간 뒤 발렛을 보았다.

"그럼 저는 저대로 준비하겠습니다."

"부탁하네."

발렛의 당부를 마음에 안은 나는 막사를 나섰다. 밖에서 대거와 에티엔이 나를 기다리고 있었다. 류아는 보병대의 지휘를 맡아서 이 자리에 없다.

"일단 에티엔 씨는 후방에서 치료 주문을 써주세요. 그 주문만 준비했죠?"

고개를 끄덕인 에티엔에게 시선을 뗀 나는 대거를 보았다. 엽궐련 연기를 피워 올리던 그는 탁한 목소리를 냈다.

"아고라를 찾아서 신호탄을 쏘라는 거냐?"

"사실 무리라 봅니다."

내가 대거에게 이 임무를 맡긴 건 그의 기동성 때문이다. 그가 가진 그림자 이동 능력은 암살과 정찰에 유용하니까. 혼란스러운 전장 속에서 마물 하나를 찾는 데 이만한 재주꾼은 드물겠지. 내 말에 대거는 담배를 흙바닥에 버렸다.

"그럼 어쩌라는 거냐?"

"최대한 저에게 알리려고 노력해 주세요."

그에겐 이 이상을 기대할 수 없다. 대거는 짧게 고개를 끄덕이고는 주머니에 손을 찔러 넣고 병사들의 숙사로 걸어갔다. 에티엔은 내게 인사를 한 후 사제들이 모여 있는 막사로 향했다.

나는 고개를 들어 하늘을 바라보았다. 류아의 눈동자를 닮은 창공에는 구름 한 점 보이지 않았다. 곧 벌어질 살육의 향연에는 전혀 관여치 않고 빛나는 태양, 그 아래 서 있는 나.

갑자기 무서워졌다.

이건 실패해서는 안 되는 일이다. 두 번은 없어. 처음 시도하는 일이지만 여유가 없다. 아아, 최악이군. 내가 움직이는 방식은 이게 아닌데. 이런 무모한 외줄 타기는 질색이다. 어떤 상황에서건 차선을 마련하고 행동하는 성미라서 수틀리면 끝장나는 짓은 해본 적이 없다.

눈을 감고 막사의 멤버들을 떠올렸다.

이스트 남작, 패배한 전투에서 왕을 온몸으로 감싸 보호한 평민 병사. 그 공으로 작위를 손에 넣었다. 그때의 상처가 온몸에 흉터를 남겼지만 되레 훈장으로 여기는 듯하다. 과묵한 성격으로 왕가에 대한 충성심은 남다른 데가 있다. 여기 있는 장수들 중 고지식하지 않은 사람이 없지만 가장 심한 자를 꼽으라면 이 남자다.

카심 백작, 과녁의 정중앙에 화살을 꽂고 다음 화살로 그걸 쪼갤 수 있는 실력자. 같이 행군하면서 몇 번 봤는데 기가 막힌 솜씨였다. 성격이 밝고 쾌활한 남자로, 발렛의 아들이기도 한데 성이 다르다. 카심이라는 성은 그가 실력으로 얻어낸 것이다. 가만히 있었다면 남작 영랑이겠지만 무훈을 쌓아 아비보다 더 높은 지위에 올라선 것이다.

볼텍 자작, 참모를 맡은 사내. 주로 하는 일은 다른 사람의 의견에 딴지를 거는 거지만 단순히 성격이 나쁜 건 아니다. 상당히 신중한 성격으로, 이번 작전도 그다지 탐탁지 않게 여기고 있다. 과단성이 부족하다는 걸 제외하면 훌륭한 책사다. 이런 사람 하나쯤은 있어야 군도 잘 돌아가지. 성격도 좋은 편이라 사석에선 말이 잘 통한다.

그리고 이들의 지도자이자 이 군의 지휘관인 발렛 남작. 군에서 대단히 존경받는 존재로, 용맹과 냉정을 겸비한 왕국 제일의 명장이라고 한다. 작위에 연연하는 성격도 아니고 로멜의 압박도 있어서 능력에 어울리지 않게 남작이다. 류아의 아버지이기도 하다.

으음, 결국 류아 생각까지 해버렸군. 류아는 괜찮으려나……. 찾아가 보는 게 좋을까 싶지만 지금은 전투 준비로 한창 바쁠 테니 오히려 방해만 되겠지.

혼자서 시간을 죽이기로 한 나는 쾌청한 봄 하늘을 바라보았다. 우중충하고 엉망진창인 내 마음속과는 정반대인 광경이 펼쳐져 있다. 숨을 깊게 들이마셔 몸에 활력을 불어넣었다.

"후우."

모두를 위해서 해내자, 구세용자.

정오에 키반 평원에서 양군이 대치한 가운데 전투가 시작되었다. 총지휘관인 발렛과 나는 후방의 적당히 솟은 언덕을 골라 전장을 내려다보았다. 적의 수는 어림잡아 두 배. 군마가 투레질을 하고 보병들이 일사불란하게 밀집 대형을 갖추는 광경 앞으로 아인단이 돌격해 오는 게 눈에 들어온다. 마음 같아선 나도 저기에 있고 싶지만 그렇게 하다간 아고라를 발견하는 게 늦어진다. 여기서 지켜보다가 놈이 보이면 즉각 튀어나가야 한다.

"국왕 전하의 궁병대! 전원 사격!"

평소와 달리 엄숙함을 가득 담은 카심의 낭랑한 외침이 투쟁의 시작을 알렸다. 지휘자의 명령에 후방의 궁병들이 시위를 당겼다. 하늘 높게 솟아오른 화살은 제각기 먹이를 찾아 비산했다.

화살 비를 얻어맞은 아인단의 약점을 깨달았다. 그들 전력의 대부분이 보병, 분명히 그 힘과 체력은 인간을 상회하나 분류하자면 보병이다. 늑대를 타는 놈들이 있다 하나 그 비율은 룬 슈테드 군에 비해 훨씬 떨어진다.

아인단의 후방에서 대응 사격이 이어지며 앞선 놈들이 이빨을 드러냈다. 맹렬한 살의를 불태우며 달려오는 마물들을 보고 기병들의 진두에 선 은빛 투구의 사내가 손을 들어올렸다.

"국왕 전하의 기병대, 전원 돌격!"

평상시와 다르게 우렁찬 이스트의 명령을 시작으로 전투가 전개되었다. 방식은 지극히 단순하고 무식하다. 기병대가 적을 돌파해 들어간다. 대열도 유지 못하는 적들. 군마들의 말발굽 아래 단숨에 전열이 무너졌지만 그 수가 너무 많다. 그 뒤를 따라 보병들이 검을 뽑았다. 창병은 대기 상태, 울프라이더(Wolf Rider)들이 집단으로 돌격해 오면 이용해야 될 전력이다.

단 하나의 의미만을 담은 살육이 벌어졌다.

정지를 모르는 기병이 마물들을 짓밟고 보병은 그 뒤를 따라 들어간다. 평야의 이족 보행체들이 학살의 주체 혹은 객체로 존재하는 시간. 여름이 다가오려는지 날이 무덥고 피 냄새가 짙다.

시간이 한참 지났지만 형세는 대등해 보인다.

"불안한가?"

콧수염을 쓰다듬던 발렛이 물어온다. 그는 백전노장, 이런 군단 대 군단의 전투에 초보인 내가 불안을 숨기는 건 무리겠지. 살짝 고개를 끄덕이자 발렛은 무표정하게 말했다.

"너무 불안해하지 말게. 곧 자네의 활약이 필요하게 될 거야."

그 말에 고개를 끄덕이고 전장에 시선을 집중했다. 아고라는 어디 있을까. 우리처럼 후방에서 지휘하고 있을까? 아인단은 그런 것이 가능한 군대론 보이지 않는다. 원래 어둠에서 태어난 마물들은 자신이 약자의 입장에 놓인다 싶으면 도망가는 일이 허다하다. 그런 불안한 부대라면 분명히 저 피바람이 이는 전장의 어딘가에 그놈은 있다.

나는 쉬지 않고 눈을 굴렸다. 어디냐? 어디냐, 아고라? 어서 나와서 결착을 지어야 한 명이라도 덜 죽는다. 어디 있냐, 너!

시간이 지루하게 흘러갔다.

아인단의 후방에서 대기하고 있던 울프 라이더들이 튀어나왔고, 그걸 막기 위해 창병이 나섰다. 얼굴에 흐르는 땀을 닦지도 않고 혼돈의 전장을 주시하지만 보이지 않는다. 후방에 틀어박혀서 안 나오나?

전장은 일진일퇴, 마구잡이 혼전으로 가고 있었다. 저렇게 되면 인간 측이 전멸한다. 제아무리 지휘관이 분전한다고 해도 개개의 능력이 뛰어난 마물들은 혼전에서 그 힘을 배로 발휘한다.

결국 룬 슈테드 군은 서서히 무너지기 시작했다. 카심이 목청 높여 군을 독려하지만 한번 무너지기 시작한 전황은 돌이킬 수 없다. 지금 당장이라도 튀어나가고 싶지만 참았다. 중요한 것은 전쟁의 승패가 아니라 아고라를 잡는 것. 볼텍은 마음에 들지 않는 전황인 듯 발렛과 전장을 번갈아 쳐다보고 있었다.

하아! 어서 나와라, 아고라.

그때 전장의 혼돈에 종지부를 찍는 울림이 퍼졌다.

"파이어 볼!"

무수한 화염구가 아인단의 후방으로부터 날아온 것이다. 세, 세상에! 어림잡아 백 개는 되어 보이는 불꽃이 기병대에게 작렬했다. 사방에서 터지는 불꽃에 말이 날뛰고 기사들이 비명을 지르며 타죽었다. 그 괴멸적인 공격에 전선이 무너졌다.

이걸로 승패는 완벽하게 기울어졌다. 이대로라면 룬 슈테드의 패배다. 그러나 뒤집을 수 있다! 저 멀리 전장의 뒤편에서 놈의 모습이 나타난 것이다. 파이어 볼의 시전자들인 코볼트의 비호를 받고 있는 거대한 버그베어, 저놈이 아고라다.

"출진하겠습니다!"

발렛의 대답을 듣지도 않고 언덕을 뛰어 내려갔다. 말은 타지 않는다. 내 다리는 말보다 훨씬 **빠르고** 바람마저 추월한다. 세상이 정지되어 보이는 시간, 매캐한 연기와 불에 탄 시체들의 냄새, 우왕좌왕하며 퇴각하는 병사들. 그것들을 뚫고 적을 향해 달렸다.

인간들을 추격하던 고블린들이 내 움직임을 보고 놀란 소리를 질렀지만 지금은 이런 잡졸들을 상대할 여유가 없다. 어서 아고라를 처리해야 된다.

나는 고블린들의 머리를 밟고 달렸다. 발아래서 물컹한 것들이 터져 나가는 불쾌한 감촉이 연이어졌지만 그런 걸 신경 쓸 때가 아니다. 마물들의 뇌수로 이루어진 뇌로(腦路)를 달린다. 놈들이 창을 휘저어봤자 내 속도를 따라잡을 수 없었다. 뇌의 길을 만들어낸 나는 금세 아인단의 후위에 도착했다.

"흐흐흐."

언덕에 올라서 오연한 자세로 나를 내려다보고 있는 버그베어, 아고라가 기다리고 있었다. 그는 히죽 웃더니 손을 치켜 올렸다.

"죽어라, 구세용자!"

"이너베이션!"

코볼트들의 찢어지는 합창이 울려 퍼졌다. 뭐, 뭐지? 그 순간 아고라 뒤편의 코볼트 친위대들이 나를 향해 손가락을 가리키고 있다는 걸 깨달았다. 곧 백 마리에 가까운 코볼트의 손가락에서 생겨난 검은 광선들이 내게 쇄도했다. 척 봐도 음험한 기운이 실린 게 맞았다간 절대 성하지 못할 성질의 것이었다.

하지만 이건 내가 오길 기다리고 있다 쏜 것이라 피할 길이 없다! 작렬하는 무수한 흑광선을 피해 몸을 굴렸지만 다 피할 수는 없었다. 그런데 내 몸에 근접한 광선들이 신기루처럼 사라지는 게 아닌가?

"큭, 항마력이라니! 과연 용자란 말인가?"

어, 그런 게 내 몸에 있었나? 항마력이라는 건 마법에 저항하는 힘으로서 보통 악마나 천족이 가지고 있는 건데? 당사자도 모르는 능력이지만 그게 코볼트 무리들이 쏜 검은 광선을 무마한 모양이다.

"그렇다면!"

검을 뽑고 달렸다. 이 코볼트들은 처리해 두지 않으면 안 된다. 파이어 볼 100발 같은 걸 쏴대는 부대를 가만히 놔둘까 보냐! 코볼트들은 비명을 지르며 주문을 난사했지만 단 하나도 내게 해를 입히지 못했다. 나를 향해 달려오던 불꽃의 화살과 얼음 광선, 번개의 창과 음 에너지가 허공에서 증발했다. 이게 항마력의 힘인가?

엄청나게 유리해진 상황에 힘입은 나는 금세 코볼트 스무 마리를 베어 넘겼다. 그러자 나머지들은 비명을 지르며 흩어져 달아나기 시작했다. 잡졸들을 쫓는 대신 뒤를 돌아보았다.

"큭, 이래서 조무래기들은 곤란하단 말이지."

아고라는 이를 갈며 전투 도끼를 들었다. 그걸 본 나는 마음을 가다듬고 놈에게 달려들었다. 일단 상반신을 노리고 카타나를 휘둘렀지만 놀랍게도 놈은 막아냈다! 트라이림에 온 뒤 처음으로 공격이 막힌 것이다. 하지만 아고라도 감으로 막은 것인지 놀라움에 비명을 질러댔다.

"인간의 용자는 괴물이냐!"

그 바보 같은 물음에 답하지 않은 나는 연신 검을 휘둘러 아고라를 몰아 붙였다. 뜨겁게 타오르는 태양 아래서 이뤄지는 검과 도끼의 댄스는 내 쪽의 리드였다.

"하아앗!"

기세를 올려 계속 공격하지만 아고라는 아슬아슬하게 막아내고 있었다. 점차 마음이 조급해진다. 어서 이놈을 박살내고 아인단을 처리해야 한다. 지금 뒤쪽에선 아인단이 인간들을 추살하고 있을 것이다. 그걸 가만 놔둘까 보냐!

나는 검을 잡고 있던 손가락을 풀었다.

"쿠에?"

놈은 내 행동이 이해가 안 되는지 기성을 내질렀다. 바보처럼 시간을 준 답례로 상쾌하게 웃어 보인 나는 놈의 도끼 자루를 향해 빠르게 주먹을 내질렀다.

파앙!

가죽 터지는 소리가 울려 퍼졌다. 음, 이러다가 검사가 아니라 권사가 되겠군. 주먹이 일궈낸 파동은 자루를 박살 내는 것으로 그치지 않고 그 뒤의 아고라까지 박살 냈다. 복부와 가슴을 날려 버린 거대한 구멍으로 내장 조각이 쏟아져 나왔다. 이것으로 끝. 사기 친 기분이지만 상황이 상황이다 보니 어쩔 수 없었다. 아고라는 뭔가를 말하려는 듯이 입을 달싹거리다가 눈을 감고……

웃었다.

그렇게밖에 해석이 안 되는 표정을 지은 놈이 쓰러졌다. 뭐야, 마물 중에서도 무인은 있단 건가? 죽음을 목전에 두고 웃음을 짓는 버그베어라니, 황당하군. 잡상을 떨쳐 낸 나는 아고라의 시체를 들쳐 멨다. 어차피 쓸모없는 시체라면 유용하게 써야겠다. 무게가 꽤 나가는 것 같다만 증진된 육체엔 별 부담이 가지 않는다.

땅에 떨어져 있는 검을 회수하고 아인단의 뒤쪽으로 쇄도했다. 활을 쏴대는 오크 궁병들을 바디 체크로 무력화시키고 한 놈의 머리를 밟고 뛰어올랐다. 여신의 축복을 받은 이 몸에서 가장 경이로운 부분을 꼽으라면 바로 점프력이다. 한눈에 전장이 다 들어올 정도로 도약한 절정에서 아고라를 메다꽂았다. 투하 지점은 아인단과 룬 슈테드 군의 전선.

쿠앙!

요란한 소리와 함께 시체가 전선의 중심에 떨어져 흙먼지가 자욱이 인다. 아고라의 시체 위로 착지한 나는 혀를 찼다. 너무 세게 던졌는지 버그베어의 시신이 박살이 나 있었다. 이래서야 저 머리 나쁜 놈들이 알아보려나 몰라.

하지만 먼지가 걷히자 내 걱정이 기우임이 드러났다. 대장의 사체를 알아본 코볼트와 놀, 고블린들은 한 놈도 남김없이 괴성을 지르며 물러났다.

"후⋯⋯."

영웅이 된 기분이 이런 거군. 게다가 마침 등 뒤에 흙먼지도 깔리는 게 나름 분위기도 산다. 밀리고 있던 병사들은 적이 찔리던지 잘리던지 아랑곳하지 않고 썰물 빠지듯 물러나자 황당한 표정이었다. 나는 그들을 보며 손가락으로 아인단을 가리켰다.

"국왕 전하의 병사들! 전원 돌격하라!"

당황하던 병사들의 얼굴에 난폭한 미소가 감돌았다. 그 웃음이 곧 모두에게 확산되는데 그리 오랜 시간이 필요치 않았다. 기병대를 필두로 함성을 지르며 뛰쳐나가는 병사들을 보며 나는 기분 좋게 웃었다. 이걸로 끝났다. 니메그의 세 심복은 처리했으니 이제 남은 것들은 잡졸들뿐, 청소만이 남았다. 달려가는 병사들을 뒤따르려는데 이상한 점이 있었다.

"안 물러난다?"

우왕좌왕하면서 퇴각하던 아인단은 아고라가 있던 언덕에 멈춰서 전투를 속개했다. 마물들의 무용은 상황에 걸맞지 않게 눈부셨다. 예상외로 완강한 벽에 부딪친 룬 슈테드 군은 추격을 포기하고 물러나기 시작했다. 저게 말이 되나? 우두머리가 죽었는데 조무래기 마물들이 자리를 지킨다고? 등골을 훑는 서늘함에 진저리 쳤다.

몸을 박살 내 죽인 이상 일반적인 방법으로 부활할 수 있을 리가 없다.

갑자기 그 소리가 번개처럼 머릿속을 스쳐 지나갔다. 얼어붙은 사고를 억지로 움직이려는 순간 하늘과 땅이 뒤집혔다.

내 몸이 공중을 유영하고 있었다.

"…어?"

빛살 같은 상황 전개에 멍하니 눈을 깜빡거렸다. 내가 왜 공중을 날고 있지? 그때 눈앞으로 거대한 주먹이 다가왔다. 그냥 맞으면 몸이 박살날 듯한 힘이 실려 보이는 주먹에 본능적으로 방어했다.

"크악!"

전신이 박살나는 감촉에 나도 모르게 비명이 새어 나왔다. 하늘과 땅이 몇 차례나 번복되고 영원히 계속될 것 같았던 부유에 종언이 다가왔다.

쿵!

요란한 소리를 내며 땅에 떨어진 나는 천천히 숨을 내쉬었다. 아니, 내쉬려고 노력했다. 으윽, 호흡이 안 된다. 대체 몸이 어떻게 된 거지? 늑골이 몇 개 나간 것 같다. 귓전엔 비명이, 코에는 혈향이, 입으로는 흙먼지가 밀려들어 온다. 이대로 쉬고 싶다는 욕망을 억누른 나는 억지로 고개를 들어올렸다.

거대한 트롤이 서 있었다.

신장은 어림잡아 6미터 정도. 치부만을 가린 더러운 가죽, 폭발할 듯이 꿈틀대는 근육과 손에 들린 몸 크기에 걸맞는 거대한 클럽, 무시무시할 정도의 살의와 흉포함이 맹렬하게 방출되는 붉은 눈, 숨을 쉴 때마다 불꽃이 넘실거리는 콧구멍. 이 모든 특징이 저것의 정체를 나에게 알려주었다. 저 정도라면 누가 설명해 주지 않아도 안다.

아인단장 니메그.

신과 양패구상했다던 마황의 부하가 다시 부활한 것이다. 그걸 깨닫자 방법은 모르지만 현 상황이 명확히 이해가 됐다. 니메그는 자신의 세 심복이 죽으면 부활하게 짜놓은 것이다. 그리고 룬 슈테드는 그 미끼에 걸린 거고. 근거는 없지만 머릿속에서 마구잡이로 떠오르는 게 거짓일 것 같은 기분은 들지 않았다. 물론 지금 중요한 건 매커니즘이 아니라 저놈이 부활했단 사실이지만.

"흐음, 부활한 건가?"

단조로운 어조로 감상을 표한 니메그는 목을 꺾었다. 그 주변에는 물러나던 병사들이 경악한 표정으로 올려다보고 있다. 몇몇 용감한 자들이 무기를 휘둘러 보지만 탄탄한 피부에 흠집 하나 나지 않는다. 니메그는 그 발악을 가소롭다는 듯이 내려다보았다. 비록 지저분한 트롤의 몸뚱이지만 그 행동 하나하나에 강자의 여유가 흘러넘쳤다.

"흠!"

그때 니메그가 클럽으로 바닥을 내려쳤다. 뼈와 살점이 공중으로 튀어 올랐고, 그와 별개로 강렬한 파동이 지상 위의 생명체를 휩쓸었다. 이, 이건? 니메그의 파동은 룬 슈테드 군 전체에 영향을 미치고, 그 대상 전부를 기절시켰다. 내 것과 비교할 수 없을 정도로 더 강력하고 실용적이었다.

좀 시간이 지나자 모두들 정신을 차렸지만 표정엔 공포가 떠올라 있었다. 병사들이 본능적으로 뒷걸음질친다. 지휘 고하를 막론하고 공포와 겁에 질린 얼굴들. 그래, 저 트롤은 마주하는 것만으로도 확실한 죽음이 보장되는 마물이었다.

"으흐흐."

겁먹은 인간들을 보고 니메그는 유쾌한 듯 송곳니를 드러내며 웃었다. 어느새 놈의 뒤로 아인단의 잔존 병력이 몰려와 있다. 아까와는 달리 쥐죽은 듯이 입을 다물고 있는 게 좀 전과 다르게 기강이 서 있는 군대였다. 그걸 보니 니메그가 어째서 아인단장이라 불리는지 알 수 있었다. 제길! 저놈은 너무 위험하다. 내가 상대하지 않으면 안 돼.

하지만 이길 수 있을까? 단 일격에 몸이 박살났다. 기습당했다고 변명하는 것도 정도가 있다. 멀쩡한 상태로 정면으로 붙는다 한들 저 괴물, 신을 쓰러뜨린 괴수를 내가 이기리라 장담할 수 있을까? 높은 곳에 위치한 니메그의 머리가 내 쪽을 내려다보며 지껄였다.

"용자란 것도 별것 아니군. 알 브레히토 놈이 불러왔다길래 기대했지만 이래서야 재미가 없으니. 일단 눈에 보이는 인간들부터 죽여볼까."

그 목소리는 너무 평온해서 마치 산소의 벌초를 해야겠다는 듯이 들렸다. 하지만 그 어조와 달리 내용은 완벽한 몰살을 예언했고, 저놈은 그걸 현실로 구현할 능력이 충분히 있었다. 씨발, 일어나라! 내 몸뚱어리야! 간신히, 간신히 상반신을 일으켰지만 그것만으로 탈진하고 싶어졌다. 조금만 움직여도 엄청난 격통이 밀려온다.

　"핫!"

　팔꿈치를 땅에 대고 겨우 몸을 일으키려 할 때 니메그가 괴성을 질렀다. 그러자 그 추악하면서 강인한 육신에서 검은 안개가 뿜어져 나오더니 뒤에 모여 있던 아인단에게 씌워졌다. 흑무를 뒤집어쓴 마물들의 눈이 붉게 변색되더니만 다들 덩치가 두 배 이상 성장했다. 고블린이고 코볼트고 가릴 것 없이 마물이란 마물들은 모두 부풀려져서 인간을 내려다보는 월등한 체형으로 탈바꿈한 것이다.

　침묵하고 있던 마물의 군대는 변이가 끝나 새로운 육신을 얻게 되자 이내 광포한 울음을 내기 시작했다. 자신의 군대를 즐거운 눈으로 감상한 니메그는 그의 군대에게 명령을 내렸다.

　"인간들을 모조리 죽여라."

　평온한 선언에 인간들의 죽음이 맹렬하게 가속됐다. 광란의 포효로 뒤덮인 전장이 펼쳐진다. 주춤거리던 병사의 목을 고블린이었던, 이제는 뭐라고 불러야 할지 감이 안 오는 괴물이 잡아 뽑았다. 뒷걸음질치다가 돌부리에 걸려 넘어진 보병을 마물이 짓밟아 터뜨렸다.

몇몇 용감한 보병들과 기병대가 저항했지만 니메그의 가호로 강력해진 마물들을 제대로 상대할 실력자는 손에 꼽을 정도였다. 병사들은 그 수를 세는 게 무서울 정도로 죽어가고 있었다.

명백한 패전이었다.

"괜찮냐?"

그렇게 생각할 때 대거가 내 그림자에서 나타났다. 그도 사투를 벌이고 온 것인지 몸에 피가 안 묻은 곳이 없었다. 항상 차갑던 성음에는 숨길 수 없는 피로가 묻어 나왔다.

"좀 일으켜 줘요."

대거가 나를 붙잡고 일으켰다. 아니, 부축했다. 타인의 손길에 의해 몸이 움직여질 때마다 통증이 격하게 반응했다. 하지만 아프다고 지체할 수는 없다. 곧 마물들은 이쪽까지 몰려올 것이다.

어쩌지…… 도망가지 않으면, 퇴각하지 않으면 안 돼. 여기서 죽으면 의미가 없다. 병사들을 최대한 보전해서 물러나야 한다. 그럼 내가 후방에서 추격을 막아야 하는데 몸이 이 꼴이군.

학살당하던 병사들 속에서 말 한 필이 이쪽으로 달려왔다.

"괜찮나?"

기수는 성난 어조로 물었고 나는 간신히 고개를 끄덕였다. 그의 뒤로 기병대가 모여들기 시작했다. 지휘관 이스트 남작을 선두로 한 그들의 수는 현저히 줄어 있었다. 말이고 사람이고 다치지 않은 자가 없다. 전투 전의 늠름한 위용을 자랑하던 기치창검은 간데없고 부러지고 꺾인 무기들만이 있다. 그걸 보자 왈칵 눈물이 쏟아질 것 같아서 땅을 바라보았다.

곧 발렛도 내 쪽으로 당도했다. 총지휘관은 기병대 지휘관을 돌아보며 담담히 말했다.

"모두 리워드 군을 후방으로 모셔라."

그럴 순 없다, 라고 가슴은 말해도 머리는 그 의도를 정확히 파악하고 있다. 나는 구세용자다. 실제로 그렇든 안 그렇든 병사들은, 국민들은 알 브레히토의 사자로 나를 신뢰하고 있다. 그런 내가 여기서 죽어버린다면 룬 슈테드엔 더 이상의 희망은 없다.

이를 악물고 발렛을 쳐다보았다. 그는 자신의 병사들이 일방적으로 살육당하는 전장을 뒤로하고 있었다. 바위 같은 얼굴이 피로에 절어 있다.

그걸 본 순간 연유를 알 수 없는 두려움이 몰려왔다.

발렛의 명령에 기병대가 서로 눈짓을 보냈다. 기병들의 눈은 그들의 지휘관인 이스트를 응시하고 있었다. 이스트는 무뚝뚝하게 그들의 시선을 외면했다. 하지만 상관인 발렛까지 그를 쳐다보자 견딜 수가 없는지 묵직하게 물었다.

"왜 모두 저를 보는 겁니까?"

"그대가 리워드 군을 책임져 줘야겠네."

이스트의 고개가 무겁게 가로저어졌다.

"그럴 수 없습니다. 여기는 제 전장이고, 이들은 제 부하들입니다. 제가 가장 앞서 돌격하지 못할망정 홀로 빠지라는 겁니까?"

"이스트 경, 리워드 군은 이 나라의 희망이야. 우리 모두가 죽더라도 리워드 군만큼은 살려야 하네. 그리고 이 혼란의 전장에서 리워드 군의 목숨을 보장해 줄 사람으론 자네가 가장 믿음직해."

당사자의 의견은 안 묻는 겁니까? 입이 달라붙어서 떨어지지 않았다. 상처 때문인지 가슴이 무겁다. 이스트는 머리를 격렬하게 흔들었다.

"안 됩니다. 그럴 수는 없습니다. 이들의 지휘관은 접니다. 저는 이들과 함께 죽겠습니다. 발렛 경이야말로 몸을 피하십시오. 경이 있어야 다음을 기약할 수 있습니다."

두려움이 가시화된다. 지금 이들은 무슨 이야기를 하고 있는 것이냐? 머리가 답을 내놓지만 애써 무시한다. 총지휘관과 기병대 지휘자는 설전을 벌이고 있었다.

"이스트 경, 내가 리워드 군을 데리고 탈출을 시도한다고 한들 실패할 가능성이 높네. 하지만 자네는 그 지옥에서 국왕 전하를 무사히 모시고 탈출한 경험이 있지. 그래서 이렇게 말하는 것일세."

"불가합니다. 그때 저는 부하들이 없었습니다. 저를 따르는 자들이 있는 이상 저 혼자는 달아나지 않겠습니다."

그만둬라, 그런 이야기. 이 몸은 어째서 이럴 때 박살나 있단 말이냐. 이때만큼 내 무능, 무용이 저주스러운 적이 없었다.

"이스트 경, 명령이 아니라 부탁일세. 구세용자가 죽으면 룬 슈테드는 끝장이야. 그래서 내가 자네의 부하들까지 뺏으며 부탁하는 걸세."

이스트는 입을 다물었다. 그 얼굴이 어떤 빛을 띠고 있을까. 나로선 알 수 없다. 이스트는 고개를 돌려 자신의 뒤에 정렬해 있는 기병들을 보았다. 무거운 목소리가 그의 부하들에게 내려앉았다.

"발렛 경의 제안에 어떻게 생각하는가?"

대답은 없었다. 순간 전장의 유혈과 소음, 부상당한 나와 결정을 기다리는 발렛은 그들의 세계에서 지워진 것 같았다. 이스트는 그의 부하들에게 물었고, 지휘관의 물음에 기병대는 숙고했다. 그 세계엔 오로지 이스트와 이스트를 따르는 자들만이 있었다.

곧 적막한 세계를 깨뜨리는 우렁찬 함성이 솟아올랐다.

"국왕 전하의 기병대! 우리들의 자랑스러운 지휘관에게 경례!"

"당신을 모시게 되어서 영광이었습니다!"

일사불란하게 무기를 고쳐 쥔 기병들은 이스트를 지나쳐 발렛의 뒤에 정렬했다. 이스트는 지금 어떤 마음일까. 경험해 보지 않은 나로선 상상도 할 수 없다. 발렛이 묵묵히 이스트를 불렀다.

"이스트 경."

이스트는 발렛을 보며 투구를 고쳐 썼다.

"경은 제가 알 수 있었던 가장 훌륭한 기사였습니다. 당신의 심장이 멎더라도 그 울림은 제 마음속에 있을 것입니다. 당신과 같은 시대에서 말을 달릴 수 있었던 것에 감사하며 국왕 전하에게 경배합니다."

작별 인사를 마친 이스트는 그의 창을 발렛에게 건네주었다. 기병대 지휘관의 상징인 랜스를 받아 든 발렛은 힘차게 고개를 끄덕였다. 대거가 내 몸을 이스트의 뒤편에 실었다. 죽을 것 같은 고통이 밀려왔지만 신경 쓰지 않았다. 대신 입술을 깨물어 정신을 유지하고 기병들을 바라보았다. 그들의 얼굴 하나하나를 내 마음속에 새겨야 한다.

눈을 감고 싶다. 더 이상 눈을 뜨고 있으면 나도 모르게 울어버릴 것 같다. 하지만 눈을 감으면 도피하는 거다. 지금 상황이 어떤지는 정확하게 알고 있잖아. 도망가지 마라, 이 가짜 용자 새꺄.

이들은 나를 위해서 목숨을 버리려 한다.

창을 든 발렛이 말을 움직여 내게 다가왔다.

"리워드 군, 자네라면 반드시 국왕 전하와 이 나라를 구해 줄 거라 믿네. 그러니 시간을 끌겠네."

죽겠다는 소리다. 그럴 순 없다. 여기선 같이 퇴각해야 된다. 내가 후방에 가서 치료 마법을 받고 오면 제대로 움직일 수 있다. 나는 이 남자를 설득하기 위해 감정과 이성을 총동원했지만 소용이 없었다. 발렛의 눈빛은 칼로 벼린 듯 단호했고, 내 장광설에 묵묵히 고개를 저을 뿐이다. 그는 반박 대신 한마디로 내 입을 틀어막았다.

"딸아이를 부탁하네."

그 소리를 듣자 정신에 찬물이 끼얹어졌다. 어쩔 수 없다. 이들의 희생은 당연한 거다. 그래, 머리는 명확하게 인정하고 있었다. 지극히 합리적인 판단.

잠깐, 난 용자잖아?

이거 농담이지? 난 용자잖아. 어째서 내가 도망가는 거야? 사람을 지키는 게 내가 할 일이잖아? 지금 난 뭐 하려는 거지? 총지휘관이 죽게 놔두겠다고? 기병대를 희생시키고 살아남겠다고? 막사의 모두를 죽이고 살아남겠다고?

서슬 퍼런 이성은 이게 옳다고 하지만 감성으론 납득해 줄 수가 없다. 이건 틀리다. 이건 안 된다! 어떠한 논리적인 이유

이전에 그런 강렬한 마음이 들었다.

"아, 안 돼! 절대 안 됩니다! 무조건 같이 퇴각해야 합니다! 제발!"

멍청이 취급당해도 좋다! 지금 이러는 게 이들의 의기와 신념을 정면으로 대항하는 것이라고 해도 좋다! 지금 이 행동은 틀린 일이다. 용자가 희생하면 했지 다른 이에게 희생을 요구하면 안 된다! 내 간절한 목소리를 무시한 발렛은 고개를 돌렸다. 병사들을 잡아먹은 마물의 파도가 어느새 근처로 쇄도하고 있었다. 그 명백한 죽음의 물결을 흘낏 본 발렛은 이스트에게 말했다.

"이스트 경, 리워드 군을 부탁한다."

전 기병대 지휘관은 묵묵히 고개를 끄덕였다. 잠깐, 난 용자라고! 날 놓고 마음대로 결정하지 말란 말이야! 제기랄, 용자의 말을 무시할 셈이냐! 제발, 제발 그러지 말라고!

발렛은 나를 보고 빙긋 웃었다.

항명이란 꿈도 안 꾸는, 암살이란 단어를 생소하게 생각하는 우직한 사내가 지은 것치곤 더할 나위 없이 부드러운 미소에 사고가 얼어버렸다.

진심 어린 말이 귀를 파고들어 뇌에다가 뜻을 새긴다.

"내 딸은 좋은 여자니 울리지 말게. 만약 울린다면 가만히 안 둘 걸세."

숨김없는 소리에 나는 아무 말도 할 수 없었다. 너털웃음을 터뜨린 기사는 등을 돌렸다. 총지휘관이 오로지 나를 위해 그 지위를 버리려 하고 있다. 가장 중요한 장수가 나 같은 머저리를 위해서 죽음을 향해 돌진하려 한다.

"뒤를 부탁함세."

총지휘관이자 새로운 기병대 지휘관은 죽음의 파도를 보았다. 창을 고쳐 잡은 발렛은 적을 향해 돌격했다. 그 뒤를 기병대가 따른다.

"바, 발렛!!"

내 부름을 무시한 신 기병대 지휘관은 죽음의 파도를 헤쳐 나갔다. 그 무용은 과연 룬 슈테드 제일의 명장이라는 이름에 부끄럽지 않았다. 창을 휘둘러 순식간에 마물 넷을 쓰러뜨리고 돌격한다. 그 뒤를 기병대의 분전이 이었다. 창이 피에 말라붙었어도, 사방이 적임에도 불구하고 그 기세는 꺾이지 않는다. 압도적으로 불리한 상황임에도 불구하고 발렛을 끝으로 삼은 창은 끊어지지 않고 쏟아져 갔다.

나를 실은 말이 출발했다.

안 돼, 멈춰! 저기가 내 전장이다. 놔두고 갈 수 없어. 이건 안 돼. 이건 옳지 않아, 리워드! 모두를 지키겠다고 했잖아. 그래야 하잖아. 저기 발렛 남작을 놔두면 죽는다. 분명히 죽어. 그러니까 어서 움직여라, 이 박살난 몸뚱이야! 여기서 가만히 있을 셈이냐! 그러고도 용자냐?

아아, 그래. 나는 무력하다.

영웅의 아들에서 용자로 타이틀만 갈아치웠을 뿐이다. 본질은 변하지 않았다. 나는 이를 악물고 기병대를 노려보았다. 이 잘나신 육체는 시력도 월등히 좋아져 있어서 똑똑히 보였다.

마물들의 팔다리, 창검에 기병대가 분쇄된다. 기실 개개의 능력으로 보면 사망 신고서 발부 쪽에는 마물이 압도적으로 유능했다. 훈련과 기백, 용맹이 앞선다고 해도 본질적인 스펙의 차이는 메울 수가 없다.

기병대는 후위부터 부서지기 시작했다. 하지만 선두는 그에 아랑곳하지 않고 오로지 뚫고 나간다. 그 움직임은 마치 잘 벼린 한 자루의 창과도 같다. 강력한 파괴력은 강화된 아인단으로서도 감히 앞을 막기 어려워서 뒤를 치고 있는 형편이다.

창촉보다는 창자루가 취약하니까.

자루가 동강 난다. 말이 박살나고 기수가 떨어지면 마물들이 앞을 다투어 밟았다. 빼어난 청력이 그들의 단말마를 듣고 뇌로 전달해 준다.

"으아아……."

대체 뭐 하는 짓이야! 난 여기에 있으면 안 돼. 저기서 사람들이 죽어가고 있잖아. 저 사람들을 죽게 하지 않겠다고 하잖아. 말에 실려서 도망가는 게 어디가 용자냐! 사람 하나 구하지 못하면서 뭐가 구세용자냐악!

"어서 내려줘!"

"닥쳐!"

말을 몰고 있는 이스트는 내 요구에 절규로 답했다. 그 목소리에 담긴 심경은 나와 같았다. 그도 저곳에 있고 싶어 함은 마찬가지다. 하지만 나 때문에 그는 자신의 부하들과 사로(死路)를 걸을 수 없었다. 아아, 이 무슨, 무슨 개 같은 일이냐! 어느새 눈가가 젖어들고 있었다. 그걸 훔칠 엄두도 내지 못하고 박살나는 기병대의 창을 망막에 담았다.

거의 다 부서졌다.

이제 발렛의 뒤에는 세 명이 남았다. 발렛의 창검이 휘둘러지면 마물들의 피가 길을 연다. 그 칼끝이 향하는 곳에는 아인단장이 있었다. 니메그는 자신에게 접근해 오는 기병대의 잔존자를 보고 코웃음 쳤다.

"훗, 버러지들이 어딜 감히! 내가 본래의 2할의 힘밖에 발휘하지 못한다 한들 인간 따위에게 목을 내어줄 것 같으냐!"

천지를 뒤흔드는 우렁찬 외침에 말 한 마리가 놀라 날뛰어서 기수를 떨어뜨렸다. 이제 남은 건 발렛과 두 명. 발렛과 니메그의 거리는 10미터. 앞을 가로막는 것은 없고, 뒤와 옆은 마물의 군대가 막고 있다. 확실한 파멸이 보장된 장소를 달리는 기사들에게서 시선을 뗄 수가 없다. 눈을 감고 싶다고 마음 한구석이 속삭이지만 여기서 도망가는 것으로도 모자라서 외면해 버리면 난 나 자신을 용서하지 못할 것이다.

기사 두 명이 말을 멈췄다.

나는 그 행동을 이해했다. 기병대의 창끝은 어디까지나 발 렛이었다. 나머지는 그 자루, 창끝을 적에게 도달하기 위한 도구에 지나지 않는다. 그들은 자신들의 역할을 명확하게 이 해하고 있었고, 그렇기에 말을 멈추고 발렛을 쫓으려는 마물 들에게 칼끝을 들이댔다.

이를 악물고 칼을 휘두르던 그들은 이내 마물들의 파괴적 인 공격에 초라한 주검으로 변모했다. 그들의 행위는 그만한 값어치가 있었다. 그사이에 발렛이 니메그의 지척에 도달했 다. 나라를 위해 목숨을 건 기사는 지휘관의 상징인 랜스를 들고 있었다.

자신의 군대와 뒤바꿔 얻어낸 지휘관의 랜스 차징이 니메 그에게 쇄도했다.

그 광경이 느리게, 세상이 정지한 것 같은 속도로 눈에 새 겨졌다.

구슬픈 말울음 소리, 표적지인 트롤의 소성(笑聲), 모든 의 식을 공격에 할애한 발렛, 땅을 차는 말발굽 소리, 나를 실고 가는 기사의 울음소리, 은빛 랜스가 태양을 받아 눈부시다. 죽음의 대명사를 향해 돌진하는 외로운 기사. 생사를 초월해 오로지 단 한 번의 공격을 꽂아 넣기 위한 불사름. 인간이 가 질 수 있는 가장 거대한 무모함을 위해 죽어간 기병대의 시체 들. 거기서 흘러내린 피에 적셔진 대지를 딛고 이어지는 지휘관의 공격.

콰직!

그리고 박살나는 말, 부러지는 랜스, 단지 니메그의 근처에 존재했다는 이유 하나로 소멸된 생명. 근원을 알 수 없는 지식이 이 순간을 이해시켜 주었다. 본래 칠단장 정도 되면 팔짱만 끼고도 접근한 모탈(Mortal)의 생명을 빼앗을 수 있다.

애초에 발렛의 공격은 닿을 수가 없었다.

평소의 니메그라면 인간을 가소롭게 여기기에 저 생사여탈의 초능을 쓰지 않을 터인데. 보다 잔혹한 처벌을 원했던 것인가, 아니면 자신의 우월함을 뽐내려 했던 것일까? 어느 쪽인지 알 수 없다.

발렛이 타고 있던 말의 살이 발라졌다.

이히히이잉!

말의 찢어지는 단말마가 전장에 울려 퍼졌다. 말이 돌격을 거부하자 창은 니메그의 바로 앞에서 멈췄다. 발렛은 칠공에서 검은 피를 쏟아내고 있었다. 몸 안에 저렇게 많은 피가 흐르고 있었을까. 어혈이 그의 부하들이 적셔둔 대지 위를 덧칠한다.

그의 모든 것을 건 창끝은 니메그에게 닿지 못했다.

마지막에 무엇을 생각했을까. 나는 멍하니 그의 뒷모습을 지켜보았다. 세계를 느끼고 있던 감각이 사라지고 오로지 시각으로만 사물을 인지하는 평범한 상태로 돌아와 버렸다. 그래서 나는 그의 얼굴도, 입술의 움직임도 알 수가 없다. 말의 살은 계속해서 발라지고 있었고 거대한 트롤은 그 사형 집행을 유쾌한 듯이 내려다보았다.

콰직!

말이 좌우로 쪼개지면서 타고 있던 발렛의 육신도 반으로 찢어졌다. 등분되어 땅으로 떨어지던 그 육신은 그 원형을 보전치 못했다. 희미한 불티처럼…… 공기 속에서 삭아 사라졌다. 강건한 하얀 뼈, 물감으로 써도 될 것 같은 붉은 피, 싱싱함이 넘치는 살덩이, 그의 모든 것을 걸었던 랜스까지. 발렛이라는 인간을 구성하고 있던 그 어떤 요소도 땅의 안식에 닿지 못했다.

나는 그걸 보며 눈을 감았다. 발렛이 죽었다. 그래, 이제 와서 후회해도 소용없다. 여기선 그냥 입 다물고 물러나야 한다. 그래서 발렛의 복수를 할 방도를 강구해야 한다. 리워드, 침착해라. 넌 용자고, 발렛은 그런 너를 믿어줬다.

"딸아이를 부탁하네."

아버지는? 저 남자는 나무랄 데 없이 훌륭한 아버지였다. 젠장할! 저런 좋은 남자를 죽게 놔둔 거냐? 예언으로 인해 딸과 찢어질 수밖에 없는 운명. 자신의 절반을 가지고 태어났지만 아비라 밝히지 못하는 슬픔. 하지만 저 남자는 그걸 인내해 냈다. 저 무식할 정도로 정직한 사내는 생의 끄트머리에서 만난 지 며칠 되지도 않는 쓰레기에게 부탁했다.

류아를 울리지 말아달라고.

이미 울렸어. 제기랄, 류아는 발렛이 친아버지인 줄 모르지만 아버지로 여기고 있다. 발렛이 죽은 걸 알면 틀림없이 울 거야. 그러니까 이건 내 잘못이다. 발렛을 죽게 만든 건 내 무능이야.

내가 제대로 된 용자였다면 저 개 같은 트롤 새끼는 찜쪄먹었을 것 아니야아악!

용자?

개소리 마라! 결국 모두에게 거짓말을 한 것뿐이다. 뭐가 용자냐! 젠장! 동료를 희생시켜서 뒤로 튀는 개자식이 용자란 이름을 달 자격이 있단 말이냐! 누가 뭐라고 한들 그건 내가 용서 못한다! 네놈이 발렛 대신 살아남을 가치가 있다고 자신할 수 있냐, 리워드?

"크흐훗, 비루한 것이 어딜 감히!"

유쾌함이 실린 니메그의 웃음소리가 귓전을 파고든다. 그걸 듣고 있자니 저번처럼 뱃속에서 무언가 터져 나갔다.

"이 개자식아아!"

절로 속에서 터져 나온 소리를 외치자 강렬한 폭발이 몸을 훑었다. 그러자 박살났던 몸이 원상태로 돌아오며 통증이 사라졌다. 육신이 재구성되고 진화했다.

지금 내 상태는 디터가 죽었던 그때와 같다. 다른 점을 찾자면 내 의식이 남아 있다는 것. 이 결정적인 차이를 잊지 않는다면 제아무리 갓 슬레이어라고 한들 승산이 있다.

나는 달리는 말 위에서 그대로 뛰어올랐다.

니메그와의 거리는 엄청나게 멀다. 아무리 내 도약력이 인체의 한계를 돌파했다고 한들 닿을 수 있는 거리가 아니다.

하지만 지금의 나에겐 불가능이 없다. 육신은 물리 법칙을 초월해 있고, 정신 또한 인간의 것이 아니다. 이유 모를 강렬한 확신이 몸을 움직여 가능성을 현실로 만들었다. 작렬하는 태양을 뒤로하고 창공으로 날아오른 나는 포효했다.

"아아아아아아아!!"

가슴에 맺힌 것을 한껏 토하고 허리춤의 검을 뽑아 들었다. 칠단장에게 철로 만들어진 인간의 무기가 먹힐까라는 의문은 뒤로해 두자. 지금은 놀란 눈으로 위를 올려다보고 있는 저 트롤의 머리를 쪼개는 게 더 우선이다!

니메그의 머리를 노리고 몸이 떨어졌다. 검극이 놈의 정수리를 겨냥한다. 발렛은 죽었지만 그 유지는 지금의 나에게 이어졌다. 놈의 어떠한 권능도 그 남자의 뜻을 이어받은 나를 막을 수는 없다!

"크오옷!"

칠단장의 자존심 때문일까. 놈은 내 공격을 피하는 대신 오만하게도 클럽을 휘둘러 맞부딪쳤다. 두께와 강도에선 이쪽이 밀리고, 위치와 힘에 있어선 저쪽이 불리하다. 하지만 내 예측과는 달리 내 전력을 실은 검과 클럽이 맞부딪친 순간, 카타나가 유리처럼 깨져 나갔다. 놀란 나는 다급히 몸을 뒤집어 땅에 떨어졌다.

세상에, 두 번 진화한 이 몸으로 칠단장의 오분지 일도 상대치 못한단 말인가? 어, 진화? 그게 뭐지? 머릿속에서 출처 불명의 지식들이 떠올라서 나에게 속삭여 주고 있었다. 일단 이 신뢰 여부는 접어두고 이 트롤 놈을 상대하자.

내 공격이 무효로 돌아가자 니메그가 벌쭉 웃는데 그 미소의 사악함이 비할 데 없을 정도였다. 보는 것만으로 독기가 싸하고 공기에 퍼지는 듯한 게 치가 떨렸다.

"크흐흣, 과연 알 브레히토의 전인인가? 별것 아닌 것 같았는데 숨겨둔 가락이 있다는 게군."

"닥쳐!"

저놈 때문에 발렛이 죽었다! 용서할 수 없다. 저걸 갈아 마시지 않으면 내가 성을 갈아야겠다! 검이 박살났지만 내게는 두 손이 있다. 나는 두 주먹을 내려다보며 입술을 꽉 깨물었다. 날카로운 이빨이 부드러운 입술을 찔러 피를 내자 그에 호응하듯 검은 불꽃이 주먹을 휘감았다.

무기는 생겼다. 그럼 이제 눈앞의 이 개자식을 박살 내는 일만 남았다.

"죽어봐라, 개새꺄!"

"흐음, 업화라니. 예상보다 용을 쓰는군. 하지만 그래 봤자……

클럽을 쥐고 있는 놈의 손이 높게 들린다.

내 상대는 아냐!"

팔이 떨어지며 광포하게 내리찍는 클럽을 몸을 굴려 피한 나는 정신을 집중했다. 일단 주변의 아인단부터 해치워야겠다. 이치적으론 해명하기 어렵지만 내가 그렇게 생각하자 지난번과 같은 일이 일어났다.

키에에엑!

크아악!

마물들의 몸속에서 불꽃이 터져 나와 그 더러운 육신을 사르기 시작한 것이다. 주변을 에워싸고 기회만 노리고 있던 아인단은 이내 잘 타는 장작으로 변모했다. 좀 더 정신을 집중하자 이 평원에 있는 아인단 전군에게 폭죽의 세례식이 터졌다. 살을 태우는 역하면서도 허기를 자극하는 야릇한 냄새가 코에 닿는다.

"크흐훗."

하지만 니메그는 자신의 군대가 전멸하는 앞에서도 비웃음을 흘릴 뿐이었다. 그래, 내가 아무리 아인단을 사른다고 해도 이놈에겐 버리는 졸에 불과하다. 그리고 니메그에겐 그런 거만을 소지할 자격이 있었다.

이를 악물고 달려들었지만 니메그는 덩치에 어울리지 않게 민첩한 움직임으로 내 주먹을 막아냈다. 저 클럽은 뭐로 만들었는지 업화에 가격당했는 데도 흠집 하나 없이 멀쩡하다. 놈에게 내 동선과 공격이 모조리 간파당하고 있었다.

"후우, 후우……."

막막한 기분이 든다. 분노로 머릿속이 터질 지경이지만 상대는 여유만만하다. 물리 법칙을 조롱하는 속도와 근육에 걸맞지 않는 괴물의 힘을 가진다 한들 놈은 그걸 상대함에 있어서 전혀 힘을 들이지 않고 있었다. 게다가 자기 말에 따르면, 지금은 본래 힘의 20%밖에 안 된단다. 세상에, 이런 놈들이 마황군에 여섯이나 더 있단 말인가? 그간 인류가 절멸하지 않은 게 신기할 지경이다.

"홋, 그럼 이쪽에서 간다!"

내가 잠시 공격을 멈추자 니메그는 기회라는 듯 밀고 들어왔다. 아…… 저 덩치가 밀고 들어오자 산이 움직이는 것 같다. 재빨리 피했지만 어느새 클럽이 빠른 속도로 움직여 쫓아왔다. 팔을 교차시켜 막았지만 몸속이 울리는 걸로 봐서 많이 맞으면 못 버틸 것 같다. 계속 뒤로 재주를 넘어 도망쳤지만 놈의 공격은 집요하게 나를 때렸다.

"크윽!"

결국 나는 뒤로 달아나는 것을 포기할 수밖에 없었다. 차라리 앞으로 뛰어들어서 공격을 가하는 게 낫겠다. 니메그가 기세 좋게 달려오자 나도 마주 달려들었다.

또다시 클럽이 무시무시한 소리를 내며 휘둘러졌지만 나는 그걸 간발의 차로 피하고 놈의 어깨에 주먹을 꽂아 넣었다. 새카만 불꽃에 휩싸인 손에 정타의 느낌이 전해졌다. 좋았어! 하지만 승리의 기쁨으로 움직임을 멈춘 그때 클럽이 내 몸을 때렸다.

"크악!"

뼈를 박살 내는 타격에 나는 허공을 날아 떨어졌다. 간신히 낙법을 하긴 했지만 속이 잘못된 것 같다. 신진대사가 촉진된 이 몸은 시간이 지나면 자연스레 회복되겠지만 지금 당장이 문제다. 멀쩡한 몸으로도 고전했는데 몇 군데가 나간 몸뚱어리를 가지고 이기긴 어렵지.

"허억, 허억."

니메그는 피식 웃고는 이쪽으로 걸어왔다. 승리를 확신한 듯 천천히 움직인다. 그 거체가 움직이는 걸 보고 있자니 기분이 암담해진다. 이대로라면 진다. 분명히 업화는 놈에게 타격을 주었지만 치명타는 아니었다. 그와 달리 나에겐 놈의 공격 한 방 한 방이 치명타에다가 피하기에 급급하다. 제기랄, 다른 수가 없을까. 이대로라면 지게 돼!

달칵.

그때 품속에서 뭔가가 떨어졌다. 나는 곁눈질로 그것이 무엇인지 훔쳐보았다. 류아가 내게 준 신검 키비타스 테레나였다. 신검이 아니라 단봉이지만 지푸라기를 잡는 심정으로 잡았다.

슈웅.

그런데 저번과는 달리 미묘한 반응이 있었다. 뭐, 뭐지? 알수 없는 기대감에 사로잡힌 나는 조금 정신을 집중해 보았다. 그러자 막대에서 잿빛의 서기가 피어오르는 게 아닌가? 그 상서로운 기운이 한데 뭉치는 가 싶더니 검신을 이루어 카타나가 되었다. 이, 이런 식으로 검이 되는 거였나?

"키, 키비타스 테레나?"

니메그가 중얼거리며 한 발자국 물러났다. 트롤의 인상을 해석하는 취미는 없지만 적잖이 놀란 것 같다. 이게 그렇게 경계해야 될 무기인가? 나는 시험 삼아 키비타스를 양손으로 잡았다. 그러자 다쳤던 몸이 순식간에 치유되는 게 아닌가? 이걸 잡고 있으면 상처도 치유되는군. 대단한데!

"어째서 용자 따위가 그 검을 가지고 있는 거지?"

아까의 위세는 어디 갔는지 알 수 없는 니메그가 두려움이 가득한 얼굴을 하고 물었다. 나에게 물어도 대답해 줄 생각은 없고, 어차피 지금은 대화를 할 때도 아니잖아? 나는 히죽 웃어주고 놈에게 달려들었다.

니메그는 반사적으로 클럽을 휘둘렀지만 신검을 잡은 지금의 속도라면 그런 직선적인 공격은 피하기가 쉽다. 낮게 깔리는 클럽을 공중제비로 뛰어넘은 나는 그대로 놈의 다리를 베었다. 마치 두부 자르는 것같이 아무런 감촉도 느껴지지 않고 다리가 잘려 나갔다. 저놈의 다리가 내 몸보다 두꺼운 근육 덩어리인데, 그것이 종잇장 자르는 것처럼 쉽게 잘린 것이다. 정녕 신검이란 이름이 허명이 아니었다.

"크악!"

니메그는 고통을 참지 못하고 무릎을 꿇었다. 놈의 표정엔 현실에 대한 불신이 가득했다. 그래, 그 잘나신 아인단장님께서 얕보던 인간의 용자에게 다리를 잘리고 무릎을 꿇었으니 어쩌나? 그런데 놈의 직위에 걸맞게, 트롤이란 종족의 이름에 부끄럽지 않게 금세 다리가 재생되는 게 아닌가! 언제 잘렸나는 듯이 생겨나 있는 다리를 보자 기가 막힐 지경이었다.

"크오옷!"

니메그는 괴성을 지르며 클럽을 휘둘렀다. 거대한 파도가 밀어닥쳐 왔지만 나는 그것을 피하지 않았다. 오히려 호흡을 가다듬고 키비타스를 휘둘러 맞부딪쳤다. 이놈의 클럽이 강도가 높다 한들 주인의 몸뚱이보다 단단하랴! 서기의 잿빛 칼날에 물질로 이루어진 무기가 간단히 절삭되었다. 무기가 반 토막 난 니메그는 믿어지지 않는다는 얼굴로 뒷걸음질쳤다.

"넌 끝났어!"

나는 니메그에게 달려들어 놈의 몸을 난자하기 시작했다.

놈도 방어를 하면서 틈틈이 반격하지만 의미가 없다. 키비타스를 손에 쥐자 내 몸의 움직임이 더욱 빨라져서 놈의 공격을 그럭저럭 피할 수 있고, 신검 앞에선 방어가 소용없다. 물론 놈의 재생 속도는 무지막지해서 아무리 베어도 진흙을 벤 것처럼 곧 재생한다. 한참을 난자하던 나는 마무리를 위해 뒤로 물러났다.

트롤이라면 불로 태워야겠지. 니메그는 숨을 몰아쉬며 사지를 재생시키느라 나를 방해하지 못하고 구경만 하고 있다. 그 틈을 타 정신을 집중해서 주먹 대신 키비타스에 업화를 걸었다. 아니, 걸려고 했다. 그런데 안 된다. 이런, 왜 이러지?

다시 한 번 신경을 긁어모아서 주먹에 씌웠던 것과 같은 감각으로 검에 집중했지만 무리였다. 제기랄, 안 되는 건가? 완전히 몸을 재생시킨 니메그는 몸을 일으키며 포효했다.

"크오오옷!"

그러자 놈의 뒤에서 박쥐를 닮은 한 쌍의 날개가 돋아났다. 도망가려는 건가? 하지만 놈은 훼를 치는 대신에 오로지 나만을 노려보고 있었다. 어느새 병사들이 몰려와서 멀찍이 둘러싸고 있음에도 불구하고 안중에도 없다. 물론 나도 그렇다. 내가 상대해야 될 놈은 아인단장이고, 니메그가 주의를 기울여야 할 놈은 구세용자다. 지금 이 싸움은 그 누구도 방해하지 못한다.

저놈이 날개를 뽑더니 몸에 검은 기운이 돌기 시작하는 게 아무래도 육체가 강화된 것 같다. 내가 신검을 들어서 더 빨라진 것처럼. 물론 놈의 공격에 몇 방 맞는다고 쳐도 신검을 쥐고 있는 한 어느 정도까지는 회복될 테지만 장기전이 되면 무한의 재생력을 가진 트롤이 상대인 이상 내가 불리하다.

나는 천천히 검을 들어 중단세를 취하고 니메그를 노려보았다. 니메그 또한 그런 나를 찢어죽일 듯이 쏘아보더니 피식 웃었다. 입을 벌릴 때마다 새파란 불꽃이 뿜어지는 게 전장을 이채롭게 장식한다.

"과연 알 브레히토, 나를 죽인 자가 지정한 인간답군. 하지만 용자여, 그것도 이제 끝이다. 내가 이걸 뽑은 이상 승패는 정해졌다!"

잔말이 많구만. 놈의 헛소리에 신경을 끈 나는 머리를 굴렸다. 트롤의 재생을 저지하려면 불을 붙여야 하는데 어떻게 하지? 궁병대에게 주문해서 불화살이라도 써야 하나?

아냐, 단순한 트롤이라면 키비타스 테레나에 맞은 이상 재생을 못했을 터. 저놈이 지금 잘도 재생하는 건 트롤이면서 칠단장인 데다가 신검을 다루는 내 경지가 부족한 것도 있다. 업화를 신검에 씌우려고 했지만 실패했다.

"음?"

그때 마음속에서 뜻 모를 언어가 떠올랐다. 그것은 곧 명확한 형태를 갖추더니 뜻을 내 몸속에 풀어놓았다. 그 즉시 나는 반사적으로 다리를 움직였다.

"흡!"

짧은 기합과 함께 니메그에게 몸을 날리자 시간이 멈췄다. 일개 전사인 내가 비전 마법의 궁극인 타임 스탑의 효과를 흉내 냈다. 세상이 멈추고 오로지 나만 움직인다. 평소의 초속과 달리 내 몸도 매우 느리게 움직이고 있었다. 하지만 보통의 움직임과 다르다. 그 증거로 니메그도 내가 뛰어드는데 아무런 반응을 보이지 못했다.

나는 니메그의 앞에 섰다.

이 순간 명징하게 떠오른 단어가 나를 이끌었다. 이성이 불가능한 요인을 지적했다. 나에겐 칼집이 없다. 그런데 거합(居合)이라니, 불가능하다. 될 리가 없다.

아니, 검집은 바로 이곳에 있다.

내 몸이 검집이었다. 말도 안 되는 소리라고 외치는 이성은 무시한다. 그런 건 어찌 되도 좋아. 손이, 다리가, 몸이 자연스레 움직였다. 검을 뒤로 물리고 다리로 대지를 밟고 뛰어올랐다. 평소에도 어려워하던 거합을 공중에서 하다니 미친 짓이다. 하지만 지금 이 정지된 세계에서 논리는 무의미했다.

이 검은 그 옛날 하늘을 베었던 검. 신화 시대를 만들어냈던 신검의 사용자가 고작 마물의 재생 하나 저지 못할 리가 없다. 하지 못한다면 그것은 오로지 나의 미숙함에 의거한다.

그렇다면 지금 이 순간을 뛰어넘는다.

부족하고 한없이 부족하지만 순간 채워 넣어서 존재의 경애(境涯)를 신의 영역으로 끌어올린다. 그로써 피조물로 지음을 받은 사물의 한계를 돌파한다. 몸은 지금 내가 무엇을 할 것인지 알고 있지만 머리론 이해하지 못한다. 뇌가 다급하게 경고 신호를 보낸다.

이것은 하면 안 되는 것이라고.

그런 것이 가능할 리 없다고 지껄인다. 당연히 불가능하다. 아아, 네 말이 옳다, 리워드. 당연히 이런 고결한 이적은 너로선 올려다볼 엄두도 안 나겠지. 하지만 이 역천(逆天)이 가능한지 불가능한지는 네 뇌가 따지는 것이 아니라……

오로지 이 몸이 가능을 입증할 따름!

물렸던 검을 잡아 뺐다. 무의미한 세계를 부정하는 창세(創世)의 발도가 공간을 갈랐다. 시간이 멈춘 가운데 뻗어 나가는 일섬은 지독하게 느렸다. 영겁의 시간이 지났다고 느낄 때 서기의 칼날이 니메그의 육체에 파고들었다.

그 순간, 세계의 시간이 본래의 흐름으로 귀환했다. 니메그가 경악한 표정을 지었지만 방어도, 회피도 무리였다. 그러하기에 신검이라 불리는 것이다!

잿빛의 칼날이 니메그의 허리를 대각선으로 갈라 추악한 육신을 등분했다.

아까라면 이런 치명타라고 한들 금세 재생해 버릴 터. 하지만 진화된 지금의 키비타스 테레나, 그리고 이 거합이라면 재생을 무마할 수 있다. 머릿속에서 강렬하게 울리는 가르침에 맞춰 니메그는 무릎을 꿇었다.

"크오, 크아아아!"

그가 울부짖자 대지에서 고블린과 코볼트, 놀을 비롯한 갖가지 아인계 마물들이 솟아오르기 시작했다. 하지만 염을 집중하자 아까의 아인단처럼 곧 업화의 제물이 되었다. 이 업화라는 건 대상만 태우고 번지지 않기 때문에 주변의 병사들이 다칠 염려는 전혀 없었다.

세상에 태어나자마자 죽게 된 마물들의 비명과 노린내 속에서 나는 검극을 니메그에게 겨누었다.

"넌 끝났어. 내가 말했잖아?"

놈은 이를 악문 채 두 눈을 껌뻑였다. 이 지경이 되어서도 자신의 패배를 믿지 못하는 모양이군. 하지만 놈이 허리를 억지로 손으로 붙들고 있다 한들 저건 치명타다. 그 증거로 녹혈이 멈추지 않고 흘러서 대지를 흥건히 적시고 있었다. 그 진혈을 받아마신 메마른 땅이 답례로 강력한 마물들을 토해내지만 어차피 업화에 살라질 뿐이다. 그 와중에도 계속해서 이어지는 무의미한 비명 소리가 귓전을 찢었다.

"흐하하하하!"

니메그는 자신의 피가 만들어낸 마물들이 죽어가는 것을

보고 앙천대소했다. 드디어 돌았나? 놈은 광기가 불타오르는 적안으로 나를 쏘아보며 지껄였다.

"태어나서 인간을 죽이니 그 수가 수만, 마침내 인간의 신까지 죽일 수 있었다. 이제 너라는 이질자에게 쓰러지나 내 생명이 어디까지 닿았는가는 확신했다. 이것으로 내 짧은 생에 후회는 없다. 자, 용자여! 그대는 어디까지 갈 수 있을 것인가?"

자기 좋을 대로 소리구만. 눈썹이 찌푸려졌지만 저놈의 태도가 꽤 맘에 걸린다. 하긴, 니메그야 마황의 손에 태어나서 가진 목적이라곤 어째야 좀 더 인간을 효율적으로 조질 수 있나였겠지. 알 브레히토까지 죽여봤으니 이제 여한은 없단 건가?

별로 이해하고 싶진 않은 사고인데 기묘하게 공감이 가는 건 부인할 수 없다. 저놈은 죽음이 목전임에도 불구하고 전혀 두려움이 없었다. 하긴 한 번 죽어봐서 저런가?

"그건 알 것 없다. 네 운명은 끝났다. 흑염 속으로 꺼져라."

"크크큭, 나를 죽인 네 운명! 즐겁게 지켜보마."

놈은 동강 난 자신의 클럽을 들어올리더니 자신의 머리를 내려쳤다. 도도한 자살의 감상을 끝낸 나는 정신을 니메그에게 쏟았다. 머리가 박살나고 상반신과 하반신이 따로 노는 트롤의 육신은 곧 업화에 대한 저항력을 상실했다. 탐욕스런 흑화(黑火)가 니메그의 더러운 몸뚱어리를 집어삼켰다. 그걸 보고 있자니 왠지 다리가 후들거린다.

"아……."

이, 이긴 건가? 방금 전까지 냉철하게 행동했지만 이제야 실감이 났다. 나는 멍한 눈으로 사방을 둘러봤고, 같은 눈을 한 병사들이 나를 바라보았다. 평원 어디에도 살아 있는 아인단은 보이지 않았다. 사방에 잘 타는 장작더미만이 널려 있을 뿐.

"우, 우리가 이겼다!"

병사 중 한 명이 칼을 들어올리자 그제야 파문이 일었다. 병사들은 저마다 무기를 치켜들며 환호성을 질렀다. 살아 있다는 게 믿기지 않은지 눈물을 글썽거리는 창병, 국왕 전하 만세를 외치는 궁병… 저마다 기쁨의 방식을 최대한 강하게 표출하고 있었다. 으음, 이러다 헹가래를 치는 건 아닌가 몰라.

주륵.

"으음?"

코밑을 손등으로 훔치자 선홍빛의 액체가 묻어 나왔다. 뭐야, 너무 무리한 건가? 니메그를 죽이고 전투가 끝냈다는 걸 깨닫고 나서야 몸이 피로를 느낀 것 같다. 근데…… 코피가 멈추지 않고 쏟아진다. 으, 이거 왜 이래?

병사들이 내 얼굴을 보고 놀라서 달려왔다. 어이, 그렇게까지 걱정할 일은 아니라고. 좀 피곤한 게 많이 쌓인 것 같아.

그렇게 말하려는데 입술이 아교를 바른 것처럼 달라붙어서 떨어지지 않았다. 빙빙 돌아가는 파란 하늘이 내가 본 마지막 모습이었다.

『이계용자전』 제2권으로 계속

입소문을 통해 아는 분은 다 알고 계십니다!
올 한해 공인중개사 최고의 화제작!

1~2권 합본 | 이용훈 지음
3~4권 합본 | 이용훈 지음
5~6권 합본 | 이용훈 지음
용 어 해 설 | 이용훈 지음
1~2차 문제풀이집 | 이용훈 지음

수험생 기본 필독서
만화 공인중개사

제목 : 만화공인중개사 쓰신 분에게 감사드립니다.

학원을 두달 다녔어요. 근데 과연 그 숫자 외우기 그런게 몇 문제나 나올까 생각을 했어요.
아니라는 생각이 드네요. 학원강의를 뒤로 하고 서점을 갔어요. 내 머리에 가장 이해될 수 있는
책이 없나 하구요. 거기서 만화를 발견했어요. 무조건 세번 봤어요. 3개월 걸렸어요. 문제집을
보라고 했는데 그건 시행을 못했어요. 근데 합격을 했네요.
어떻게 감사의 말을 해야 될지…
도서관에서 만화책 들고 다니니까 사람들이 비웃더라구요. 만화책으로 공인중개사를 공부한
다고 미친사람처럼 보더라구요. 근데 그거 다 감수하고 했던 내가 자랑스럽습니다.
어떻게 감사의 말을 해야 할지 정말 감사합니다.
부디 행복하세요. 제 나이 41살에 좋은 스승을 만난 거 같습니다.
엎드려 감사드립니다.

−본사 홈페이지에 독자분이 올린 메일 中 에서 발췌−